# ガンバラ

責任編集
私市保彦
加藤尚宏
芳川泰久

バルザック芸術／狂気小説選集②　音楽と狂気篇

# ガンバラ　他

私市保彦・加藤尚宏・博多かおる・大下祥枝　訳

水声社

# 目次

# ガンバラ

博多かおる 訳

## ド・ベロワ侯爵へ

今はもうないけれど、わたしたちの思い出に生き続けるにちがいない、
秘めやかで贅を尽くした隠れ家。
目の前にパリの町が広がり、ベルヴュの丘からベルヴィルの丘まで、
モンマルトルからエトワール広場の凱旋門まで見渡せるその暖炉脇でのことでした。
お茶を飲みながらある日の午前中、冴えたお話の中に火矢のように現われては消えるとりどりの考えを通して、
才気を出し惜しまれないあなたは、わたしの筆のもとにこのホフマン風の人物を投げ与えてくださいました。
未知の宝の持ち主、天国の門に座る巡礼者、
天使の歌を聞く耳を持ちながらそれを繰り返すための舌をなくした男、
天の霊感にひきつり折れ曲がった指を象牙の鍵盤の上に動かしながら、
呆然としている聴衆に天上の音楽を聴かせていると信じている人物です。
あなたがガンバラを創造し、わたしが服を着せたのです。
カエサルのものはカエサルに返させてください。
祖国を救うために貴族が剣と同様巧みに筆を操るべき時代に、
あなたが筆をお取りならないのは残念だと申し添えましょう。
ご自分のことを顧みられないのは結構としても、お持ちの才能を発揮される義務はおありです。

一八三一年の元旦、お祝いの砂糖菓子の三角袋も空になりかけて四時の鐘が鳴り、パレ・ロワイヤルはかなりの人出で、レストランの席もだいぶ埋まってきた。その時、一台の箱馬車が入り口の石段の前に止まり、誇り高い顔つきの若い男が降りたった。外国人だろう、でなければ、貴族風な羽飾りつきの狩猟服を着た召使を馬車の後ろに乗せ、七月革命の英雄たちがいまだに欲しがっている紋章を身につけているはずはなかった。外国人はパレ・ロワイヤルに入り、物見高い人たちでごった返していてなかなか先に進めないのにも驚かず、流れについて回廊の下を進んでいった。人が皮肉をこめて大使の歩みと呼ぶ高貴な歩き方に慣れているらしかった。ただ、その威厳はどこかわざとらしかった。顔つきは整っていて重々しかったが、黒い巻き毛が一束はみ出ている帽子はたぶん右の耳に少しかかりすぎていた。そのいささか不良っぽい感じは彼の重々しさにそぐわなかった。上の空で半ば閉じかけた目からは、蔑むような眼差しが群衆の上に投げかけられていた。

「あら、とってもすてきな若者ね」彼を通すために脇に避けながら、お針子が小声で言った。

「自分で十分ご承知なのよ」と、連れの醜い女が声高に答えた。

回廊を一回りすると、若者は空と時計をかわるがわる眺め、じれったそうな仕草をし、煙草屋に入り、葉巻に火をつけ、鏡の前に立ち止まって、自分の服装をちらりと眺めた。フランス的な趣味の法則に照らすと少々贅沢すぎる身なりだった。襟と黒ビロードの胴着を軽く直したが、胴着の上にはジェノヴァ製の金の太い鎖が何連にも交差していた。それからビロードの裏地がついた外套をさっと左の肩に投げかけて優雅にまとい、若者は町の女たちの流し目にも気を取られることなく散歩を続けた。店に明かりが灯り、夜闇が十分濃くなったと見ると、人目をはばかる者の足取りでパレ・ロワイヤルの広場に向かった。広場に沿って噴水のところまで行き、辻馬車に隠れてフロワマントー通りの入り口にたどりつこうとしたのである。フロワマントー通りは、汚く暗く、ろくな人間が通らない通りだ。清潔になったパレ・ロワイヤルのそばにあって、警察が見て見ぬふりをしている一種の掃きだめである。怠け者の召使いが階段の片隅に部屋の掃き屑を集めたままにしているのを、イタリア人執事が放っておくようなものだ。若者は躊躇していた。きれいに着飾った町の女が、にわか雨で水かさの増した溝の前で首を伸ばしているみたいだった。とはいえ、何か恥ずかしい思いつきを実現するにはちょうどいい時間を見計らってあったらしい。もっと早い時間だと人に気づかれたかもしれないし、もっと遅くなれば誰かに先を越されたかもしれない。挑発的ではないが気を持たせてくれる眼差しに引き寄せられて、一時間、もしかすると一日中、若いきれいな女の後をつけ、空想の中で彼女を神々しい存在にまつりあげ、その軽率な振舞いにも都合のよい解釈をあれこれ付け加える。抵抗できない電撃的な心の共鳴をふたたび信じ出し、恋の冒険がもうあり得ないからこそ小説がそれを描く世紀に、一時の情熱に燃えあがってロマンスを垣間見る。バルコニーやギター、策略や鍵などを思い浮かべ、アルマヴィーヴァ〔ボーマルシェ作の戯曲『セヴィリアの理髪師』の登場人物で、医師バルトロが結婚を目論み監視している若い娘ロジーナに夢中になり理髪師フィガロの助力を得て策略をめぐらし彼女に近づく〕の外套にくるまってみる。空想の中で一篇の詩を書き、悪所の入り口で立ち止まり、結局、自分のロジーナが慎み深くしていたのは、警察の規則が課している用心のせいだったのだと知る〔『セヴィリアの理髪師』の副題は「無用の用心」〕。これこそ白状はしないだろうが、多くの男性が経験した幻滅ではなかろうか。もっとも自然な感情こそ、告白するとなるとこの上ない嫌悪感に襲われる。うぬぼれもそういった感情の一つだ。教訓がもう何ももたらしてくれないと見て取ると、パリの人は利用するか忘れるかし、たいした打撃は受けない。しかし、外国人の場合はそうはいかないはずだった。彼はパリの教育があまりに高くつくのではないかと恐れ始めていた。

この散歩者は、祖国を追われたミラノの貴族だった。自由主義的ないくつかの策謀の件で、オーストリア政府から嫌疑をかけられていた。パリにやってきたアンドレア・マルコシーニは、物腰が柔かく響きのよい名前と、二十万リーヴルの年金と、魅力的な外見をもっている者は誰でも受けるようなフランス式歓待を受けた。そういう男にとって、追放は遊覧旅行だったにちがいない。財産は供託されていただけだったし、友人たちは、せいぜい二年も留守にしていれば祖国に戻ってきても危険はないだろうと知らせてくれた。「耐え難き苦悩《クルデーリ・アッファンニ》」と「冷酷なる君《イ・ミエイ・ティランニ》」という言葉が韻を踏むソネットを一ダースほど作り、逆境にあるイタリア人亡命者たちに自分の財布で援助を施してしまうと、不幸にも詩人だったアンドレア伯爵は、愛国的な思想からはもう解放されたと思った。なので、ここにやってきて以来、何も考えず、あらゆる種類の快楽にただひたすらふけっていた。パリはそういう快楽を、金で買うことができる裕福な人間にはただで提供してくれる。才能と美貌のおかげで女性にはたいへんもてた。この年頃の若者らしく、女たちを大勢まとめて愛したのだが、その中からまだ特別な存在を見つけてはいなかった。それにこの趣味は彼にとって、子供時代から育んできた音楽と詩の趣味ほど重要ではなかった。恋の道で手柄を挙げるより、音楽と詩で成功するほうがよっぽど難しく、名誉あることに思われた。男性が克服して喜びを感じるような困難のいろいろを、自然が彼に免除してくれていたからだ。男というものは往々にしてそうだが、彼も複雑な人間だったので、贅沢の心地よさにひかれ、それなしには多分生きていけず、自分の主義主張の中では忌み嫌っている高貴な身分にかなり執着していた。というわけで、芸術家、思索家、詩人としての彼の理論は、百万長者の貴族としての彼の趣味や感情や習慣としばしば矛盾していた。だがこの辻褄の合わない状態を、利害のために自由派となっても、貴族としての体質を捨てられない多くのパリ人にも見てとって、自分を慰めていた。だからこそ一八三〇年の十二月三十一日、雪解けの日に、一人の女を徒歩で追っている自分に気づき、彼は激しい不安を感じずにはいられなかった。その女の服装は、深く徹底的な、積年の凝り固まった貧困を語っていた。女は、毎晩彼がブッフォン座やオペラ座や社交界で見ている数々の女性たちより美しいわけではなかったし、彼がその日に訪問する約束を取りつけてあって、おそらくまだ彼を待っていたかもしれないマネルヴィル夫人ほど若くもなかった。だが、この女の黒い瞳がこっそり投げかけてくる、優しいが野性的で、深くすばしこい眼差しの中には、どれほどの苦悩と官能が押し殺されていたことだろう。十五分ほど入っていた店から出てきて、数歩のところで待ち伏せていたミラノ人としっかり目があった時、彼女はどれだけ激しく赤面したことだろう。あまりにも多くの「だが」と「もし」を繰り返したあげく、どんな言語でも、放蕩仲間の言葉でも名前のつけられていない狂おしい誘惑にかられて、年老いたパリ人がお針子を追いかけるように、伯爵はこの女の後をつけ始めた。途中、女の後ろを歩いたり前を歩いたりしながら、その容姿や服装をこまごまと観察して、自分の脳の中に立てこもっている無分別で気違いじみた欲望を追い出そうとした。するとまもなく、こうして彼女を調べ上げることに灼けるような快感を感じ始めた。前の晩、かぐわしい風呂の揺れる湯の下に、愛する女性の完璧な体つきを眺めて味わった喜びも霞むほどだった。見知らぬ女は時々頭を下げて、地面近くにつながれた山羊のような上目づかいの視線を投げてよこした。そしてあいかわらず後をつけられているとわかると、逃れようとするかのように足を速めた。馬車に邪魔されたり、何か別の出来事のせいでアンドレアが彼女にまた近づいたりすると、女が彼の視線にたじろぐのが感じられたが、顔には怒っている様子はまるでなかった。これはまちがいなく心の動揺と闘っている印だったから、彼を突き動かす妄想には最後の拍車がかかり、アンドレアはフロワマントー通りまで飛ぶように駆けていった。さんざん回り道をした後、見知らぬ女は突然この通りに飛びこみ、不意をつかれた外国人をうまく巻いたと思い込んでいた。すでに暗かった。食料品店の帳場で黒すぐり酒を飲んでいた赤い入れ墨の女が二人、若い女を見て声をかけた。女は戸口で足を止め、あたたかい挨拶に優しい言葉で答え、また歩き続けた。彼女の後をついていったアンドレアは、名前もわからないこの通りのいちばん暗い通路の一つに彼女が消えてゆくのを見た。自分の恋物語の女主人公が入っていった家のぞっとするような外観を見て、彼は吐き気を催しそうになった。建物を観察するために一歩下がって、自分のそばに顔色の悪い男がいるのに気づき、質問をしかけた。男はごつごつした杖に右手をかけ、左手を腰にあてて、一言こう答えた。「ふざけたやつだな」しかし街灯の光に照らし出されたイタリア人を上から下まで眺めると、男の顔にはへつらうような表情が浮かんだ。

「いやあ、失礼いたしました、旦那さま」と、男はすっかり声の調子を変えて言った。「料理屋もございますよ。常連の集まる定時定食屋のようなところで、料理はひどくまずいですがね、スープの中にチーズが入ってます。もしかすると旦那さまはその食堂をお探しなんじゃないですか。身なりからしてイタリア人だってことはすぐにわかりますんで。イタリア人はビロードとチーズがとても好きですな。もっとましな料理屋をお教えした方がよければ、ここからすぐのところに、外国人好きな叔母がおりますよ」

アンドレアはこの下品な男に胸がむかむかして、外套を口髭のところまで引き上げ、通りから飛び出した。男の着ているものも仕草も、見知らぬ女がさきほど入っていった汚い家とつり合っていた。家に帰ると自分の住まいの洗練された調度の数々を眺めてうっとりとし、デスパール侯爵夫人の家に夕べを過ごしにいった。その日かなりの時間、有無を言わさず彼を支配していたあの妄想の錆《さび》を落としたかったのだ。だが寝ようと思って横になると、夜の瞑想の中に昼の幻想が浮かび上がってきた。しかもそれは現実よりも明晰でいきいきしていた。見知らぬ女はあいかわらず彼の前を歩いていた。時折、水の流

れる溝を飛び越そうとして、ぽてっとした脚をまた見せた。筋肉質の尻は、一歩踏み出すごとに震えた。アンドレアは再び声をかけようとしたが、勇気が出なかった。彼、ミラノの貴族のマルコシーニともあろう者が！　すると彼女があの薄暗い路地に入っていくのが見えて、彼は追っていかなかったことを後悔した。「だって考えてみれば、彼女が僕を避けて足跡をくらまそうとしたなら、それは僕を気に入っているからだ。ああいう種類の女の場合、抵抗は愛の証なのだ。あの冒険をもっと先まで続けたら、きっとしまいには嫌気がさして心安らかに眠れただろうに」感性細やかなのと同じくらい知性も研ぎすまされている人がついそうしてしまうように、伯爵には非常に鮮明な感覚も分析してしまう癖があった。フロワマントー通りの見知らぬ女性が、幻想によって理想化された華やかな姿でではなく、実際のひどく貧しい姿のまま見えてくることに彼は驚いた。だがもし空想がこの女性に貧困のお仕着せを脱がせたら、彼女の魅力も消えてしまったにちがいない。だって彼は、泥のついた靴下と踵のすり減った靴をはき、麦わら帽子をかぶった彼女を欲し、求め、愛していたのだから。女が入っていったあの家で彼女を我がものにしたかった。「ということは、倒錯趣味にとりつかれてしまったのか？」と彼はすっかり恐ろしくなって自問した。「いくらなんでもそれはないだろう、二十三歳なんだから。快楽に麻痺した老人じゃあるまいし」自分を完全に操っている気まぐれの凄まじさそのものが、彼を少し安心させた。この風変わりな葛藤、こんな考え方と性急な愛し方に驚く人たちが、パリの生活に慣れている方々の中にはいるかもしれない。だが、アンドレア・マルコシーニがフランス人でなかったことをご考慮いただきたい。

アンドレアは二人の神父のあいだで育てられたのだが、信心深い父の指示に従って、神父たちは彼からめったに目を離してくれなかった。だから、十一歳で親戚の娘に恋することもなかったし、十二歳で母の小間使を誘惑したりもしなかった。国が押しつける教育だけでなく、あるもっと巧みなしつけをしてくれる寄宿学校にも行かなかった。しかも彼がパリに住むようになったのは数年前からだった。そのため、フランスの教育と風俗が強固な盾となって防いでくれるような、突然襲ってくる深い感銘をまだ受けやすかった。南の国々では、激しい情熱はしばしばたった一目で生まれる。豊かな感受性を十分な思慮で制御していたガスコーニュのある貴族は、精神と感情を突然襲う卒中を防ぐちょっとした工夫をあれこれ身につけていて、伯爵に次のように忠告してくれた。つまり、一カ月に一度は派手な乱痴気騒ぎに耽って、魂の嵐を払いのけろと言ったのだ。そうでないと、嵐は都合の悪い時に起きる。アンドレアはこの忠告を思い出し、心の中でつぶやいた。「よし、明日、一月一日に始めるとしよう」

以上のことから、アンドレア・マルコシーニがフロワマントー通りに入って行くのになぜおどおどと回り道をしていたかがわかる。上品な男性が恋する男の邪魔をし、長い間迷っていたのだ。だが最後の勇気をふりしぼると、恋する男はかなり決然とした足取りで、わけなく見分けのついたその家まで歩いていった。そこで彼はまた立ち止まった。この女性は、想像したような女《ひと》だろうか？　自分は何かまちがった方法を取ろうとしているのではないか？　そこで彼はイタリア風の定食屋のことを思い出し、自分の欲望にも嫌悪感にも都合のいい中間の方法にすがろうとした。夕食をとるために入っていったのだ。路地にそっと踏み込み、手探りで進んでいくと、突きあたりにじめじめして脂じみた階段を見つけた。イタリアの大貴族はそれを梯子かと思ったにちがいない。床に置かれた小さなランプの光と料理の強烈な匂いに引かれて二階に向かい、半開きになった扉を開けると、垢と煙で黒ずんだ部屋が見えた。そこではレオナルド〔十八世紀の小説家ルサージュの小説『ジル・ブラース』に出てくる盗賊団の料理人〕のような女が、ほぼ二十人分の食卓の準備をするために走り回っていた。まだ一人も客はいなかった。照明が暗く、壁紙がぼろぼろになった部屋をさっと見渡すと、貴族は、部屋の片隅で蒸気を立てながらごうごう言っているストーブのそばへ行った。伯爵が部屋に入って外套を置いた物音を聞きつけ、主人が突然、姿をあらわした。やせて、ひからびて、背が高く、途方もなく大きな鼻をもち、ときどき熱っぽいすばしこさで、思慮深げに見せたい視線を周囲に投げかける料理人を想像していただきたい。服装全体から裕福さがにじみ出ているアンドレアを見て、ジャルディーニ氏はうやうやしくお辞儀をした。伯爵は、同国人の皆さんと毎日一緒に食事を取りたい、何日分かの代金を前もって支払いたいと希望を述べた。さっさと目的にたどりつけるように、うまくだけた調子で話した。彼が例の見知らぬ女のことに話をもっていくやいなや、ジャルディーニ氏は滑稽な仕草をし、唇に笑みを浮かべて客をからかうように眺めた。

「なーるほど《バスタ》！　わかりましたよ《カピスコ》！」と彼はイタリア語で叫んだ。「二つの食欲にひかれてここへいらしたのですね。閣下みたいに気前のよさそうなお方のご関心をひいたのでしたら、シニョーラ・ガンバラはちっとも時間を無駄にしなかったってことになりますな。あの同情すべき女性《ひと》についてわたしらがここで知っていることをすべて、手短かにお話いたしましょう。彼女の旦那さんは、たしかクレモナの生まれで、ドイツからここへやって来ました。あのドイツ人たちに新しい音楽と楽器を取り入れさせようとしたんですよ、哀れをもよおす話じゃありませんか」とジャルディーニは肩をすくめて言った。「ガンバラ氏は、偉大な作曲家だと自分ではお思いなのですが、ほかのことにかけては有能とは思えませんな。しかし紳士で、良識があって機知に富んでいて、時にはたいへん愛想がいい人ですよ、ワインを何杯か飲んだ時には特に。でもひどく貧しいので、めったには飲みません。まっとうに生活費をかせぐかわりに、夜も昼も頭の中でオペラや交響曲を作曲してます。かわいそうな奥さんの方は、あらゆる人たち、道端に立っているような人たちまで相手に働かないとならないわけですよ。仕方ないじゃありませんか。夫人は旦那さんを父親のように愛し、子供のように面倒をみているんですからねえ。若い人が何人もわたしのところで食事をしては夫人に言い寄ろうとしたんですが、一人として成功しませんでした」と彼は最後のところに力を込めて言った。「マリアンナ夫人は貞淑なんですよ、旦那さま、不幸なのに貞淑すぎるほどですよ！　今のご時世、男たちはただでは何もくれません。だからかわいそうな夫人は、苦労しすぎて死んでしまいます！　夫が彼女の献身に報いていると思われますか？……それが！　微笑み一つかけてやらないんです。二人の食事はパン屋ですませています。なぜって、あの変わった男は一銭も稼がないばかりか、奥さんが働いて稼いだ金を残らず楽器に使い果たしてしまうんです。あいつは楽器を削ったり、伸ばしたり、短くしたり、壊してはまた組み立てたりを、しまいには楽器が猫も逃げ出すような音しか出せなくなるまで繰り返します。そうすれば満足なのです。ところが彼をご覧になれば、この上なく優しい、男の中でも最良の男、怠惰などとは無縁の人間とお思いになるでしょう。いつも仕事をしていますから。なんと申し上げたらいいか。彼は頭がいかれていて、自分の状態がわかっていないんです。彼が自分の楽器にやすりをかけたり、形を整えたりしているところを見ました。旺盛な食欲で黒パンを食べているところも見ました。その様子といったら、パリで一番うまい料理屋をやっているわたしさえ羨ましくなるほどでした。そうなのです、あなた様は、十五分もしないうちに、わたしがどんな人間かおわかりになるでしょう。閣下も驚かれるような洗練をイタリア料理に取り入れたのです。わたしはナポリ人です、つまり生まれながらの料理人なのです。ですが、経験と知識なくして才能など何の役に立つでしょう？　それはいわば料理の科学です！　会得するのに三十年もかかりました。結果、わたしがどうなったかごらんください。わたしの人生は、才能あるすべての人の人生と同じです！　わたしの試み、わたしの実験は、ナポリ、パルマ、ローマに出した料理店を次々とつぶしました。自分の芸術でまだ商売をしなければならない今でもたいてい、自分を支配する情熱の命ずるままにやっています。腕によりをかけた煮込み料理のあれこれを、あの気の毒な亡命者たちに出すのです。これでは破産してしまいます！　愚かな、とおっしゃいますか？　わかっています、でもどうしたらよいのでしょう？　才能がわたしをひきずっていくのです、自分に微笑みかけてくる料理を作りたいという誘惑に勝てないのです。あいつらは必ず気がつきます。連中はいつでも、料理道具を使ったのがうちの家内かわたしか、ちゃんとわかるんですよ。するとどうなるでしょうか？　このみすぼらしい食堂を開いた時に毎日テーブルについていた六十数名の客のうち、今では二十人ぐらいしかやってこないし、その人たちにはほとんどいつも信用貸しをしています。ピエモンテ人やサヴォワ人たちは出てゆきました。ですが、食通の人たち、趣味のいい人たち、本物のイタリア人は残りました。だから彼らのためにはどんな犠牲も払います。一人前二十五スーで、その二倍かかる料理を出すこともよくあります」

ジャルディーニの言葉にはナポリ風の無邪気な策略の匂いがぷんぷんしたので、伯爵は愉快になって、ジェロラモ〔ミラノのマリオネット芝居に出てくる、そそっかしいふりをしてずる賢い人物〕を相手にしているような気がした。

「それならばご主人」と彼は料理人にくだけた調子で言葉をかけた、「偶然とご信頼のおかげで、知られざる日々のご苦労を話していただけたからには、倍の金額を払わせてくださいよ」

こう言い終えながらアンドレアはストーブの上に四十フラン金貨を転がした。ジャルディーニ氏は神妙に二フラン五十サンチームを返したが、その時ちょっと気取った身振りをしたので、伯爵は内心とてもおかしかった。

「もうすぐ」とジャルディーニ氏は続けた。「あなたのご婦人が見えますよ。旦那さんの近くに席をお取りしましょう、そしてもし彼に気に入られたいのでしたら、音楽についてお話しください。二人とも招待しておきました、あの気の毒な人たちを！　新年ですのでね、お客さまたちに、さらに進化した傑作料理で喜んでいただこうと……」

ジャルディーニ氏の声は、客たちの騒々しいお祝いの挨拶でかき消された。客は定食屋の習慣どおり、二人ずつ、あるいは一人ずつ、気ままにやってきた。ジャルディーニはちゃんと伯爵のそばについていますよという素振りをし、どの人物が常連か彼に教えて、おしゃべりな案内人の役をつとめていた。滑稽な言葉で相手の唇に笑みを浮かべさせようとしていた。というのもナポリ人としての勘が、これは利用すべき裕福な庇護者だと教えていたのだ。

「こちら側の人は」と彼は言った、「気の毒な作曲家でして、恋唄《ロマンス》からオペラに転向したいのに、できないんです。劇場の支配人や楽譜屋たち、自分以外まわりのみんなが悪いんだって言ってますが、まちがいなく、自分ほど残酷な敵はいないのです。なんてつやのいい顔、なんという自己満足、なんと努力の跡のない顔つきでしょう。恋唄《ロマンス》に向いているのですよ。彼と一緒にいるマッチ売り風情の男は、音楽界の大物の一人ジジェルミ、世に知られたもっとも偉大なイタリア人指揮者です。ところが彼は耳が聞こえなくなって、不幸な晩年を送っています。人生を美しくしてくれていたものを失ってしまったのですから。ああ！　今やってきたのが我々の偉大なるオットボーニです、これほど無邪気な老人は地球上に存在したことがないというのに、イタリアの再生を望む人たちの中でもいちばん過激な存在と目されているのです。一体全体どうしてあんな愛すべきお年寄りを追放できるんでしょうか」

ここでジャルディーニは伯爵を眺めた。伯爵は政治的な方面で探りを入れられていると感じて、まさにイタリア的な無表情の殻に立てこもった。

「誰のためにでも料理を作る義務のある男は、閣下、政治的意見を持つわけにはいかないのです」と料理人は続けた。「ですが、ライオンより羊に似ているあの律儀な人を見たら、誰だってわたしと同じ意見をオーストリア大使本人の前で述べたでしょう。そもそも、自由がもはや禁じられておらず、ふたたび各地をめぐっていこうという時期にきているんですから。あのまっすぐな人たちは、少なくともそう信じているのですよ」と彼は伯爵の耳に口を近づけて言った。「どうしてわたしが彼らの期待の邪魔をすることなんかできましょう！　というのもわたしは絶対主義が嫌いではありません、閣下。すべての偉大な才能は絶対主義者です！　それでですね、オットボーニは才能あふれる男なのに、イタリアの教育のためにとんでもない骨折りをしているのです。彼は子供たちや民衆の知性を啓発するために小さな曲集を作曲し、巧みにイタリアに送り込みます。もしかするとそれなりの理由があって自由より享楽を好む我々のあわれな祖国のために、精神的な支えを作り直そうというのですよ」

伯爵は表情を変えなかったので、料理人は彼の本当の政治的意見を知ることができなかった。

「オットボーニは」と料理人は続けた、「聖人のような人で、とても思いやりがあって、亡命者はみんな彼を愛しています。だって閣下、自由主義者も美徳を持てるんですから！　おやおや！」とジャルディーニは声をあげた、「新聞記者がやってきましたよ」と彼は滑稽な服装の男を指し示して言った。一昔前に、屋根裏部屋に住む詩人が着ているとされていたような服だった。つまり上着はすり切れ、ブーツには穴があき、帽子は脂じみて、外套は着古して嘆かわしい状態だった。「閣下、あの哀れな男は、すばらしい才能に恵まれていて……清廉潔白の士なのです！　時代を間違えて生まれてきて、誰にでも真実を語り、皆に我慢ならない人物と思われています。誰も知らない二つの新聞に劇評を書いているんです。どんな教養があって、大新聞にでも書けるというのに！　他の者たちは、ご紹介するには及びません。どんな人間か閣下はすぐお察しになるでしょう」作曲家の妻を目にした伯爵がすでに彼の話を聞いていないのに気づいて、彼はそう言った。

アンドレアを見たシニョーラ・マリアンナは震えて頬を真赤に染めた。

「あの方です」とジャルディーニは伯爵の腕をとり、背の高い男を示しながら低い声で言った。「なんて青白い深刻な顔でしょう、かわいそうに！　きっと今日は、お気に入りの主題がうまく頭を駆け巡らなかったんですね」

　本当の芸術家なら誰でもガンバラに注目せずにはいられない、はっとするような魅力が、恋に夢中になっていたアンドレアの心をかき乱した。作曲家は四十歳になっていた。はげ上がった広い額には平行に浅い皺がよっており、くぼんだこめかみには血管が浮き出て、なめらかな肌の透明な組織を青く染めていた。幅の広いまぶたと明るい色のまつげにまもられた黒い眼を縁取る眼窩は深く窪んでいたが、顔の下半分はおっとりした線とやわらかな輪郭のために、まるで若者の顔のようだった。観察者には一目で、この男の情熱は知性のために押し殺され、知性だけがなんらかの壮大な闘いの中で年老いたのだとわかった。アンドレアは自分をうかがっているマリアンナにちらりと目をやった。この均整が取れて、美しい色に染まったイタリア風の顔つきからは、人間のあらゆる力が調和し釣り合っている体質の持ち主であることがうかがえた。それを見たアンドレアは、偶然によって結びつけられたこの二人を隔てる溝の深さを感じた。夫婦がこれほど似ていないのはよい予兆だと思ってうれしくなり、美しいマリアンナと自分のあいだに障害を作るような気持ちを抑えようとは少しも思わなかった。マリアンナだけが宝であるこの男に対して、すでに敬意のこもった同情を感じていたのだ。ガンバラのやさしく憂いをおびた目を見れば、気高く静かな不幸が手に取るようにわかった。ドイツの物語作者や台本作家がよく登場させる奇人変人の一人に出会うかと思っていたところへ、身振りにも服装にも奇怪なところなどまるでない、高貴ささえ感じさせる、自然で慎みのある人間に出会ったのだった。贅沢な様子はまったくなかったが、彼の服装はひどく貧乏なわりにはきちんとしていたし、シャツには生活の細々した部分にまで

気を配ってくれる愛情の存在が感じられた。アンドレアはうるんだ眼でマリアンナを見上げた。彼女は少しも赤くならず、かすかに微笑みをうかべた。もしかすると若者の無言の賛辞を感じて、誇らしい気持ちがこみあげたのかもしれない。本気で恋してしまい、わずかな好意の印も見逃すまいとしていた伯爵は、こんなに心が通じるのは愛されているからだと思った。そこで、妻よりも夫の心を勝ち得ようと夢中になった。あらゆる作戦の的をあわれなガンバラに定めたが、ガンバラの方は何も気づかず、ジャルディーニ氏の作ったひと口パイを味わいもせずに飲み込んでいた。伯爵は月並みな話題で会話を始めた。だが少し言葉を交わしただけで、ガンバラの知性がある点では働かないと言われているにしても、他のすべての点では非常に明敏だと思った。そして、このいたずらっぽい好人物の空想をおだてるよりも、彼の思想を理解するよう努める方が肝心と見てとった。客たちは、お腹がぺこぺこで、おいしかろうがまずかろうが食事を目の前にすると頭が回り始めるような人種だった。彼らはガンバラへのひどい敵対心をあらわにし、一皿目が終わるやいなや彼をからかい始めた。一人の亡命者はしげしげと流し目を送り、マリアンナに対してうぬぼれた計画を抱いているらしかった。亭主を物笑いの種にして前々からイタリア女の心にだいぶ入りこんでいるつもりだったその男は、新参者に食卓の習慣を教えようと火ぶたを切った。

「しばらくオペラ『マホメット』のお話をうかがっていませんね」とマリアンナにほほえみかけながら彼は言った。「家庭の雑事にかかりきりで、お宅の居心地よさに心を奪われて、パオロ・ガンバラは超人的な天分を放り出し、才能が冷め想像力が生ぬるくなるにまかせているというわけですか?」

ガンバラはすべての客を知っており、自分を他の人間よりもはるかに上に感じていたので、今や攻撃に応戦する気もなく何も答えなかった。

新聞記者は続けた。「この方の長年の労作が理解できる知性を誰もが持ち合わせているわけじゃありません。それこそ、我々の神々しいマエストロの曲がパリの舞台で演奏されない理由でしょうな」

「しかしですな」とそれまで、出てくる料理すべてを放り込むためにしか口を開けなかった恋唄《ロマンス》作曲家が言った。「才能ある人で、パリ人の評価に一目置いている人もいます。わたしは音楽の世界では多少知られておりまして」彼は謙遜したふうに続けた。「ただそれも軽喜劇《ヴォードヴィル》の歌を書く機会があったり、コントルダンス〔男女が組みになり、向かい合って踊るダンス〕の曲がサロンでもてはやされたりというだけです。ところがもうすぐ、ベートーヴェンの命日を記念して作ったミサ曲が演奏されるかもしれないのですよ。わたしは他のどこよりもパリで理解してもらえると思いますね。その時には御同席いただけますか」と彼はアンドレアに語りかけた。

「どうもありがとう」と伯爵は答えた。「わたしはフランスの歌を味わうのに必要な器官を持ち合わせていないようなのです。でも、もしもあなたが亡くなっていて、ベートーヴェンがミサ曲を作ったのだとしたら、まちがいなく聴きにいくでしょう」

この冗談をきいて、ガンバラが突飛なことを言うよう仕向けて新入りを楽しませようと考えていた者たちは、小競り合いを中止した。こんなに高貴で感動的な狂人が、俗悪な知恵の持ち主たちの見せ物になることに、アンドレアはすでにいくらか反発をおぼえていた。彼は下心なくとりとめのない話を続けていった。ジャルディーニは話のやりとりにしょっちゅう口をはさんだ。趣味のいい冗談や逆説的な意見をガンバラが理解しそこねるたびに、料理人は首を伸ばし、音楽家に憐れみの眼差しを注ぎ、伯爵に目で合図を送って、耳にささやくのだった。「気がふれてますな《エ・マット》」しばらくすると料理人はもっともらしい注釈をやめて、いちばん力を入れていた二皿目の料理を用意しに行った。彼がいない間に、ガンバラはアンドレアの耳に口を近づけて小声で言った。「あの親切なジャルディーニは、腕によりをかけた料理を出すといって我々をおどかしたんです。あなたもどうか敬意を払ってやってください。奥さんは下ごしらえを見張っていたんですがねえ。あのお人好しは新しい料理を創り出そうという考えに凝り固まっているのです。いろいろ試した挙げ句に、最後の試みで旅券もなしにローマを追われました。そのいきさつを彼は話したがりません。評判の高いレストランを買い取ると、昇進したばかりで家がまだできあがっていなかった枢機卿主催の宴会をまかされたらしいのです。ジャルディーニは名を上げる機会が来たと信じ、事実そうなりました。というのも、その夜のうちに、教皇選挙会議の出席者全員を毒殺しようとしたという罪に問われて、荷物を作る暇もなく、ローマもイタリアも後にしなければならなくなったからです。この不幸が決定的な打撃となって今は……」

ガンバラは額の中央に指をあて、頭を振った。

「ですが、いい人ですよ」とガンバラは言い添えた。「彼には本当にお世話になっていると、家内がいつも言っています」

ジャルディーニは注意深く皿を運んで来てテーブルの真ん中に置いた。そして、へりくだった様子でアンドレアのそばにやってきて、まっ先に彼に給仕した。この料理を味わうやいなや、伯爵は一口目と二口目の間に越えがたい距離を感じた。そして内心ひどくうろたえた。自分をじっと観察している料理人をがっかりさせたくなかったのだ。金を払ってくれさえすれば料理をけなされてもほとんど気にしないのがフランスの料理人だとしたら、イタリアの料理人も同じだと思ってはいけない。彼らにはしばしば、ほめ言葉だけでは足りないのである。時間を稼ぐために、アンドレアはジャルディーニに熱烈なお世辞を言いながら耳に顔を近づけ、テーブルの下で金貨を一枚握らせて、シャンパンを数本買って来てくれと頼んだ。客がこれほど気前がいいのは自分の腕前のおかげだと、料理人が勝手に解釈してもいいように。

料理人が戻ってくると、すべての皿は空になっていて、ブラヴォーの声が部屋中に響きわたっていた。シャンパンはやがてイタリア人たちの頭の回転をよくした。それまで見知らぬ人間がいるせいで遠慮がちだった会話も、疑心暗鬼の慎重な域を超えて、政治理論や芸術理論の広大な領域のあちらこちらへと飛び火した。愛と詩の陶酔しか知らなかったアンドレアだが、まもなく皆の注目をひきつけ、巧みに話題を音楽的問題の領域へと持っていった。

「一つ教えていただきたいのですが」と、彼はコントルダンスの作曲家に話しかけた、「小唄づくりのナポレオンが、なぜ頭をかがめてパレストリーナ〔一五二五—一五九四。イタリアの作曲家。教会音楽を多数作曲〕やペルゴレージ〔一七一〇—一七三六。イタリア・ナポリを中心に活動し『スターバト・マーテル』（哀しみの聖母）などの優れた宗教曲やオペラ作品を残した〕やモーツァルトの地位を奪おうなどとなさるのですか。可哀想にあの作曲家たちは、あなたのとどろく死者のためのミサ曲が近づいてきただけで、そそくさと逃げ出すでしょうに」

「あなた」、作曲家は言った。「音楽家は、百人の巧みな演奏者の協力がないと答えられないような質問に対しては、いつでも答えに窮するものです。モーツァルト、ハイドン、ベートーヴェンも、オーケストラなしには、たいしたことはありません」

「たいしたことはないですって？」と伯爵は答えた。「しかし、『ドン・ジョヴァンニ』や『レクイエム』の不滅の作曲者がモーツァルトであることは誰でも知っています。ですが、サロンではやっているコントルダンスを次々と生み出す作曲者の名を、残念ながらわたしは知らないのです」

「音楽は演奏とは独立して存在するものです」と、耳が遠いにもかかわらず議論からいくつかの言葉を聞きとった指揮者が言った。「ベートーヴェンのハ短調交響曲の楽譜を開けば、音楽がわかる人はたちまち空想の世界へと誘われます。まずト調で奏でられ〔ト音で始まるハ短調の第一主題のことか〕、ホルンがホ調〔変ホ長調の誤りか〕で繰り返す主題の黄金の翼に乗ってね。そして自然界全体が、目もくらむような光の束で照らし出されたり、憂愁の雲でかげったり、神々しい歌に浮き立ったりするのを見るのです」

「ベートーヴェンはもう新しい楽派に追い越されましたよ」とロマンス作曲家は小馬鹿にしたように言った。

「まだ理解されていないのに」と伯爵は言った、「どうやって追い越されることができるのでしょう」。

ここでガンバラはシャンパンを一杯ぐっと飲みほし、賛成するような微笑みを添えた。

「ベートーヴェンは」と伯爵は言葉を続けた。「器楽曲の限界を押し広げました。彼の道につづく者はいないのです」

　ガンバラは頭をふって異議を唱えた。

「ベートーヴェンの作品で特に注目すべきは、簡潔な設計と、それを展開する手法です」と伯爵は続けた。「たいていの作曲家の作品では、オーケストラの各パートは勝手ばらばらで、互いに絡み合うとしたらその場かぎりの効果を生み出すためなのです。計算された進行を一つひとつたどって作品全体に寄与するとは限りません。ベートーヴェンにあっては、効果はいわばあらかじめ配分されています。いくつもの連隊が規則正しい動きをして一つの闘いの勝利に貢献するように、ベートーヴェンの管弦楽の各パートは、全体の目的の中で割り振られた秩序に従っており、みごとな構想に導かれているのです。この点について、別の分野の天才にも同じことが言えます。ワルター・スコットの優れた歴史小説の中で、筋と一番遠い所にいた人物が、ある瞬間、物語の進行に編み込まれている糸にたぐりよせられて結末に関与してくることがあるでしょう？」

「その通り！」とガンバラは言った。しらふでなくなるにつれ、彼の良識は逆に戻ってくるようだった。

　実験を押し進めるために、アンドレアは実際に感じている共感を横において、ヨーロッパ中に広まったロッシーニの評判を激しく攻撃し始め、イタリア楽派に異議を唱えた。この論争では、ヨーロッパの百以上の劇場で三十年来毎晩、イタリア楽派が勝利を収めていた。これは当然、たやすい仕事ではなかった。二言三言発するとすでに異議を唱える低いざわめきが彼のまわりで起きた。しかし、たびたび遮られても、叫び声が上がっても、眉をひそめる者がいても、憐れみの眼差しを投げかけられても、ベートーヴェンの熱烈な崇拝者は話をやめなかった。

「どうぞ比較してみてください」と彼は言った、「わたしが今お話しした作曲家の崇高な作品と、イタリア音楽と呼ばれているものとを。思想はなんと軟弱で、様式はしまりがないことでしょう。いつも決まった節回し、平凡なカデンツ〔楽曲や楽句の終結部をつくる和声進行。終止形〕、状況かまわず思いつきでつけた装飾音、ロッシーニ〔一七九二―一八六八。イタリアの作曲家。彼のオペラは当時パリをはじめヨーロッパ中でもてはやされていた〕が流行させ、今やあらゆる作品に浸透している単調なクレッシェンド。こうしたロッシーニ風のさえずりが、おしゃべりで、はすっぱで、香水をふりかけたような音楽を作り出すのです。その長所といえば、ただ歌手にとって比較的唱いやすく、母音の発声が軽やかなだけです。イタリア楽派は芸術の高邁な使命を忘れました。大衆を自分たちのところまで引き上げるかわりに、大衆の次元まで降りてしまったのです。あらゆる人間の票を受け入れ、世の大半を占める低俗な知性に働きかけることで、流行を支配しただけです。この流行は大道芸の手品みたいなものですよ。結局のところこの種の音楽の権化であるロッシーニの曲や、多かれ少なかれ彼の影響を受けた作曲家たちの作品は、せいぜい道ばたで手回しオルガンのまわりに民衆を集めたり、ポリシネル〔イタリアの笑劇コメディア・デラルテの道化役で、マリオネットの人形になっている〕の飛び跳ねダンスの伴奏をしたりするのにちょうどいいと思いますね。わたしはまだしもフランス音楽の方が好きです。そう申せばすべておわかりでしょう。ドイツ音楽万歳！……ただし、ドイツ音楽を歌うことができれば」と彼は低い声で付け加えた。

アンドレアはこの挑発的な言葉で、十五分以上も繰り広げてきた長い議論を締めくくった。彼は形而上学のもっとも高邁な領域を、屋根の上を歩く夢遊病者のように軽やかに駆け巡ってみせたのだった。

こうした微妙な問題に激しく興味をひかれ、ガンバラは議論の一言たりとも聞きもらしていなかった。そしてアンドレアが発言を終えたと見るやいなや、口を開いた。すでに席を立とうとしていた人たちもいたが、客たちはみな聞き耳を立てた。

「イタリア楽派をこっぴどくやっつけますね」と、シャンパンのせいですっかり活気づいたガンバラは言った。「ですがそのようなことはわたしにはどうでもいい。そういった多かれ少なかれ旋律的な貧困さなどと、神様のおかげでわたしは無縁なのです！　ですが社交界のお方は、ドイツやフランスもまず初めに教えを受けた古典的土壌に、ほとんど感謝の意を示されませんな。カリッシミ〔一六〇五―一六七四。イタリア前期バロックの作曲家。ローマのサンタ・アポリナーレ教会の楽長をつとめ宗教曲の傑作を書いた〕、カヴァッリ〔一六〇二―一六七六。ヴェネチアで活躍した音楽家でモンテヴェルディの弟子、多数のオペラを作曲した〕、スカルラッティ〔アレッサンドロ・スカルラッティ、一六六〇―一七二五。多くのオペラやカンタータを作曲しオペラにおけるナポリ学派の様式確立に貢献した〕、ロッシ〔十七世紀イタリアのオペラ作曲家フランチェスコ・ロッシ、あるいはミケランジェロ・ロッシのことか〕らの曲がイタリア中で演奏されていた時、パリのオペラ座のヴァイオリン奏者たちは手袋をはめたまま楽器を弾くという奇妙な特権を持っていました。リュリ〔一六三二―一六八七。イタリア生まれでフランスに帰化した音楽家。ルイ十四世の宮廷楽長となり多くのバレエ音楽や「音楽悲劇」を作曲した〕は和声の重要性を高め、真っ先に不協和音を分類した作曲家です。彼がフランスにやってきた時、その作品を演奏できる声と知性を持っていたのは、一人の料理人と一人の大工のみだったのですよ。彼は料理人をテノールに、大工をバス・バリトンに変身させました。その頃、ドイツではセバスチアン・バッハを除いて誰も音楽を知りませんでした。それにしても」とガンバラは、自分の言葉が軽蔑や悪意で迎えられることを恐れているように控えめな調子で言った。「お若いのに、芸術のこういった高尚な問題を、長い時間かけて研究なさったのですね。そうでなければ、あれほど明快にご意見を述べられるはずはありませんから」

この言葉に、聴いていた者たちの一部は微笑んだ。彼らには、アンドレアがつけた区別がまったく理解できていなかった。ジャルディーニは伯爵がただ支離滅裂な言葉を並べたと信じて疑わず、忍び笑いしながら彼を軽くつついた。相手を煙にまく作戦に自分も加担していると思いたかったのだ。

「あなたが先ほどおっしゃったことの中には、しごくもっともと思えることがたくさんあります」とガンバラは続けた。「ですが、お気をつけください！ あなたの弁論は、イタリアの感覚主義を攻撃して、ドイツの理想主義に傾いているように思われますが、それもまた有害な邪説です。あなたのように想像力と理性を持ち合わせた方が、一つの陣営を捨てるのはまた別の陣営に移るためでしかなく、二極のあいだに中立でいることができないのだとしたら、我々は永久にあの詭弁家たちの皮肉にさらされることになるのです。彼らは進歩を否定し、人間の才能をこのテーブルクロスに喩えます。ジャルディーニ氏のテーブル全体を覆うには短すぎて、テーブルの片方の端を覆うともう一方が出てしまうという代物ですよ」

ジャルディーニは虻《あぶ》に刺されたように椅子の上で飛び上がった。だが突然、接待者として守るべき威厳を思い出し、視線を天の方へ向け、また伯爵をつついた。伯爵には、ガンバラよりも主人の方がもっと気がふれているように思えてきた。芸術についてこのように真剣かつ敬虔に語る態度に、ミラノ人はすっかり引きつけられた。伯爵は、一方は非常に高貴で、もう一方は非常に卑俗な、二つの狂気のあいだに置かれていた。それらは互いに嘲笑しあい、聴き手たちを大いに楽しませていた。ある瞬間、伯爵は、人間のあらゆる創作活動が持つ崇高と茶番という二つの面のあいだで激しく揺さぶられているのを感じた。すると、このすすけたあばら屋に彼を引っ張ってきた数々の出来事の驚くべき連鎖が見えなくなり、奇怪な幻覚にもてあそばれているように感じ、ガンバラもジャルディーニも二つの抽象的な観念のような気がしてきた。

その間に、客たちはガンバラに答えた指揮者の最後のからかいに大笑いして引き上げてしまっていた。ジャルディーニは選ばれた客たちに出そうと思っていたコーヒーを入れにいった。料理人の妻は食器を下げていた。伯爵はストーブのそばでマリアンナとガンバラのあいだに座っていた。左に感覚主義、右に理想主義、つまり、狂人があれほど望ましいとみなしていた状況だった。ガンバラは自分のことを少しもせせら笑わない人間にはじめて出会ったので、まもなく一般的な話を離れ、彼自身のこと、自分の人生、仕事、我こそ救世主と信じている音楽の復活のことを語り始めた。

「お聞きください、これまでわたしのことを少しも馬鹿にしなかった方！　わたしはあなたに自分の人生を語りたいのです。自分のたゆみない努力を自慢するためではありませんよ。それは決してわたしの中から湧いてきたわけではありませんから。わたしの中に力を植え付けてくださった方の栄光を讃えるためです。あなたは善良で敬虔なお人のようだ。わたしを信じてくださらないにしても、憐れんではくださるでしょう。憐れみは人間に備わっていますが、信じる気持ちは神がくださいます」

アンドレアは赤くなって、美しいマリアンナの足にかすかに触れていた自分の足を椅子の下に引っ込めた。そしてガンバラの話を聞きながらも彼女に注意を集中した。

「わたしは楽器職人の息子としてクレモナに生まれました。父は演奏もかなりできましたが、どちらかという優れた作曲家でした」と音楽家は続けた。「それでわたしは小さい頃から物質的表現と精神的表現の両面から、音楽づくりの法則を学ぶことができたのです。好奇心豊かな子供として観察したことは、後に大人になったわたしの精神の中にくっきりとあらわれてきました。フランス人たちが父とわたしを家から追い出しました。我々は戦争で一文無しになったのです。ですからわたしは十歳ですでに放浪の生活を始めました。芸術や科学や政治を革新しようと思いめぐらした人々がほとんど皆、余儀なくされてきたさすらいの生活です。そういう人たちの運命や精神のあり方は、一般市民の生活の枠にはまるで当てはまりませんから、天意にしたがって、彼らを教育を受けるべき場所へ引きずっていくのです。音楽への情熱に導かれて、わたしは劇場から劇場へとイタリア中を回りました。ほんのわずかな収入で暮らしていたものです、イタリアではよくあることですがね。時にはオーケストラでコントラバスを弾き、ある時には舞台の上の合唱団で歌い、またある時には舞台の下で道具係と一緒に働きました。こうして楽器や人間の声を研究しながら、音楽の力をあらゆる面から探ったのです。つまり、いかなる点で楽器の音と人間の声が異なり、いかなる点で調和するかを、楽譜に耳を傾け、父が教えてくれた法則を応用しながら考えました。よく楽器の修理をしながら旅したものですよ。食べるものにもこと欠く生活でした。この国では、ローマがキリスト教世界の女王といっても名ばかりになって以来、太陽はつねに輝き、芸術は至るところにあるのに、芸術家のためのお金はどこにもなかったのです。歓迎されることもあれば、貧しいがゆえに追い払われることもありました。でも勇気は決して失いませんでした。いつか栄光を手にできると告げる内面の声が聴こえていたのです！　音楽はまだ幼年期にあるように思われました。

この意見を、わたしは今も持ち続けています。十七世紀以前の音楽の世界から残っているものを調べると、昔の作曲家は旋律しか知らなかったことがわかりました。彼らは和声のなんたるかを知らず、その大いなる可能性に気づいていなかったのです。音楽は同時に科学であり芸術でもあります。物理と数学の中に根を持っているから、音楽は科学なのですね。その音楽は霊感によって芸術となりますが、霊感はそうとは知らずに科学の定式を使っているのです。音楽はまた用いる物質の本質そのものゆえに、物理学に由来しています。つまり、音は空気の変化したものなんです。空気は複数の成分から構成されています。それらの成分に類似した成分がおそらく我々の中にあって、空気の成分に答え、共鳴し、想念の力によって大きくなるのですね。ですから、共鳴する物体の中にあるあらゆる高さの音と同じ数だけ、空気の中には弾性が異なって振動の長さも違う粒子が存在するはずです。そしてこれらの粒子は、我々の耳がそれを捉えた時、音楽家が作品に仕立てた時、身体組織にしたがって思想と呼応するわけですよ。わたしに言わせれば、音の性質は光の性質と同様です。音は、別のかたちをとった光なのです。つまり、音も光も振動によって作用し、振動が人間に達すると、人はそれを神経中枢の中で思想に変えます。音楽は絵画と同じく、元の物質がもつ性質のそれぞれを発現させる力を持つ物体を使って、いろいろな絵を創ります。音楽では楽器が、画家の用いる絵の具の代わりをするのです。音を出す物体が奏でるすべての音はいつも長三度と五度を伴っていて、広げた羊皮紙の上にのせた埃の粒子を動かし、音量に応じて必ず同じ幾何学模様を描きます。協和音を響かせればいつも規則正しい模様で、不協和音の時は整った形になりません。そのことからわかるように、音楽は自然の臓腑の中で育まれた芸術なのです。音楽は物理と数学の法則に従っています。物理の法則はあまりわかっていませんが、数学の法則はよりよく知られています。それらの関係を人間が研究し始めてから、和声というものが作られて、おかげでハイドン、モーツァルト、ベートーヴェン、ロッシーニが生まれたのです。彼らはたしかに、それ以前の才能には疑いのない作曲家たちよりも完成度の高い音楽を作りました。昔の大家たちは、芸術と科学を意のままに操るかわりに、ただ歌っていました。芸術と科学の高貴な結びつきこそが、美しい旋律と力強い和声を一つに溶け合わせるのです。ところで、数学の法則が発見されたおかげでこの四人の音楽家が生まれたとしたら、物理学の法則が発見されれば、できないことなどあるでしょうか。その物理学の法則を利用して（そう、ここが肝心です）、探求する規模に応じた量だけ、空気の中に存在するエーテル性物質〔『ルイ・ランベール』を中心に、バルザックは、エーテル性物質が電気・熱・光・ガルヴァーニ電気・動物磁気など宇宙の全現象の共通の元となる根源物質だという考えを展開している〕を集めるのです。エーテル性物質は、音楽も光も、植物界の現象も動物界の現象も作り出します。おわかりですか？　新しい法則は、現在のものに優る楽器を作りだし、現在の音楽を支配している和声よりずっと壮大な和声を生み出して、作曲家に新しい可能性を与えてくれるでしょう。変化した音がそれぞれ何らかの力に対応しているなら、その力が何か知って、すべての影響力をその本来の法則に従って組み合わせないといけません。作曲家は、まだよくわかっていない物質を研究しているのです。木管楽器と金管楽器、バスーンとホルンは、同じ物質、つまり空気を構成するさまざまな気体を用いながら、なぜあれほど似ていないのでしょう？　この違いは、気体の分解され方によるものか、それぞれの楽器に固有な成分の感知力によるもので、楽器はまだ解明されていないある能力を使って、これらの成分を変化させて外に出すわけです。この能力がどんなものだかわかったら、科学にも芸術にも役立つでしょう。科学を発展させるものは、芸術も発展させるのです。それでですよ、わたしはこうした発見の鍵を嗅ぎつけ、実際に発見したのです。そうなのです」とガンバラは興奮して言った。「人間はこれまで、原因よりも結果に注目してきました。もしも原因をつきとめることができたら、音楽はもっとも偉大な芸術になるでしょう。音楽こそ、魂のいちばん奥へと分け入っていく芸術ではないでしょうか？　絵画の場合、画家が見せるものしか見えず、詩の場合、詩人が語ることしか聞こえません。音楽はそのもっと向こうへ行くのです。音楽はあなたの想念をかたどり、眠っている思い出を呼び覚まさないでしょうか？　千人の人がホールに集まり、ラ・パスタ〔一七九八―一八六五。イタリア出身の名ソプラノ歌手で、ベッリーニ、ドニゼッティ、ロッシーニ等の作品を歌いイタリア、パリ、ロンドンの聴衆を魅了した〕の喉から一つのモチーフが流れ出すとしましょう。その歌唱は、ロッシーニがアリアを書いた時に魂の中に輝いていた思想とみごとに響き合っています。こうして人々の心の中に運ばれていくロッシーニの楽句は、それぞれの内面に異なった詩情を繰り広げます。こちらの人には、長い間想っていた女性の姿が見えてきます。別の人は、いつかたどった川岸、そこに垂れていた柳、透きとおった波、生い茂った木のアーチの下で踊っていた希望を思い出します。ある女性は、嫉妬に狂ったひと時に、自分を苦しめた千々の想いを反芻します。またある女性は叶わぬ願いに思いを馳せ、夢の豊かな彩りで理想の人を描いて、ローマのモザイクの中で幻想を育む女性のようにうっとりと、その人に身を任せます。別の女性は、今夜のうちに望みが現実になるのだわと考え、今から官能の激流に飛び込み、踊る波を火と燃える胸で受け止めます。音楽だけが、わたしたちを自分の中へと帰らせてくれるのです。これに対して他の芸術は、すでに形の定まった喜びをくれます。

おっと、話が逸れましたね。今お話したようなことを、わたしは若い頃に考えていたのです。かなり漠然としていますが、創作者には初め、夜明けの薄明かりのようなものしか見えないものです。こういう輝かしい考えを頭陀《ずだ》袋の底に入れて持ち歩いていたんですが、おかげで、たびたび泉の水にひたして食べた乾いたパンの皮も楽しく食べられました。わたしは研究し、アリアを作曲し、何かの楽器で弾いてみると、イタリアをふたたび旅し続けました。そしてついに二十二歳の時、ヴェネチアに住み、そこで初めて平穏な生活の味を知って、まずまずの境遇に落ち着けたのです。年老いたヴェネチアの貴族と知り合いになりましてね。その人はわたしのアイディアを気に入って研究を続けるよう励ましてくれ、フェニーチェ劇場に職を見つけてくれたんです。生活費は安くて、家賃も大してかかりませんでした。わたしはカペッロ館の一室に住んでいました。あの有名なビアンカ〔ビアンカ・カペッロ。一五四八―一五八七。ヴェネチア貴族の娘。十五歳でフィレンツェの男性と駆け落ちし、やがてフランチェスコ・ディ・メディチの愛人からトスカーナ大公妃の座に上った〕はある夜この建物から抜け出し、やがてトスカーナの大公妃になったのです。わたしのまだ見ぬ栄光もそこから出て、いつか世に讃えられるだろうと想像していました。夜は劇場、昼は研究という生活でした。そこへ悲惨な出来事が起きました。自分の音楽を実践したオペラの上演は大失敗だったのです。わたしの『殉教者』の音楽はまったく理解されなかった。イタリア人にベートーヴェンの音楽を聴かせてごらんなさい、すぐに気を散らせてしまいます。各楽器が演奏するさまざまなモチーフが壮大な全体奏の中で結びつくはずだったのに、その効果を誰も辛抱強く待ってはくれませんでした。オペラ『殉教者』にはいささか期待をかけていたのです。「希望」という青い女神に恋するわたしたちは、いつだって成功を期待するのですからね！　偉大なものを創造する運命にあると信じている時、それを予感しないわけにはいきません。どんな升にも光を通す隙間があるのですから。この建物には、わたしの妻の家族も住んでいました。よく窓辺から微笑んでくれたマリアンナと結婚できるかもしれないという希望が、わたしの努力を支えてくれました。自分が陥った状況の深刻さを思うと、わたしは暗い憂鬱な気持ちになりました。みじめな暮らし、絶え間ない闘いが手に取るように予想でき、そんな状況では愛も死んでしまうに決まっていると思いました。マリアンナは精霊のようでした、一足飛びにあらゆる困難を乗り越えたのです。わたしの不幸の始まりを黄金色に染めたささやかな幸福のことはお話ししないでおきましょう。わたしは自分の失墜に愕然として、イタリアには理解する力がないのだ、型にはまった節回しの中に眠っていて、わたしが準備していたような革新を受け入れられないのだと判断しました。それでドイツのことを考えたのです。ハンガリーを通ってたどりついたドイツを旅しながら、自然の幾千の声に耳を傾け、その素晴らしいハーモニーを再現しようとしました。自作の楽器や、そのために改造した楽器を使いましてね。この試みは非常に高くついて、まもなくわたしたちの貯金を食い尽くしてしまいました。とはいえ、あれはわたしたちにとって一番美しい時代でした。わたしはドイツで認められました。わたしの人生で、あの頃ほど充実した時はなかった。マリアンナの美しさには輝きと神々しい力が備わってきて、彼女のそばにいると何にも比べられない激しい感覚に揺さぶられました。申し上げる必要があるでしょうか？　わたしは幸せでした。こうして心がもろくなっていた時、わたしは何度か、自分の情熱に地上の和声の言葉を語らせました。あなたが出入りなさる社交界でずいぶんもてはやされている幾何学模様みたいな歌を幾つか作曲したこともありました。成功するやいなや、わたしは乗り越えがたい障害にぶちあたりました。例外なく意地悪だったり愚鈍だったりする同業者たちはここぞとばかり、寄ってたかって邪魔をしました。フランスというのは革新を好意的に受け入れてくれる国だと聞いていましたので、そこへ行こうと思い立ちました。妻がどうにかお金を工面してくれて、わたしたちはパリにやってきました。それまで、わたしは鼻で笑われたことはなかった。ところがこの恐ろしい都会では、この新種の責め苦に耐えねばならなかったのです。そこへまもなく貧乏が、胸を押しつぶすような不安を運んできました。この汚らしい地区で暮らすはめに陥り、わたしたちは何カ月も前からマリアンナの働きだけで暮らしています。この通りで客を拾う娼婦たちのために針仕事をしてくれているのです。マリアンナによると、ああした不幸な女性たちは礼儀正しく気前がいいそうです。わたしに言わせれば、マリアンナのかくも純粋な美徳の影響だと思われますがね。悪徳さえ、彼女の美徳に敬意を払わずにはいられないのです」

「希望をお持ちください」とアンドレアは彼に言った。「試練の時は終わりに近づいているかもしれません。わたしの努力があなたの努力と結び合ってお仕事が世に知られるまで、どうか一人の同国人に、同じ芸術家に、あなたの作品の疑いなき成功の前払いをさせてください」

「生活の金銭的なことはすべて妻に任せています」とガンバラは答えた。「あなたのような紳士から、顔を赤らめずにわたしたちが何を受け取れるかは、妻が決めてくれるでしょう。こんな長い身の上話をしてしまうことなどずっとなかったのですが、わたしの方は、このあたりでお暇《いとま》させていただきます。メロディーがわたしを呼んでいます。わたしの前を通って踊っています、恋人が隠してしまった着物を返してくれと言っている美しい娘のように裸でふるえています。さようなら、わたしの恋人に着物を着せてあげなければ。あなたには妻を残していきます」

彼は大切な時間を失ったことを後悔しているように逃げていった。マリアンナはどぎまぎして、夫の後を追おうとした。アンドレアに彼女を引き止める勇気はなかったが、ジャルディーニが二人を助けにやってきた。

「シニョリーナ、お聞きになったでしょう」と彼は言った。「旦那さんは、こちらの伯爵様と取り決めなければならない件をいくつもあなたに任せていかれましたよ」

マリアンナはふたたび腰を下ろしたが、アンドレアの方に目を上げず、彼も話しかけるのをためらっていた。

「ガンバラさんが信用してくださるのですから」と、アンドレアは上ずった声で言った。「奥さんにもご信頼いただけませんでしょうか。お美しいマリアンナさんには、ご自分の人生を語っていただけないのでしょうか」

「わたしの人生」とマリアンナは答えた。「わたしの人生は蔦の生です。わたしの心の歴史をお知りになりたくて、今お聞きになった話の後でわたしに話させようとなさるとは、わたしに誇りも慎みもないと思ってらっしゃる証拠ですわ」

「では誰に聞いたらよいのでしょう?」と、情熱のせいで機知をすっかりなくしかけていた伯爵が叫んだ。

「ご自分に」とマリアンナは答えた。「すでにわたしのことをおわかりになったか、決しておわかりにならないか、どちらかです。ご自分にお尋ねになってみてください」

「わかりました、ですが、わたしの話を聞いていてくださいよ。取らせていただいたこの手を、わたしの話が正しいあいだは離さないでいていただけませんか」

「お聞きします」とマリアンナは言った。

「女性の人生は、初恋とともに始まります」とアンドレアは言った。「マリアンナさんは、パオロ・ガンバラに出会った時にこそ生きはじめたのです。かみしめるほどに味わいが増してくるような深い情熱、とりわけ、守り支えてあげられるような魅力的な弱さが、彼女には必要でした。マリアンナさんのすぐれて女性的な性質は、恋よりもむしろ母性に呼びかけるのでしょう。ため息をついていらっしゃいますね、マリアンナさん？　わたしはあなたの心のもっとも生々しい傷の一つに触れたのです。あれだけ若かったあなたにとって、道に迷える優れた知性の保護者というのは、やりがいのある役割でした。あなたは心につぶやいたものです。『パオロはわたしの守護霊、わたしは彼の理性となって、わたしたち二人であのほとんど神に近い、天使と呼ばれる存在になるのだわ。知性が愛を押し殺すことなく、享受し理解する、あの崇高な存在に』それから初恋の恍惚感の中で、詩人が再現しようとした自然の百千の声をお聞きになったのです。パオロが音楽の崇高な、しかし限られた言語の中から表現を探して、あなたの前に詩の宝を広げてくれた時、あなたはすっかり夢中でしたね。常軌を逸した熱狂が彼を遠く連れ去ってしまっても、彼を崇拝していましたね。なぜって、逸れてしまった精力はすべて、いつか愛に戻って

くるだろうと信じたかったからです。思想に恋した脳に対して、思想がどれほど暴君のように執拗な影響力をふるうか、あなたはご存じなかった。ガンバラはあなたを知る前に、誇り高く復讐好きな愛人に自分を捧げてしまっていたのだ。その愛人とむなしく彼を争って、あなたは今日に至ったのです。一瞬、幸福を垣間見たこともありました。精神がいつも漂っていた高みから落ちて、パオロが現実の心地よさに打たれた時です。これからは彼の狂気も愛の腕に抱かれてまどろむだろうと、あなたは信じることができた。でも音楽はまもなくその獲物を取り返しました。分かち合う情熱の喜びの中に突然連れていってくれた眩い蜃気楼のせいで、あなたがすでに足を踏み入れていた孤独な道はますます険しく孤独なものに感じられました。さきほどご主人がしてくださったお話や、あなたのお顔つきと彼のお顔との驚くほどの違いから、わたしはあなたの生活の人知れぬ苦悩と、不釣り合いな夫婦の痛ましい秘密に気づいてしまいました。お二人の関係では、あなたが苦しみを引き受けられましたね。あなたの行いがいつも英雄的で、つらい義務を遂行しながら気力が決してくじけなかったとしても、孤独な夜の静けさの中では、いま波打ち、胸をつきあげているそのお心が何度も呻いたことでしょう。一番残酷な責め苦は、ご主人の偉大さにほかならなかった。彼があんなに気高く純粋な人でなかったら、彼を捨てることもできたでしょう。ですが彼の徳があなたの徳を支えてきたのです。あなたの英雄的な精神と彼のそれと、どちらが先に折れるだろうと考えておられましたね。パオロが自分の幻想を追っていたように、あなたはご自分のお仕事の現実的な尊さを追いかけていたのです。もしも義務を重んじる心だけがあなたを支え導いたのなら、勝利はもっと簡単に思えたかもしれません。あなたの心を殺し、あなたの生活を観念の世界に移せば、それですんだでしょう。宗教が残りを埋めてくれて、あなたは自然の本能を祭壇の下で消す聖女たちのように、想念の中に生きることになったでしょう。ところが、あなたのポールの全身にただよう魅力、高邁な精神、風変わりで心ほだされる愛の表現は、美徳があなたを閉じ込めようとした理想の世界から、いつもあなたを放り出したのです。愛の幻影と闘って疲れきってしまっている力を、あなたの中にかき立てたのです。あなたはまだちっとも疑っていらっしゃらなかったのです！　少しでも希望の光が見えると、あなたは甘美な幻影を追わずにはいられませんでした。ついに長年の失望が、忍耐を失わせました。天使でも、もうとっくにしびれを切らしていたでしょう。いまや、あれほど長いあいだ追い求めた姿は、実体のない影であって肉体ではありません。天才にこれほどしっかり食いついている狂気は、この世では治せないはず。この考えにはっとして、あなたはご自分の青春すべてを思い返しました。それは無駄になったわけではないにしても、少なくとも犠牲になったのです。その時あなたは、夫を求めていたのに父親をくれた自然の過ちを苦い気持ちで認めました。そして自分の心に尋ねました。科学だけに身を捧げたこの男性に、自分のすべてを捧げてきたのは、妻の務めを越えた行いだったのではないかと。マリアンナ、手を放さないで。わたしが言ったことはすべて真実です。そしてあなたは、まわりを見回しました。ですがその時はパリにいらしたのです、人が愛することを知っているイタリアではなく……」

「ああ、話の終わりはわたしにさせてください」とマリアンナは叫んだ。「そのようなことは自分で申し上げたいのです。包み隠さずお話しします、もうすでに親友を相手にお話ししているような気がしますもの。そうです、あなたが今あんなにはっきり説明してくださったことがわたしの中で起きた時、わたしはパリにいました。でもあなたにお目にかかってわたしは救われました。子供の頃から夢見ていたような愛に、今までどこにも出会わなかったのですもの。わたしの服装や住んでいた家のせいで、あなたのような男性の目にとまることはありませんでした。わたしを侮辱できないような立場の若い男性たちは、軽薄な態度で接してくるのでなおさらおぞましかったわ。わたしの夫を滑稽な老人扱いして愚弄した人たちもいれば、後で彼を裏切るために卑劣にも機嫌を取ろうとした人たちもいました。みんなわたしを夫から引き離そうとして、誰ひとり、わたしがあの魂、いつでもお役に立ちたいあのお友達、あの兄弟に捧げた崇拝を理解してくれなかったのです。あの人の魂は天の近くにいるから、わたしたちから遠く感じられるだけ。あなただけが、わたしを彼に結びつけている絆を理解してくださいました。そうでしょう？　わたしのポールに、誠実な下心ない関心を抱いてくださったのだと、どうかおっしゃってください」

「おほめの言葉はお受けします」とアンドレアはさえぎった。「でも、それ以上はお許し下さい。あなたのお言葉を否定しなければいけないような羽目に陥れないでください。マリアンナ、あなたを愛しているのです、わたしたち二人が生まれたあの美しい国で愛するように。魂全体で、わたしにみなぎるすべての力で、愛しているのです。でもこの愛を捧げる前に、あなたの愛にふさわしい人間になりたい。あなたが子供の頃から愛し、一生愛し続ける方をあなたにお返しするために、最後の努力をしてみます。あなたが成功か失敗かわかるまで、あなたがたお二人にお贈りしたいと思う安楽な暮らしを、どうか顔を赤らめずに受け取ってください。明日、あの方のために住まいを一緒に探しにゆきましょう。あなたの後見のお仕事にご一緒させていただく資格はあるでしょうか？」

マリアンナはこの高潔な態度に驚いて伯爵に手を差し出し、シニョール・ジャルディーニとその妻の挨拶を受けずにすむように出ていった。

翌日、伯爵はジャルディーニに連れられて夫妻の部屋を訪ねた。自分に恋している男の気高い心はもうわかっていたが――というのも、すぐさま見抜き合う心もあるのだから――マリアンナはあまりに模範的な主婦だったので、これほど身分の高い貴族をこんな粗末な部屋に迎えて感じている困惑を隠せなかった。すべてが文句なく清潔だった。彼女は午前中かかって風変わりな家具の埃を払った。その家具というのはジャルディーニ氏の作品で、ガンバラがお払い箱にした楽器の残骸で暇な時に作ったものだった。アンドレアはこんな突飛なものは見たことがなかった。自分にふさわしい威厳を保つために、いたずら好きな料理人が古いクラヴサンの胴の中に作った滑稽なベッドから目をそらし、マリアンナのベッドに目をやった。幅の狭い寝台で、たった一枚のマットレスは白いモスリンで覆われていた。その眺めは彼に甘くせつない思いを抱かせた。彼は自分の計画と午前中の予定について話そうとした。だがついに好意的な聴衆を見つけたと思ったガンバラは、伯爵をつかまえて、パリのために作曲したオペラをどうしても聴かせようとした。

「まず初めに」とガンバラは言った。「主題についてごく簡単に説明させてください。宗教はわれわれに、聖人の言葉を祈りによって敷衍するよう教えますが、ここの人たちは音楽から受けとった印象を自分で敷衍しませんので、彼らに次のようなことを理解してもらうのはなかなか難しいのです。自然の中には永遠の音楽や甘美な旋律、完全な和声があって、それを乱すのは神の意志とは無関係の混乱のみだということです。情念が人間の意思と無関係に動くのと同じですね。そのためわたしは、原因と結果を包みこむ壮大な構成を見つける必要がありました。わたしの音楽の目的は、できるだけ高い視点から諸民族の生き様を描くことでしたから。拙作のオペラは、マホメットの生涯全体を描いています。この主題を扱った詩人はこれまで誰一人いなかったので、台本もわたしが書きました。マホメットという人物の中には、古代サービア教〔諸説あるが、『コーラン』に言及されている、メソポタミアのかなり強力なユダヤ的キリスト教徒の一派。洗礼儀式を持っていたらしい〕の秘儀とユダヤ教がもつ東方の詩情が要約されていて、そこから人類の最も偉大な詩の一つ、アラビア人の統治が生まれ出たのでした。たしかにマホメットはユダヤ人に絶対統治という概念を借りました。また牧民の宗教、サービア教から段階的な進歩を教わって、カリフ〔政治的支配者〕たちの輝かしい帝国を創りだしました。彼の運命はその生まれに刻まれていました。彼は異教徒を父、ユダヤ人を母として生まれたのです。ああ、偉大な音楽家になるためには、伯爵よ、非常に博識であることも必要です。教養がなければ、地方色や思想を音楽に盛りこむことはできません。歌うために歌う作曲家は、職人であって芸術家ではありません。このすばらしいオペラはですね、前にわたしが手がけた大がかりな作品の延長線上にあります。わたしのオペラ第一作は『殉教者たち』という名でしたが、『解放されたエルサレム』という第三のオペラも書かねばなりません。この三部作の美しさ、着想の多彩さがおわかりになりますか。『殉教者たち』、『マホメット』、『エルサレム』！　西洋の神、東洋の神、そして、一つの墓をめぐった彼らの宗教の争いです。ですが永遠に失われたわたしの栄光のことを言うのはやめましょう。オペラの内容をかいつまんでお話すると次のようになります」

「第一幕では」、と彼は少し間をおいて語り出した、「マホメットは叔父の紹介で、ハディージャという金持ちの寡婦の家で隊商の仕事をしています。彼は恋をし、野心を抱いています。メッカを追われてメディナに逃げ、彼の逃亡期（ヒジュラ）が始まります。第二幕は、預言者として戦闘的な宗教をつくろうとしているマホメットを描きます。第三幕でマホメットはすべてに倦み、生命力を使い果たし、自分の死の秘密を盗んで神になろうとしています。人間のうぬぼれの最期のあがきです。詩が言葉で不完全にしか表せないであろう偉大な事実を、わたしが音でどのように表現したかお聴きください」

ガンバラは瞑想にふけった様子でピアノの前に座った。妻は楽譜の厚い紙束を持ってきたが、彼はそれを開こうともしなかった。

「オペラ全体が」と彼は言った、「肥沃な土壌の上に立つように、低音の上に構築されています。マホメットは堂々たるバスの声を持っていたに違いありません。そして彼の初めの妻はもちろんコントラルトの声でした。ハディージャはすでに若くはなかったのですよ、二十歳でしたからね。さあ、序曲が始まります！　序曲（ハ短調）はアンダンテ（三拍子）で始まります。恋に満たされぬ野心家の愁いが聞こえますか？　この嘆きをぬって、平行調〔元の調と調号が同じ調。元の調が長調ならば短三度下の短調、短調ならば短三度上の長調。近親調の一つ〕（変ホ調、アレグロ、四拍子）に移行しながら、恋する癲癇症の男の叫びと怒り、戦闘的な幾つかのモチーフが響いてきます。彼の目に、カリフたちの怖いものなしの剣が光るのが見えてきたのです。マホメットは一人の女性の中にある複数の美しさを見て、『ドン・ジョヴァンニ』が衝撃的に描いている、あの愛の多様性を実感しています。これらのモチーフを聴いていると、マホメットの楽園が見えてきませんか？　ですがここで（変イ長調、八分の六拍子）、どんな音楽嫌いの心もとろかすようなカンタービレが入ります。ハディージャがマホメットを理解したのです！　ハディージャは民衆に、預言者と天使ガブリエルの会見を告げます（マエストーソ・ソステヌート〔荘厳に、テンポを抑えぎみに〕、ヘ短調）。高官たち、僧侶たち、つまり政治権力と宗教は、ソクラテスやキリストといった革新者が息絶えだえのすり切れた権力と宗教を攻撃したのと同様、改革者が自分たちを攻撃していると感じます。そこでマホメットを糾弾し、メッカから追放します（ハ長調のストレット〔各声部がたたみかけるように入ってきて主題の模倣や応答を奏し、緊迫感を作り出す部分〕）。美しい属調〔主調の属音（音階の第五音）を主音とする調。近親調の一つ〕がやってきます（ここからト長調、四拍子）。アラビアはその預言者の言葉に耳を傾けます、騎士たちが集まってきます（ト長調、変ホ調、変ロ調、ト短調！　あいかわらず四拍子です）。人々の群れは雪崩のようにふくれあがります。偽の預言者は蛮族に向かって、やがて世界に対して行わんとしていることを始めました（ト調、ト調）。アラビア人たちに、世界を支配すると約束するのです。彼は霊感を受けているので、人々は彼を信じます。クレッシェンドが始まります（同じ属調で）。ここでいくつかファンファーレが聞こえてきます（ハ長調）。ハ調の和音を奏するいくつかの金管楽器がひときわ高らかに鳴り響き、最初の勝利を示します。メディナは預言者に征服され、人々はメッカに向かって歩を進めます（ハ長調の爆発です）。オーケストラは火事のように力強く燃え広がり、あらゆる楽器が語り、和声は急流のように流れます。突然、全体奏が中断され、優美なモチーフ（短三度）が聞こえてきます。献身的な愛の最後の讃歌《カンティレーナ》を聴いてください。偉人を支えた女性は絶望を隠して死んでいきます。愛が広がりすぎて一人の女では満足できなくなった男の栄光を見ながら死ぬのです。自分を殺す偉大さに進んで身を捧げるほど彼を愛しているのです。なんという炎のような愛でしょう！　世に寂寞の思いが広がります（再びハ長調）。管弦楽がふたたび力強く響きはじめ、消えてゆく根音の上に鳴る、すさまじい五度に集約されていきます。マホメットは倦んでいます、すべてを使い果たしたのです！　彼は神として死にたがっています。アラビアは彼を崇め、祈っています。そして幕が上がった時にきこえた、最初の憂愁のテーマ（ハ短調で）が戻ってきます」

「おわかりでしょうか」、とガンバラは演奏をやめて伯爵の方を振り返りながら言った、「このいきいきしてコントラストのきいた、風変わりで憂愁に満ちていて常に壮大な音楽の中に、快楽を激しく追い求め、読み書きも知らず、欠点の一つひとつを偉業への踏み台にし、過ちや不幸を栄光に変える、一人の癲癇症の男の人生が表されているのです。歌劇全体の見本であるこの序曲から、飢えた愛情深い民衆に彼が投げかける魅惑が想像できませんでしたか？」

マエストロの顔ははじめのうち冷静で厳しかった。アンドレアはそこに、音楽家が霊感にみちた声で表現する想念、混沌とした音の絡まりからは見当のつかない想念を読み取ろうとした。音楽家の顔はしだいにいきいきしてきて、しまいに情熱的な表情になり、マリアンナと料理人にも伝染した。マリアンナは自分の境遇だと気づいた箇所に激しく動揺し、目の表情をアンドレアに隠すことができなかった。ガンバラは額をぬぐい、非常に力のこもった視線を天井に向けたので、天井を突き破って天まで届くかと思われるほどだった。

「すでに回廊をごらんになりましたね」と彼は言った、「今度は宮殿の中に入りましょう。オペラが始まりますよ。第一幕です。マホメットは一人で舞台の前面にいて、まずアリア（ヘ調、四拍子）を歌い始めますが、舞台奥の井戸の近くにいる駱駝《らくだ》曳きたちの合唱にさえぎられます（両者の歌はリズム上のコントラストをなします、八分の十二拍子）。なんと荘厳な苦悩でしょう！　どんなに軽薄な女でも心揺さぶられるでしょう。心がなければ、臓腑に届くはずです。これこそ拘束された天才の歌ではないでしょうか？」

　アンドレアが非常に驚いたことに、というのもマリアンナは慣れていたのだが、ガンバラは喉を激しく引き絞ったので、番犬のかれた声にも似たくぐもった音しか喉から出てこなかった。口から薄い泡が出て作曲家の唇を白くするのを見て、アンドレアは思わず震えた。

「彼の妻がやってきます（イ短調）。なんと素晴らしい二重唱！　この曲でわたしは、マホメットにどれだけ意思があり、妻にどれだけ知性があるかを表わしました。ハディージャはこの歌で、自分から若い夫の愛を奪うことになる一つの仕事に身を捧げると言います。マホメットは世界を征服したいのです、妻はそれを見抜き、メッカの人々に、夫の癲癇の発作は天使と交流している印だと納得させて夫の野心を助けます。マホメットへの協力を誓いにやってくる最初の弟子たちの合唱（嬰ハ短調、ソット・ヴォーチェ〔密やかな声で〕）。マホメットは天使ガブリエルに会うために出てゆく（ヘ長調のレチタティーヴォ〔言葉の抑揚に忠実で叙述的な独唱曲〕）。彼の妻は合唱をかきたてる（アリアをぬって合唱の伴奏が入ります。時折高まる合唱がハディージャの大らかで堂々たる歌を支えます。イ長調)。アーイシャはマホメットが処女として知った唯一の女性だったので、預言者はその父アブドゥッラーの名をアブー・バクル(処女の父)に変えました。アブドゥッラーはアーイシャと共に進み出て、合唱よりひときわ高く歌い出します(他の声部を従えて、ハディージャのアリアと対位法的に絡みながらそれを支えるフレーズを)。マホメットがやがて自分のものにするもう一人の娘、ハフサの父ウマルが、アブー・バクルにならい娘と共にやってきて五重唱になります。処女アーイシャは第一ソプラノ、ハフサは第二ソプラノ、アブー・バクルはバス・シャンタント、ウマルはバリトンです。マホメットは霊感を受けて再登場します。彼は一つ目のブラヴーラ・アリア〔歌手の妙技が存分に発揮されるように作られた華麗なアリア〕を歌い、それがフィナーレの始まりになります(ホ長調)。彼は最初の信者たちに世界を支配すると約束します。預言者は二人の娘に気づき、おだやかな転調にのって(ロ長調からト長調へ)、彼女たちに愛の言葉をかけます。マホメットの従弟アリーと、最強の将軍ハーリド、この二人のテノールが登場して迫害を告げます。高官たち、兵士たち、領主たちが預言者を追放したのです(レチタティーヴォ)。マホメットは祈りを唱えて(ハ調)、天使ガブリエルは自分と共にいると言い、飛び立つ一羽の鳩を指し示します。信者たちの合唱は転調(ロ長調に)しながら献身の調子で答えます。兵士たち、高官たち、権力者たちがやってきます(行進曲の速さ、ロ長調で四拍子)。二つの合唱のあいだで闘いが始まります(ホ長調のストレット)。マホメットは(減七度下降の連続で)嵐に負けて去ります。この終曲の暗く猛々しい色合は、マホメットに勝利を予言する三人の女性のモチーフによって和らげられています。彼女たちが歌うフレーズは第三幕で敷衍されるでしょう、マホメットが自分の栄光を心地よく味わう場面で」

この時、ガンバラの目に涙が浮かんだ。しばらく感慨にふけった後、彼は叫んだ。「第二幕です！　ここに宗教が打ちたてられました。アラビア人たちは、神の意向をたずねる預言者の天幕を守っています（イ短調の合唱）。マホメットが現れます（ヘ調の祈り）。この歌を支える和音はなんと輝かしく荘重なことでしょう。ここでわたしは旋律の限界を押し広げたかもしれませんね。一つの音楽、一つの建築、一つの詩、一つの服装と風習を創造した人々の驚くべき活動を表現する必要があったと思われませんか？これを聴くと、ヘネラリーフェ〔スペイン、グラナダにある王族の離宮〕の拱廊の下か、アルハンブラ〔同じくグラナダにある、イスラーム建築の随を集めた宮殿〕の、彫刻で飾られた丸天井の下を歩いているような気がするでしょう。アリアの装飾音はあでやかなイスラーム建築や、戦闘と恋のキリスト教騎士道に対立するはずの、恋と戦闘の宗教の詩情を描いています。オーケストラの中で管楽器がいくつか目を覚まし、最初の勝利を告げます（偽終止〔和声的に主和音に向かいそうなところを、別の和音に進んで結ぶ終止形〔音楽のフレーズの結論部分。宙に浮いた感じを残す〕で）。アラビア人たちは預言者を崇めます（変ホ長調）。ハーリド、アムルー、アリーの到着が行進曲の速さで奏されます。信者たちの軍隊が町々を制圧し、三つのアラビアを征服しました！　なんと華麗なレチタティーヴォでしょう！　マホメットは自分の娘たちを褒美として将軍たちに与えます。（ここに、と彼は情けない顔をして言った、どんな美しい音楽悲劇の流れも断ち切る、卑しい舞踊が入ります！）しかしマホメット（ロ短調）は偉大な預言でオペラを盛り上げます。それは、あの哀れなヴォルテールの場合〔十八世紀の劇作家・思想家。次の引用は劇作品『狂信、あるいは預言者マホメット』一幕五場から〕、次のような詩句で始まるのですけど。

アラビアの時代はついに来たりぬ。

この預言は、勝ち誇るアラビア人たちの合唱によってさえぎられます（八分の十二拍子で次第に速く）。軍隊ラッパと金管楽器が、群れをなして到着する部族たちと同時に再び聞こえてきます。あらゆる声が次から次へと参加する全体のお祭りです。マホメットはそこで一夫多妻を宣言します。この栄光の中、マホメットにあれほど尽くした妻のすばらしいアリア（ロ長調）がひときわ高く聞こえてきます。『ではわたしは』、と彼女は歌います、『もう愛されていないのでしょうか？』『別れなければならない。お前は女で、わたしは預言者。奴隷は持てても、対等な存在はもはや持てないのだ』この二重唱（嬰ト短調）をお聴きください。なんたる悲痛さ！　妻は自分の手で育てた偉人を理解します。マホメットを愛しているからこそ、彼の栄光に身を捧げ、裁きもせず、一言も不満をもらさず、神のように崇めるのです。あわれな女、欺かれた最初の女、はじめの犠牲者です！　この苦悩は、終曲（ロ長調）にとってなんというテーマでしょう！　それは合唱の歓声を背景に、くすんだ色で装飾され、いらなくなった楽器のように妻を捨てながらも彼女をずっと忘れないとほのめかすマホメットの声の抑揚と響き合います。アーイシャとハフサの二つの若い声（第一、第二ソプラノ）が、アリーとその妻、ウマルとアブー・バクルに支えられて歌うメロディーは、なんときらめく火花のようで、楽しげにころころ輝いていることでしょう！　泣くがいい、楽しむがよい！　勝利と涙！　これこそ人生です」

マリアンナは涙をおさえることができなかった。アンドレアはひどく心動かされ、目を潤ませた。ナポリの料理人は、ガンバラの声の痙攣が表す想念の磁気的な伝播に揺さぶられて、彼らと思いを一つにした。音楽家は振り返り、この一団を見て微笑んだ。

「ついにわたしを理解してくれましたね！」

栄光の緋の光に包まれ、全人民の喝采を浴びながら華やかにカピトリウム丘の神殿に導かれた勝利者でも、頭上に冠が置かれるのを感じてこんな表情を見せたことはなかっただろう。音楽家の顔は、殉教者の顔のように輝いていた。誰もこの間違いを正さなかった。マリアンナの唇をおそろしい笑みがかすめた。伯爵は、この狂気の無邪気さにぞっとした。

「第三幕です！」と、上機嫌の作曲家はピアノの前に座り直しながら言った。「(アンダンティーノの独唱です)。マホメットは後宮で女性たちに囲まれていますが、幸せじゃありません。美女たちの四重唱(イ長調)。なんという華やかさ！　なんと楽しげなナイチンゲールの歌でしょう！　ここで転調します(嬰ヘ短調)。主題が再び現れます(後でイ長調に戻るために、属調のホ調で)。逸楽が群がってくっきりと浮かび上がり、第一幕の暗い終曲とコントラストをなします。踊りの後に、マホメットは立ち上がってブラヴーラ・アリア(ヘ短調)を歌います。初めの妻のたぐいなき献身的な愛を惜しみ、一夫多妻制に敗北したことを認めます。こんな主題を思いついた作曲家は今までいませんでした。管弦楽と合唱は美女たちの喜びを表現し、かたやマホメットはオペラの冒頭で表現された憂愁に引き戻されていくのです。──ここにベートーヴェンが感じられます」、とガンバラは声を高くした。「オペラ全体が自分自身に立ち返る、この非凡な回帰をちゃんとわかってほしいのです。すべてがどれだけしっかりと低音に支えられてきたことか！　ベートーヴェンはまさにこのような方法でハ調の交響曲を作曲しました。ただ、彼の英雄的な楽章はひたすら器楽的です。それに対してわたしの曲は、人間の持てる最も美しい声の六重唱と、聖なる家の〈門〉を守る信者たちの合唱に支えられているのです。わたしの曲には旋律と和声のあらゆる豊かさ、オーケストラと複数の声が備わっています。富める者、貧しい者、すべての人間の声をお聞きください！『闘い、勝利、そして倦怠』！　アリーがやってきます。コーランがあらゆる点で勝利を収めます（二短調の二重唱）。マホメットは二人の義父に胸中をもらします。すべてに倦んでいること、権力を譲り、自分の偉業を固めるために人知れず死んでいきたいことを語ります。美しい六重唱（変ロ長調）。彼は別れを告げます（へ調の独唱）。彼の代理人（カリフ）に指命された二人の義父が、民衆に呼びかけます。勝利の大行進。聖なる家（カスバ）の前にひざまずくアラビア人たちの一斉の祈り、家からは鳩が飛び立ちます（同じ調で）。六十の声で歌われ、女性たちに率いられたこの祈りが（変ロ調）、諸民族と人間の生を表現した壮大な作品を締めくくるのです。人間的な、そして神聖な思いすべてをお聞きいただけたでしょう」

アンドレアはあっけにとられてガンバラを見つめていた。はじめは、この男がマホメットの妻の感情を表現しながら、マリアンナが同じ気持ちでいることに気づかないという恐ろしい皮肉にぎょっとした。だが作曲家としての狂気は、夫としての狂気を忘れさせてしまうほどだった。耳を打つ騒音の嵐の中には、詩的な、あるいは音楽的な想念らしきものはみじんもなかった。和声の原則、作曲の初歩的な規則は、このぶかっこうな創作ではまったく守られていなかった。ガンバラが示そうとした巧みに展開されていく音楽の代わりに、彼の指は五度、七度、オクターヴ、長三度の連続を叩き、低音に六度のない四度の進行を弾いた。それは偶然にまかせて放り出された不協音の集合であり、どんなに鈍い耳も聾する目的で組み合わされたようだった。この奇妙な演奏を言い表すことは難しい。こんなあり得ない音楽のためには、新しい言葉が必要だろうからだ。善良な男の狂気に心を痛めて、アンドレアは赤くなり、こっそりマリアンナの方を見ていた。彼女は青ざめ、目を伏せて、涙をこらえきれないでいた。騒音の中でガンバラは時々叫び声をあげ、魂の恍惚状態にあることがうかがえた。喜びでいっぱいになり、ピアノに向かって微笑みかけ、怒った顔でにらみつけ、舌を出した。霊感を受けた人間がする表情だった。要するに、自分の頭を満たしている詩情に酔いしびれているらしかったが、それを表現しようと無駄に努力していたのだ。彼の指の下で唸りを上げる奇妙な不協和音は、もちろん彼の耳の中では天上のハーモニーのように響いていた。たしかに、別の世界に向けて開かれた彼の青い目から放たれる霊感に満ちた視線、頬を彩るバラ色の輝き、これほど高貴で誇り高い顔つきに広がる神々しい落ち着きを見て、耳の聴こえない者なら、誰か偉大な芸術家の即興演奏に立ち会っていると思ったことだろう。この気違いじみた音楽を演奏するに際して、彼が用いたような指使いに慣れるには驚異的な器用さが必要だったから、そんな幻想を抱いてもますます不思議はなかった。ガンバラは何年も練習を積んできたに違いなかった。しかも彼の手だけが忙しかったわけではなく、複雑なペダルを踏むために全身が絶え間なく揺れ動いていた。だから、やくざな楽器が提供する乏しい手段を駆使してクレッシェンドをふくらませようと努力していると、彼の顔を汗が滝のように流れた。彼は足を踏み鳴らし、息を切らし、うなった。彼の指は蛇の二枚舌にも匹敵する速さで駆けた。しまいに、ピアノが最後のうなりを発すると同時に、彼は後ろに倒れ、肘掛け椅子の背に頭をのけぞらせた。

「酒の神バッカスにかけて！　頭がくらくらする」と伯爵は外に出ながら言った。「鍵盤の上で踊る子供でも、もっとましな音楽を奏でるだろう」

「まったくです、偶然にまかせてピアノを叩いたって、あの変人が一時間のあいだやったほどうまく音の協和を避けることはできないでしょうよ」とジャルディーニが答えた。

「あんな恐ろしい不協和音ばかり立て続けに聴いていて、どうしてマリアンナのすばらしく端正な顔が変形しないですむのだろう」と伯爵は問いかけた。「マリアンナは醜くされてしまうかもしれないぞ」

「閣下、その危険から彼女を救ってあげなければなりません」とジャルディーニは叫んだ。

「いかにも」とアンドレアは言った。「そのことは考えたのだ。だが、わたしの計画の出発点が間違っていないかどうか確かめるために、実験をして推測を裏づけないといけない。彼が作った楽器を調べにまた来よう。それで明日、夕食の後に夜食をしたいんだ。わたしがワインと必要な甘いものを届けさせるよ」

料理人はお辞儀をした。次の日一日かけて、伯爵は貧しい芸術家夫婦のための住まいを整えさせた。夜になってアンドレアがやってくると、ワインとお菓子類が彼の指示通りに、マリアンナと料理人の手でちょっと気取ったふうに並べられていた。ガンバラは得意そうに小さな太鼓を見せた。上には粉の粒がのっていた。作曲家はそれを使って、さまざまな楽器が出す音の異なる性質を観察していたのだ。

「ご覧ください」とガンバラは彼に言った。「どれほど単純な方法で、私が重要な命題を証明することができるか。音響学はこうして、音がどんな物体に作用しても類似した反応を引き起こすことを教えてくれるのです。あらゆる和声は一つの中心から出発して、互いのあいだに親密な関係を保っています。もっと正確に言えば、和声は光と同じく一つのもので、光がプリズムで分解されるように、我々の芸術によって分解されるのです」

それから彼は独自の法則に則って制作した楽器の数々を、構造にどんな変化を加えたか説明しながら紹介した。しまいに音楽家は、この前置きは目の好奇心を満足させるのがせいぜいですが、締めくくりに、ある楽器を聴かせてあげましょうと、少々もったいぶって言った。それはオーケストラ全体の代わりになれるような楽器で、パンアルモニコン〔メトロノームの考案者でもあるヨハン・ネポムク・メルツェルは一八〇四年頃、軍隊楽のすべての楽器の音色を一台で出せる同名の自動演奏楽器を発明した〕という名だった。

「もしそれがこの籠に入っている、あなたが弾くと近所の人たちが苦情を言ってくるやつだとしたら」とジャルディーニは言った、「長くは弾けませんぜ、警察がすぐに駆けつけるでしょうからな。おわかりですか？」

「このあわれな狂人がいると」とガンバラは伯爵の耳元にささやいた、「弾くのは無理です」

伯爵は、外で見張りをしてお巡りさんや近所の人たちが邪魔しにくるのを防いでくれたら後で報酬を渡すからと言って、料理人を遠ざけた。料理人はガンバラに酒を注ぎながらそれまで自分も遠慮せずに飲んでいたが、伯爵に言われた通りにした。作曲家は完全に酔ってはいなかったが、すべての知力が過熱し、部屋の壁が明るく見え、屋根裏部屋の屋根がなくなり、魂が精霊の世界に翔っていくような状態にいた。マリアンナはちょっと苦労して覆いを払い、グランドピアノと同じくらいの大きさだが、上にもう一つケースがついた楽器を取り出した。この奇妙な楽器はケースと共鳴板のほかに、いくつかの吹奏楽器のラッパ口や、尖った吹口を備えていた。

「どうか弾いてください、あれほど美しいとおっしゃる、あなたのオペラの最後を飾る祈りの曲を」と伯爵は言った。

マリアンナとアンドレアがびっくりしたことに、ガンバラがまず弾いたいくつかの和音には巨匠の風格が感じられた。ぽかんとした後に、彼らは驚きのまじった賛嘆の気持ちにおそわれ、次に完全に恍惚状態に入って、自分たちがどこにいるか、誰の前にいるのかも忘れてしまった。オルガンにも似て、弦楽器の和声的な豊かさと見事に調和した木管楽器の音色は、オーケストラ全体の音もこれほど壮大ではあるまいと思わせるほどだった。しかしこの奇妙な機械はまだ不完全だったため、作曲家はもっと大きな考えを抱いているらしかったが、それ以上展開するのは無理だった。芸術作品が完璧であるがゆえに、魂の広がりが邪魔されることがよくある。作品を完成された状態で受け入れず、想念で完成する人々にとっては、完成された作品にスケッチが勝る、ということではないだろうか。伯爵がこれまで聴いたこともない純粋で甘美な音楽が、ガンバラの指から祭壇の上のお香の煙のように立ちのぼった。作曲家の声は若返った。この豊かな旋律を損なうどころか、彼の喉はそれを説明し、補強し、導いた。アンドリユー〔コレージュ・ド・フランスの教授で、一八二〇年に若きバルザックが書いた戯曲『クロムウェル』を家族の依頼で批評した〕のような講演の巧者の弱く震える声が、コルネイユやラシーヌの崇高な場面に内密な詩情を付け加え、その意味を広げたのと同じように。天使たちにふさわしいこの音楽を聴いていると、彼の壮大なオペラ、ガンバラが理性を保って説明している限り、絶対に理解されえなかったオペラに、音楽の至宝の数々が隠されていることが推測できた。事情を知らない人なら、この百の声をもつ楽器の中に、楽器職人が見えない少女たちを隠したと思ったかもしれない。楽器が出す音は時折、それほどにも人間の声に似ていたのだ。伯爵とマリアンナは二人とも、聞こえてくる音楽と、百の声を持つこの楽器への驚きの間にたゆたい、目でも言葉でも想いを伝え合う勇気はなかった。マリアンナの顔は希望の燦々たる光で照らされ、若い頃の華やかさを取り戻していた。夫の天才が輝き出るとともに彼女の美しさも蘇ったのだと思うと、この神秘的な時間が伯爵にくれた甘美な想いには悲しみの影がさした。

「あなたはわたしたちのよき守護霊です」とマリアンナは伯爵に言った。「あなたが彼に霊感を与えているのではないかと思いたくなります。だって、彼のそばを決して離れないわたしでも、こんなのは聴いたことがないのですもの」

「そしてハディージャの別れの言葉です！」とガンバラは叫び、昨夜、自分で崇高という形容詞を与えた小詠唱《カヴァティーナ》を歌った。愛ゆえの至高の献身がまざまざと表れていたので、二人の恋人たちは涙した。

「誰がそのような歌をあなたに書かせたのです？」と伯爵は尋ねた。

「精霊です」と、ガンバラは答えた。「彼が現れる時、すべてが燃えているように見えます。美しくみずみずしく、花々のように色とりどりの旋律が互いに向き合っているのが見えます。みな輝いています、

響いています、わたしは耳を澄まします、ですがそれを再現するにはものすごく時間がかかるのです」

「もっと弾いて！」とマリアンナが言った。

ガンバラは少しも疲れを感じず、苦もなく、しかめ面もせず弾き続けた。豊かな才能をほとばしらせて序曲を演奏し、新しい音楽表現を次々と発見していった。驚嘆した伯爵はしまいに、これはもしかしてパガニーニやリストが繰り広げる魔術の類《たぐい》だろうかと思った。そのような演奏はたしかに、音楽を詩に変えて音楽作品を凌駕し、音楽のあらゆる条件を変えてしまう。

「ということは、閣下は彼の病を治されるのでしょうか？」と降りてきた料理人は尋ねた。

「もうすぐわかるだろう」と伯爵は答えた。「この男の知性には二つの窓がある。一つは世間に対して閉ざされていて、もう一つは天に対して開かれている。一つ目は音楽で、二つ目は詩だ。今日まで彼は、閉ざされた窓の前に頑として座り込んでいた。彼をもう一つの窓のところへ連れていかねばならない。君が最初の手がかりを与えてくれたのだよ、ジャルディーニ。君の客は、ワインを何杯か飲むといつもより筋の通ったことを言うって教えてくれただろう」

「そうですとも」と料理人は叫んだ。「閣下のもくろみが読めてきましたよ」

「美しい音楽のたえなる調べの中で彼の耳に詩を響かせるのにまだ遅くないとしたら、耳と頭が働く状態にしておかねばだめだ。そこで、酒だけがわたしの計画を援護してくれるわけだ。ガンバラを酔わすのを手伝ってくれるかい？　君自身にとって害にならないだろうか？」

「それはどのような意味でしょう？」

アンドレアは答えずに行ってしまった。この狂人に残っている勘の鋭さを笑いながら。翌日、彼はマリアンナを迎えにきた。彼女は、午前中かけて質素だがきちんとした服を作ってあった。彼女の貯金はそれですっかりなくなってしまった。すれた男なら、この変わりようを見て幻想が醒めてしまったかもしれない。だが伯爵の場合、でき心がすでに情熱になっていた。詩的な貧しさを脱ぎ捨て、ただの中流階級の女に変身したマリアンナを見て、彼は結婚を夢見た。彼女に手を貸して辻馬車に乗せ、自分の計画を打ち明けた。彼女は自分が願っていたよりも恋人がもっと高貴で、寛大で、下心がないのを知って幸せな気持ちになり、全面的に賛成した。マリアンナはアパルトマンに着いた。アンドレアはそこに、どんなに身持ちの固い女性でも心誘われるような工夫を凝らし、自分のことを思い出してくれるよう楽しんで仕組んであった。

「あなたのポールに絶望なさるまで、わたしの恋心を語ることはしません」と伯爵はフロワマントー通りに戻る道中、マリアンナに言った。「わたしの誠実な努力の証人になってください。もし効果があれば、あなたのお友達という役に甘んじることができなくなるかもしれませんが、その時はあなたの前から姿を消します、マリアンナ。あなたの幸せのために努力する勇気は十分あるつもりですが、その幸せをじっと見つめる力はないでしょう」

「そんなことをおっしゃらないで、寛大なお振る舞いはそれなりに危険なもの」彼女は涙を抑えきれずに言った。「でもなんと、もう行ってしまわれるのですか」

「ええ」と、アンドレアは言った、「ほかのことは考えず、ただ幸せでいらしてください」

料理人が言うには、健康法の変化は夫妻によい効果をもたらした。毎晩、酒を飲んだ後、ガンバラは前ほど自分の考えに閉じこもる様子はなく、落ち着いてよくしゃべるようになった。彼はついに新聞を読むと言い出した。アンドレアは自分の計画が予想以上に素早く成果を上げるのを知って、思わず震えた。苦悶するほどに自分の愛の大きさを思い知ったが、立派な決意は揺らがなかった。ある日彼は、この奇妙な治癒の進行状態を確かめに来た。まず病人の状態を見てうれしくなり、マリアンナの美しさを見ると喜びは曇った。安楽な生活のおかげで、彼女はすっかり美しさを取り戻していたのである。それから彼は毎晩やってきて、穏やかでまじめな会話をし、適度な反対意見を述べて、ガンバラの変わった理論を明快にした。狂気に密着していない分野では作曲家の精神が驚くほど明晰に働くのを利用し、後で音楽にも適用できるような原則を、さまざまな芸術分野において認めさせた。ワインの酔いが病人の脳を熱くしているあいだはすべてがうまくいった。だがすっかり酔いがさめると、というかまた理性を失ってしまうと、錯乱がふたたび始まるのだった。それでもパオロは前よりも外界の物事に気をひかれやすくなり、彼の知性は同時により多くのことに注がれるようになっていた。アンドレアはこの半医学的な仕事に芸術家としての関心を寄せていたが、ついに思い切った試みに出る時が来たと思った。彼は自分の邸宅で晩餐を催すことにした。まじめな劇と茶番を切り離さないでおこうと思いつき、ジャルディーニも呼んだ。それは『悪魔のロベール』〔ユダヤ系ドイツ人の作曲家ジャコモ・マイアベーア（一七九一―一八六四）作曲のオペラ。脚本はウージェーヌ・スクリーブとカジミール・ドラヴィーニュ。一八三一年十一月二十一日パリのオペラ座で初演〕の初演の日だった。彼はこのオペラの練習に立ち合ってきて、病人の目を開かせるにはちょうどいいと考えた。二皿目から、すでに酔っていたガンバラは自分からしゃれた冗談を言い、ジャルディーニは自分の料理上の革新はまったく価値がないと漏らした。アンドレアは二重の奇蹟を起すために、すべてぬかりなく準備したのだ。輸送に必要な細心の注意を払って運び込まれたオルヴィエートやモンテフィアスコーネ、そして「キリストの涙《ラクリマ・クリステイ》」、ジーロ、これら懐かしい祖国の熱いワインは、客の脳にぶどうと思い出による二つの酔いをまわらせた。デザートになって、音楽家と料理人は自分たちの間違いを陽気に捨て去った。片方はロッシーニの小詠唱《カヴァティーナ》を口ずさんでいて、もう片方はフランス料理に敬意を表し、皿の上に切ったケーキを積み上げてその上にザダールの桜桃酒《マラスキーノ》をかけていたのである。伯爵はガンバラが上機嫌なのを利用した。音楽家は羊のようにおとなしくオペラ座へ連れてゆかれた。序奏の最初の音が鳴り始めるとガンバラの酔いはさめ、いつも一致しないがために狂気を引き起こしていた彼の判断力と想像力を時々和解させてくれるあの熱っぽい興奮状態がとって代わったように見えた。壮大な音楽劇の中心となる思想が、輝かしくも簡素な姿で彼の目に映った。彼が生きている深い闇の中を稲妻が走ったようだった。見開かれた彼の目に、音楽が一つの世界の広大な地平線を描きだした。初めて投げ込まれた世界だったのに、前に夢で見た出来事もあるのに気づいた。ナポレオンがアルプスの山庭と呼んだのももっともな、美しきイタリアがそこに始まる故郷の野原に運ばれたような気がした。思い出の翼に乗って、若く活発な理性が豊かすぎる想像の恍惚にまだ乱されていなかった時代へと戻り、宗教的な態度で一言も発しようとせずに聴いた。そこで伯爵は、この魂の内面で起きている作用を尊重した。夜中の十二時半まで、ガンバラはまったく不動のままだった。オペラの常連客は、彼のことをそのものずばり、酔っぱらいだと思ったに違いない。家に戻ると、アンドレアはガンバラを目覚めさせるためにマイアベーアの作品を攻撃し始めた。音楽家は、酒飲みならご存知の半睡状態に陥ったままだった。

「この支離滅裂な楽譜のどこにそんな磁気的な魅力があるのですか、あなたが夢遊病者みたいな状態に陥るなんて?」とアンドレアは自分の家に着くなり言った。「『悪魔のロベール』の主題〔物語は中世のフランス伝説から取られている〕に興味深い点がないとは決して言えないでしょうよ。ホルタイ〔一七九八―一八八〇。ドイツの詩人で、彼がこの主題のもとに書いた劇作品は一八三一年三月ベルリンで初演された〕は、稀にみる巧みさでこの主題を敷衍し、魅力的な印象深い場面が続く傑作劇を作りました。ところがフランスの作家たちはそこから想を得て、世にも滑稽な寓話を作り出したのです。ヴェサーリ〔十八世紀イタリアの脚本家ヴェラーツィのことか〕やシカネダー〔一七五一―一八一二。ドイツの脚本家でモーツァルト作曲『魔笛』の脚本などが知られる〕の脚本の阿呆らしさも、『悪魔のロベール』の詩には負けましたね。この文字通り悪夢のような劇は、観客の胸に重くのしかかって、強い感動を生みださないのです。マイアベーアは悪魔に立派な役割を与えすぎですよ。ベルトランとアリスは、善と悪、善の原理と悪の原理の対立を表しています。この対立関係は、最高に都合のいいコントラストを作曲家に提供しました。世にも甘美な旋律が激しくどぎつい歌のそばにおかれるのは、脚本の形からいって当然の結果でした。しかしですね、このドイツ人作曲家の作品では、悪魔のほうが聖人よりうまく歌うのですよ。天から来た霊感はしばしば天を裏切り、作曲家は地獄の形象から離れたと思うとまた急いで戻ってきます。手を切ろうとする努力に疲れてしまってね。旋律という黄金の糸は、こういう壮大な作品では決して途切れてはならないのに、マイアベーアの作品では時々消えてしまうのです。感情も何の役にも立たないし、心は何の役割も演じません。ですから心地よいモチーフに出会うこともなければ、皆の心を揺さぶり、胸の奥に優しい印象を残すような素朴な歌が聴けることもない。和声は、音楽的描写の群これを引き立てる背景をなす代わりに、偉そうに支配しています。これらの不協和音は聴く者の心を打つどころか、軽業師がロープにぶらさがって死と生のあいだで揺れているのを見て感じるような気持ちしか掻き立てません。神経をすり減らせるその緊張感を、優美な歌がなだめてくれることも決してありません。作曲家の目的はただ一つ、奇妙かつ風変わりな面を誇示することだったみたいですね。奇抜な効果を生み出す機会には急いで飛びつき、真実味や音楽的統一には目もくれず、猛り狂うオーケストラに押しつぶされた声がなす術もなくても、気にしないのです」

「お黙りくださいよ、あなた」とガンバラは言った。「わたしはまだ、メガホンがおどろおどろしさを倍増している素晴らしい地獄の歌にうっとりしているんですから。新しい楽器編成法ですねえ！　ロベールの歌にあれだけエネルギーを与えている偽終止や、第四幕の小詠唱《カヴァティーナ》や、第一幕の終曲が、わたしを今でも超自然の力の魅惑の虜にしています。いや、グルック〔一七一四―一七八七。ドイツの作曲家〕の朗唱法も、こんな目の覚めるような効果を上げたことは一度もなかった。これほどの学には驚嘆しますよ」

「マエストロさま」と、アンドレアは微笑んでまた口を開いた。「どうか反論させてください。グルックは書く前に長いあいだ考え抜きました。彼はすべての可能性を計算して全体図を作りました。それは、後にひらめきで細部に変更を加えることができるけれども、作曲家が途中で道に迷うことは決してありえない、そういう全体図だったのです。そこからあの力強い抑揚、真実が脈打つ朗唱が生まれました。たしかにあなたがおっしゃるように、マイアベーアのオペラには学識が駆使されています。ですがその知も、霊感から切り離されると、欠点になるのです。わたしはこのオペラに、狡猾な人間が苦労して成しとげた仕事を見た気がしました。うけなくなったか、忘れられたかしたオペラの何千というモチーフの中から音楽をつまみとり、それを引きのばしたり変形したり凝縮したりして自分のものにしたのです。ですが、寄せ集め作品の作者に必ず起きることが起きたのですよ。うまいところばかり濫用しすぎるということですね。この巧みな音符泥棒は、不協和音を使い過ぎです。あんまりしょっちゅう聴こえてくるので耳を痛めてしまいます。必要な場面でもっと有効に活用するために、作曲家が細心の注意を払って節約しなければならない派手な効果に、耳が慣れっこになってしまうのです。異名同音的転調〔例えば「ソの♯」と「ラの♭」のように、名前は違うが同じ高さの音をもう一方に読み替えることによって、離れた調にも転調する方法〕は飽きるほど繰り返されて、変格終止〔下属和音（四度の和音）から主和音へと解決する終止形。賛美歌などの「アーメン」の部分によく使われていることから「アーメン終止」とも呼ばれる〕の使い過ぎが曲の宗教的な荘厳さをほとんど奪ってしまっている。どんな作曲家にも、気がつかずにどうしても立ち戻ってしまうお気に入りの形式があることはわかっています。ですがよく自省して、この悪い癖を避けなければ。青か赤の色彩だけで描かれている絵は真実とかけ離れているし、目を疲れさせるでしょう。同じように、『悪魔のロベール』のリズムはほとんどいつも同じで、作品全体を単調にしています。あなたがお話しになったメガホンの件はと言えば、ドイツではだいぶ前から知られています。マイアベーアがわたしたちに、ほら新しいだろう、と差し出すものは、みなモーツァルトによって使われていました。モーツァルトは同じ方法で『ドン・ジョヴァンニ』の悪魔の合唱を歌わせたのです」

アンドレアは、ワインの杯を重ねるよう誘いながら、自分の反論を受けてガンバラが真の音楽的感情を取り戻してくれることを狙っていた。この世でのガンバラのいう使命とは、自分の能力を越えて一つの芸術を再生させることではなく、別のかたちのもとに彼自身の思想の表現を模索することだと説明した。そのかたちとは、詩にほかならない。

「この壮大な音楽劇に関しては、伯爵、あなたは何もわかっておられませんな」と、ガンバラは無頓着に言い、アンドレアのピアノの前に行って鍵盤を鳴らし、音に耳を澄まし、座って、自分の考えをまとめるためにしばらく考えているようだった。

「まず初めにお断りしておくと」と彼は口を開いた。「わたしの敏感な耳は、あなたがおっしゃっているような宝石嵌め込み屋の細工はちゃんと聴きとりました。ええ、この音楽は丹念に選び取られています。ただし、豊穣な想像の宝庫の中からですよ。知識がそこで想念を搾り、音楽のエキスを抽出したのです。その仕事をご説明しましょう」

彼は隣りの部屋に蝋燭を灯すために立ち上がり、ふたたび腰を下ろす前になみなみと注いだジーロのワインを一杯飲み干した。このサルディニアの葡萄酒は、古いトカイ・ワインがかき立てるほどの炎を秘めていた。

「おわかりですか」とガンバラは言った。「この音楽は不信心者や、愛をまったく知らない人のためには書かれていないのです。ある目標に向けて努力している時に目標を隠してしまったり、この上なく美しい希望に悲しい結末を与えたりする悪霊にひどく動揺させられたことが、これまでの人生になかったとしましょう。つまり、この世で跳びはねている悪魔の尻尾を見たことがないとしたらですよ、『ロベール』のオペラは、この世が自分たちと共に終わると信じている人々にとっての黙示録と同じものになってしまいます。あなたが不幸で、迫害されていて、悪霊という、神の御業を絶えず壊している猿を理解しているとしましょう。その悪霊が、ある神々しいまでの女性を愛したのではなく辱め、この愛から父性の喜びをもらって、息子が神と共に永遠に幸福でいるよりも、自分と一緒に永遠に不幸でいてほしいとまで思っていると想像しましょう。最後に、父の恐ろしい誘惑から引き離すために息子の頭上を飛び回る母親の魂を思い浮かべたとしましょう。それでもまだ、モーツァルトの『ドン・ジョヴァンニ』と肩を並べるためにほんの少しのものしか欠いていない、この壮大な詩を漠然としか把握しておられないのです。『ドン・ジョヴァンニ』は、作品としての完成度は上です。その点は認めましょう。『悪魔のロベール』は想念を表現し、『ドン・ジョヴァンニ』は感覚を刺激します。『ドン・ジョヴァンニ』は今のところ、和声と旋律が適切なバランスをとっている唯一の音楽作品です。実はそれだけが『ロベール』にまさっている理由です。『ロベール』の方が表現豊かですから。でもこんな比較が何の役に立つでしょう、それぞれの作品が独自の美しさを持っているとしたら？　『ロベール』はあなたよりむしろ、悪魔に繰り返し打たれて呻いているわたしに、力強く語りかけてきました。壮大であると同時に中身のつまった作品だと思いましたよ。まったく、あなたのおかげで、美しい夢の国に滞在してきました。あそこでは我々の感覚は拡張され、世界は人間と比べ途方もない規模で広がっています。（一瞬、沈黙があった。）わたしはまだ震えています、と不幸な音楽家は言った、わたしの臓腑の中を打ったティンパニーの四小節に。あの短い、唐突な序奏のはじめのところです。この序奏では、トロンボーンのソロと、フルート、オーボエ、クラリネットが、聴衆の心の中に幻想的な色彩を投げかけます。あのハ短調のアンダンテは、修道院における招魂の歌の主題を予感させます。そしてひたすら精神的な闘いを予告して、舞台を押し広げるのです。わたしは身震いしましたよ！」

ガンバラは、たしかな指つきで鍵盤を叩き、マイアベーアの主題を堂々と敷衍してみせた。それはリスト風の魂の放出とでも呼びたいものだった。それはもはやピアノではなく、オーケストラ全体、呼び出された音楽の精だった。

「ここはモーツァルトの作風です」と彼は叫んだ。「このドイツ人がどのように和音を操るか、どれほど巧みな転調で恐怖を巻き起こし、しまいにハ調の属和音に達するかお聞きください。地獄が聴こえる！　幕が上がります。何が見えるでしょう？　地獄的と呼ぶにふさわしい唯一の光景、シチリアにおける騎士たちの狂宴です〔ノルマンディー公ロベールは数々の残虐な行いをしたため国を追放され、シチリアに来ている〕。ヘ調の合唱の中に、飲めや歌えやのアレグロに炸裂する人間の情念すべてがあります！　悪魔が我々を操る糸がのこらず動き出す！　これこそ深淵の上で踊っている時に人を捉えるような快感です、自分で自分にめまいを起こさせるのです。この合唱は躍動感に満ちています！　ランボー〔ノルマンディーからやってきて酒宴に偶然招き入れられた吟遊詩人〕の飾らない歌にのって、人生の現実、素朴な町人の生活が、合唱の上にト短調で浮かびあがります。この気のいい男は、酔いしれているロベールに緑豊かなノルマンディーを思い出させ、我々の心をしばし爽やかにしてくれます。愛する故郷の優しさは、この暗い冒頭に輝く糸を投げかけて和らげています。魅力的なハ長調のバラードが続き、ハ短調の合唱がそれにお伴して主題を絶妙に歌い上げます。《わたしはロベールだ！》というフレーズがただちに爆発します。臣下の者に気分を害された公爵の怒りは、もうありきたりの怒りではありません〔ロベールが公爵家の美しい娘ベルトと悪魔のあいだに生まれ、国に恐怖をまきちらした経緯をランボーが歌ったため、怒ったロベールは死刑を命じる〕。ですがそれはすぐに静まります。というのも、快活で優美なこのイ長調のこのアレグロにのって、アリス〔ロベールの乳姉妹でランボーの許婚〕と一緒に子供の頃の思い出が戻ってくるからです。地獄の劇に登場するやいなやひどい仕打ちを受ける、無垢の叫びが聞こえますか〔一幕三場。ロベールはランボーの命を助けるかわりに彼の婚約者を自分のものにすると言い、連れて来られたアリスは赦しを乞う〕。《だめだ、だめだ！》ガンバラは肺病にかかっているようなピアノをなんとか歌わせながら、このフレーズを歌った。「祖国が、そこで味わった感情とともによみがえってきました！ 幼年時代とあの頃の思い出がロベールの心にふたたび花開いたのです。さらに、母の幻が甘美な宗教的思いを伴って立ち上がります！〔一幕四場。アリスはロベールの母の死を告げ、母の最後の思いを伝える〕このホ長調の美しいロマンスに宗教が活気を吹きこむのです。この歌詞のところの和声進行と旋律の展開はすばらしいですねえ。

　　なぜなら天においても地においても
　　母は息子のために祈るでしょう。

闘いが始まります。未知の力と、それに抵抗するために血管の中に地獄の火を持っている唯一人の男のあいだで。よく聞いてください、ここでベルトラン〔ロベールの父でサタンの手下だが、そのことをロベールはまだ知らない〕が登場します。偉大な作曲家は同時に、ランボーのバラードの節をオーケストラのリトルネッロ〔規則的に繰り返される楽句・独奏部をはさんで反復される総奏部〕に繰り返させています。たいした技ですよ！ すべての部分が実にうまく接合され、なんと力強い構成が生まれていることか！ 悪魔はその下にいて、隠れて、はねています。アリスは自分の村の絵に描かれていた聖ミカエルと争う悪魔の姿をベルトランに見て、恐怖に襲われます。ここに二つの原理の闘いが始まります。音楽の主題は展開されていきますが、なんと多彩な楽句が用いられていることでしょう！　グルックが作ったような、美しいレチタティーヴォが際立つオペラには必ず必要な対立が、ベルトランとロベールのあいだに現れます。

おまえには決してわからないだろう、おれがどれほどおまえを愛しすぎているか。

このハ短調は悪魔的です。このすさまじいベルトランのバスは、激しい気性の男ロベールの努力を端から蝕んでいく破滅工作を開始するのです。ここでは、わたしには何もかも不気味に感じられます。罪は罪人を見つけるだろうか？　死刑執行人はその獲物を捕まえるだろうか？　不幸は芸術家の才能を食い尽くすだろうか？　病気は病人を殺すだろうか？　守護天使はキリスト教徒を守ってくれるのだろうか？　こうして終曲がやってきます。ベルトランが息子にこの上なく恐ろしい感情を味わわせて苦しめる賭博の場面です。ロベールはすっからかんにされ、怒り狂い、すべてを壊し、皆を殺して血と炎の中に沈めようとしています。ベルトランは、たしかにこれはおれの息子だと思うのです。こうなるとそっくりですからね。ベルトランの《運よ、お前のいたずらを笑ってやる》の中にはなんと恐ろしい陽気さがあることでしょう！　ヴェネチアの舟歌がこの終曲に何とも絶妙な味を与えています！　そして大胆きわまる転調とともに、この悪辣な父は舞台に現れ、ロベールを賭博に引き戻します！〔一幕七場。ロベールは賭博に負け、愛する女性と

〔の結婚がかかった試合の前日に馬や武器まで失う〕聴く者が自分の心の奥底で主題を敷衍し、音楽家が主題に託した広がりを感じとるなら、この出だしに胸を押しつぶされずにはいられません。歌によるこの大交響曲には単調さも同じ手法の繰り返しもなく、一体であり変化に富んでいます。あらゆる偉大で自然なものに見られる特徴ですね。この曲に対置できるのは、愛のみでした。ああほっとします、優美な宮廷の奥へとやってきます。イザベル〔シチリアのメッシーナの公爵の娘。ロベールと愛し合っていたが、彼女をさらおうとした乱暴なロベールは遠ざけられ、試合の勝者がイザベルと結婚することになる〕が歌う、すがすがしい、かすかに憂愁を帯びた美しい旋律が聞こえてきます〔二幕一場〕。そしてスペインのムーア風の色彩を感じさせる、模倣〔ある旋律、音型を、他声部がまねて繰り返す〕を使った女声二部合唱も。この箇所では、恐ろしい音楽が柔らかな調子で中和されています。嵐が静まるかのようです。そしてこの秘めやかでなまめかしい、抑揚豊かな二重唱に達します〔二幕三場。イザベルとロベールの二重唱〕。先ほどの音楽とは似ても似つかないものです。冒険を求める英雄たちが集う野営地の騒々しさの後に、愛の描写が来るのです。ありがとう詩人よ、わたしの心はもう長くは耐えられなかったでしょう。ここでフランスのオペラ・コミックのひな菊を摘むことができなかったら、愛し慰めるすべを知っている女性のやさしい冗談を聴くことができなかったら、ベルトランの登場を告げる恐ろしい低音に持ちこたえることはできなかったでしょう。愛する姫にもらった武具を身につけて勝利をおさめましょうと約束しているロベールに、現れたベルトランは《おれが許すならな》と応じるのです。愛によって、しかもこの上なく美しい女性の愛によって正しい道に立ち戻った賭博者の希望！　あの魅惑的なシチリア女、獲物を必ずつかまえる自信に満ちた鷹のような彼女の目をご覧になりましたか？〔作曲家は実にすばらしい歌手たちを見つけましたね！〕人間の希望！　それに対して地獄は、この荘重な叫びで自分の希望をつきつけます、《お前、ノルマンディーのロベールに！》〔二幕四場。決闘状を持ってきたグラナダの公子の伝令の言葉。ベルトランの力に操られているこの公子の陰謀のせいで、ロベールは試合の場所にたどりつけない〕《ほど近き森の中で》の長く美しい音符に刻み込まれた、暗く深い恐怖に聞き惚れるでしょう？『解放されたエルサレム』〔十六世紀の詩人タッソによる十字軍を題材としたこの叙事詩をもとに多くのオペラが書かれ、十九世紀前半のパリでは、ペルスュイの同名のオペラ、グルックの『アルミーダ』などがしばしば上演されていた〕の魅惑のすべてがここにあります。あちらの作品の騎士道風なところは、こちらの作品のスペイン風のリズムをもつ合唱と行進曲の速さでの部分にも漂っています。このアレグロは独創性に満ちています。ド、レ、ド、ソと調音した四つのティンパニー〔総譜にも同様の表記が見られるが、実際はド・レ・ミ・ソの四つの音を奏している〕の抑揚！　野試合を知らせる合図の優美さ！　この時代の英雄の人生の躍動がそっくりそのままあります。魂はそこに寄り添い、わたしは騎士道小説と詩を読んでいるようです。提示部は終わりました。音楽の手段はすべて使い尽くされたかのようです。聴いたこともないような音楽なのに、すべてがまとまっています。唯一無二の表現に集約された人生をご覧になったでしょう。哲学者たちならそれを『わたしは幸せになるのだろうか、不幸になるのだろうか』と言います。キリスト教徒なら『わたしは地獄に落ちるのだろうか、救われるのだろうか』と言います」

ここでガンバラは合唱の最後の音に聴き入り、その音を憂いに沈んだ様子で引きのばした。それから立ち上がっていって、なみなみと注いだジーロのワインをまた一杯飲み干した。この半ばアフリカの酒を飲むと、マイアベーアのオペラをみごとに熱演し少し青ざめた彼の顔にふたたび火がついた。

「この曲に何一つ欠けたものがないよう」と彼は続けた、「偉大な作曲家は、気前よくこんな曲もつけてくれました。悪魔が歌ってしまった唯一の滑稽な二重唱で、あわれな吟遊詩人を誘惑しています〔三幕一場。ベルトランはランボーに黄金を与えて悪の道に誘う〕。作曲家は、恐怖のすぐ横に冗談を置いたわけです。作品の崇高な幻想の中にあらわれる唯一の現実、アリスとランボーの純粋で穏やかな愛が、この冗談の中で危機に晒されます。二人の人生は、予告された復讐に乱されるのです。偉大な魂の持ち主だけが、この滑稽な歌に息づく高貴さを感じとるでしょう。我々のイタリア音楽が多用しすぎるけばけばしさもなければ、フランスの俗っぽい小歌の凡庸さもここにはありません。オリンポス山のように荘厳なところがあります。神の苦い笑いが、ドン・ジョヴァンニをまねようとする吟遊詩人の驚きと対比されている。この崇高さがなかったら、ここの減七度の恐ろしい怒りに刻み込まれているオペラ全体の曲調へと、あまりに唐突に戻ってくることになったでしょうね。この響きは地獄のワルツに解決され、ついに我々は悪魔の面前に連れていかれるのです。ロ短調のベルトランの歌は、地獄の合唱の上になんと力強く浮かび上がることか。悪魔的な歌に混じって、親心の恐ろしい絶望が描き出されるのです！〔二幕二場。ベルトランは、息子のためには天のみでなく地獄にも立ち向かうだろうと叫ぶ〕実にうっとりさせられる転調ですねえ、アリスが変ロ長調のリトゥルネッロにのって登場するところは！天使のようにすずやかな歌がまだ耳に響いていますよ。嵐の後に歌い始めるナイチンゲールのようだな。全体の大きな構想が、こうして細部にも繰り返されています。だって、巣でうごめいている悪魔たちの騒ぎに対置できるものは、次のようなアリスの妙なる歌をおいてほかにありえないのですから！

わたしがノルマンディーを去った時……

旋律の黄金の糸が、力強い和声に寄り添って神々しい希望のように絶えず流れ、和声を飾っています。何と深遠なる技！　天才は自分を導いてくれる知識を一時も手放しはしません。ここでアリスの歌は変ロ調で、地獄の合唱の属調である嬰ヘ調と関連づけられます。オーケストラのトレモロが聞こえますか？　悪魔たちの集会でロベールを呼んでいるのです。ベルトランは舞台に戻り、そこで音楽的興味の頂点がやってきます。偉大な巨匠たちによるもっとも壮大な曲にも比せるようなレチタティーヴォ、変ホ調で繰り広げられる、天と地の二人の闘士の熱き闘い！　片方は《そうだ、おれが誰だか知っているな》〔三幕四場。アリスに素性を見抜かれたベルトランの言葉〕と減七度にのせて、もう片方は《天はわたしと共にいまします！》と崇高なヘ音で叫ぶ。地獄と十字架が相対するのです。ベルトランがアリスを脅します、この世でもっとも激烈で悲愴な曲です。悪の精はふてぶてしく力を見せつけ、あいかわらず自分の利害を通そうとしています。ロベールがやってきます、伴奏なしの変イ長調のすばらしい三重唱が始まります。敵対する二つの力と本人が初めてぶつかり合うのです。それがどんなにはっきり描かれているかわかるでしょう」、とガンバラは熱をこめてピアノでこの場面を要約しながら言い、聴いていたアンドレアは胸を打たれた。「この雪崩のような音楽はすべて、ティンパニーが刻んだ四拍子から、この三つの声の闘いに向かって流れてきたのです。悪の魔力が勝利を収めます！　アリスは逃げ出します、そしてベルトランとロベールのニ調の二重唱が響きます、悪魔は相手の胸に爪を立て、もっとしっかり自分のものにしてやろうと、心臓を引き裂くのです。どんな手段も辞さないのですよ、名誉、希望、永遠の限りなき享楽を語り、すべて輝かせて見せるのです。ロベールをキリストのように神殿の尖塔の上にのぼらせます。地上の宝石、悪の宝石箱をくまなく見せます。彼の勇気を試すようなことを言い、むきにならせます〔三幕六場。ベルトランはロベールに、聖ロザリーの尼僧院の墓の上から護符となる小枝をとってくるようそそのかし、相手がためらうと怖いのかとからかう〕。人間の美しい感情が、次の叫びに炸裂します。

わが祖国の騎士たちは
常に名誉を支えとしてきた！

最後の仕上げに、オペラの冒頭を宿命的な響きで彩ったテーマ、あの重要なメロディーが、ほら、招魂の歌の中に聞こえてきます。

冷たき石の下に眠る尼僧たちよ、
わたしの声が聞こえるか？

滔々《とうとう》と流れてきた音楽は、ニ短調のバッカナル〔軽快な小曲〕のアレグロ・ヴィヴァーチェ〔テンポよく生き生きとした調子〕で輝かしく締めくくられます。まさに地獄の勝利です！　鳴り響け、音楽よ、うち重なるおまえの襞でわたしたちを包んでおくれ、とどろき魅惑するがよい！　地獄の力が獲物を捕らえ、しっかりつかんで踊ります。打ち勝ち、支配するはずだった素晴らしい才能は、こうして敗れてしまったのです！　悪魔たちはうれしそうです。不幸が才能を殺し、情念が騎士を滅ぼすでしょう！」

ここでガンバラは、自分のためにバッカナルを敷衍し、創意工夫に富んだ変奏曲を即興で弾いた。憂愁に満ちた声で歌をつけ、心に感じたひそかな苦悶を表現しているようだった。

「放っておかれた愛の清らかな嘆きが聞こえますか?」と彼は続けた、「試合にゆく騎士たちの壮大な合唱の中で、イザベルがロベールを呼んでいるのです。そこに第二幕のモチーフがいくつも現れて、第三幕は超自然の世界で起きたのだということをはっきり知らせてくれます。現実の生活がふたたび始まります。ロベールが護符と一緒に運んでくる地獄の魅惑が近づくと、合唱は静まります。第三幕の驚異は、まだ続いてゆくのです。ここで陵辱の二重唱が歌われます。このリズムは、何でもしかねない男の欲望の荒々しさをよく表しています。姫君は哀切な嘆きで恋人を理性に引き戻そうとします。音楽家はここで、うまく切り抜けるのは至難の技と言うべき状況に直面しながら、このオペラの中でも一番甘美な曲でもって乗りきったのです。《神があなたをお助けくださいますよう!》の小詠唱《カヴァティーナ》の、なんと愛らしいメロディー! 女性たちはその意味がよくわかり、皆、自分が舞台の上で抱きしめられ、がっちりつかまえられているように感じます。この一曲だけでもオペラは成功をおさめるに違いない。女性たちは全員、誰か乱暴な騎士と争っているように感じたのですから。これほど情熱的で劇的な音楽は存在したためしがありません。世界中が、神に見放された男に対して怒りを爆発させます。このフィナーレについては、『ドン・ジョヴァンニ』との類似を非難することもできるでしょう。ですがこちらの場合は、イザベルの中に気高い信仰、ロベールを救うことになる真実の愛が輝き出るという大きな違いがあります。ロベールは自分に託された地獄の力を軽蔑して退けるのに対し、ドン・ジョヴァンニは頑として不信仰の中にとどまるのです。それにこうした非難は、モーツァルト以降にフィナーレを書いたすべての作曲家に向けられうるのです。『ドン・ジョヴァンニ』のフィナーレは永遠に滅びない古典的形式の一つですから。さあ、ついに宗教が至高の力を発して立ち上がります。その声は世界を支配し、あらゆる不幸を呼び出してなぐさめ、悔恨によびかけて神のもとに立ち戻らせます。劇場全体が、この合唱の響きに感動しました。

　不幸な者よ、罪人《つみびと》たちよ
　急ぎ駆けつけよ！

荒れ狂う情念のすさまじい喧噪の中では、聖なる声が呼びかけたってきっと聞こえなかったでしょう。ですがこの決定的な瞬間に、神聖なるカトリック教会の声は響きわたります。教会は光り輝いて立ち上がります。ここでわたしは驚嘆しましたね。あれほどすばらしい和声の数々の後で、また新たな曲想が湧いてきて、その中で作曲家はヘンデル風に書かれた《神の摂理に栄えあれ！》という重要な曲〔五幕一場の合唱曲〕に出会ったのですよ。ロベールが取り乱して、《もし祈ることができたなら》という心張り裂けるような歌を歌いながらやってきます。地獄の取り決めに駆り立てられて〔夜中の十二時までにロベールを地獄に落とさねば、ベルトラン自身が地上を去らねばならないとサタンは通告していた〕、ベルトランが息子を追いかけ、最後の努力を試みます。アリスは母の姿を示すためにやってきます〔五幕三場。アリスはロベールの母ベルトの遺書を胸元から取り出す〕。壮大な三重唱にたどりつきます、オペラはここに向かって歩んできたのです。物質に対する魂の勝利、悪の精霊に対する善の精霊の勝利です。信仰の歌が地獄の歌をかき消します。幸福が壮麗な姿で現れます。ですが、ここで音楽はちょっと弱々しくなりました。幸せな天使たちの合唱や、ロベールとイザベルの結婚に喝采を送る、解放された魂の聖なる祈りは聞こえず、代わりにカテドラルが見えました〔最終幕の舞台の奥にはパレルモのカテドラルの内部が見える。そこでイザベルは臣下に取り巻かれ、ひざまずいて花婿を待っている〕。我々は地獄の魅惑の重さに打ちひしがれたまではなく、心に希望を抱いて曲を聴き終えねばならなかったはずです。カトリック教徒の音楽家であるわたしとしては、『モーゼ』〔ロッシーニによるオペラ『エジプトのモーゼ』(一八一八年ナポリ初演)〕の祈りのような曲があったらよかったですね。ドイツがどのようにイタリアに対抗したか、つまりマイアベーアがロッシーニと競合するために何をなしえたか、知りたかったですね。ですがこんな些細な欠点があったにしても、これだけ中身のつまった五時間の音楽の後では、パリ人は音楽的傑作を聴くより見事な舞台装置を見たいだろうと作曲家が思っても無理はない。この作品に浴びせられた拍手をお聞きになりましたね、あれは五百回は上演されるでしょう。もしフランス人がこの音楽を理解したなら……」

「それは、この音楽が想念を与えてくれるからですね」と伯爵は言った。

「違います、多くの人がその中で死んでしまう闘いの姿を堂々と示したからです。そしてすべての個人が思い出を通してそこにつながりうるからです。ですからわたしのように不幸な者は、何度想像したか知れない天の声を聞かせてもらえたら、すっかり満足したでしょうに」

　ガンバラはそこで突然、音楽的恍惚状態に入っていった。そしてアンドレアが二度と耳にできないであろう、美しい旋律と和声にあふれる小詠《カヴァティーナ》唱を即興で弾いた。それは神々しく歌われた崇高な歌だった。

主題には《おお息子ら娘らよ《オー・フイリイ・エト・フイリアエ》》〔グレゴリオ聖歌の一曲〕にも匹敵する優美さがあったが、音楽の最高の天才だけが思いつく細部の工夫に満ちていた。伯爵はうっとりと聞き惚れていた。雲は消え、空の青が見えてきた。天使たちの姿が現れ、内陣を覆っていた幕を上げ、天の光が燦々と降り注いだ。しばらくすると沈黙が訪れた。伯爵は何も聞こえないのに驚いて、ガンバラを見つめた。音楽家は一点に目を据えたまま、阿片に酔った男のような姿で「神よ！」とつぶやいていた。伯爵は、作曲家が霊感の玉虫色の翼に乗って上っていった魔法の国から降りてくるのを待ち、そこから持ち帰ってくる光で彼の目を覚まそうと心に決めた。

「さてそれでは」とワインを満たしたグラスをもう一杯差し出し、乾杯しながら彼は言った。「このドイツ人は、理論などそっちのけで崇高なオペラを作ったとお考えですか。逆に、音楽の文法を書く音楽家は、文学批評家のように唾棄すべき作曲家になることもあるわけですね？」

「つまりわたしの音楽がお気に召さないのですね！」

「そんなことは申し上げていません。ですが想念を表現し、音楽の原理を限界まで押し進めようとするうちに、あなたは目的を通り越してしまうのです。そうでなくてわたしたちの心の中に感覚を呼び覚まそうとすれば、もっと人に理解されるでしょうに。ただし、天職を間違えておられなければの話です。あなたは大詩人なのです」

「なんですって！」とガンバラは言った。「二十五年間の研究が無駄になるのですか！　聖なる言葉の鍵を握っているというのに、人間の不完全な言葉を学ばねばならないというのですか！　ああ、もしあなたが正しいとしたら、死んだ方がいい……」

「あなたが？　とんでもない。あなたは偉大で強い方だ。人生をやり直してください、わたしはあなたを支えましょう。富める者と芸術家が理解し合う、世にも稀なる高貴な協力関係を築きましょう」

「真剣におっしゃっているのですか？」とガンバラは呆然として言った。

「申し上げたでしょう、あなたは音楽家であるより詩人なのです」

「詩人、詩人ですと！　何でもないよりはましですがね。本当のことをおっしゃってください、モーツァルトとホメロスではどちらを高く評価なさいますか？」

「どちらも同等にすばらしいと思っています」

「名誉にかけて本当ですか？」

「本当です」

「ふむ、もう一言。マイアベーアとバイロンではどうです？」

「そんなふうに二者を比較することで、あなたは評価を下されたのです」

伯爵の馬車は準備ができていた。作曲家とその気高い医者はすばやく階段を駆け上り、間もなくマリアンナの家についた。入っていくなりガンバラは妻の腕の中に身を投げた。妻は顔をそむけて後ろに一歩引き、夫も一歩後ずさりして伯爵に寄りかかった。

「ああ、あなた」とガンバラはくぐもった声で言った。「少なくともわたしの狂気だけは残しておいていただかねばなりませんでした」そしてがっくり頭を落とし、床に倒れた。

「何をなさったのです？　この人は死ぬほど酔っぱらっているじゃありませんか」憐れみが嫌悪と闘っているまなざしで夫の体を眺めながら、マリアンナは叫んだ。

伯爵は自分の召使いに手伝わせてガンバラを起こし、ベッドに寝かせた。アンドレアは恐ろしい喜びで胸をいっぱいにして去った。

翌日、いつもの訪問の時間をやり過ごし、伯爵は自分が思い違いをしたのではないか、この家庭に安楽と分別を少し高く売りすぎたのではないか、と不安になり始めていた。この家庭の平和は乱され、もう二度と元に戻らないだろう。

ジャルディーニがついにマリアンナの伝言を持って現れた。

「いらしてください」と彼女は書いていた。「病気はたぶんあなたがお望みになったほど悪くありませんわ、ひどい方！」

「閣下」と料理人はアンドレアが身支度をしている間に言った。「昨夜はたいへん豪勢なお招きにあずかりました。ですが素晴らしいワインを別にすると、お宅の料理頭は、本当の食通の食卓に並ぶにふさわしい料理は一つも出しませんでしたね。またこれも否定なさらないでしょう。わたしの店のテーブルにかたじけなくもお座りくださった日、わたしがお出しした料理は、昨日お宅の見事なお皿を汚していたすべての料理の真髄を含んでいたはずです。そこで、今朝目を覚ました時、前にお約束していただきました料理頭の役のことを思い出しました。わたしは今や、お館の人間になったような気がいたします」

「何日か前に、わたしにも同じ考えが浮かんだよ」とアンドレアは言った。「オーストリア大使館の秘書

に君のことを話しておいた。これからはいつでも好きな時にアルプスを越えられる。わたしはめったに行かないが、クロアチアに城を持っているんだ。あそこで管理人とワイン係と料理頭の職を二百エキュで兼ねてもらいたい。この俸給は君の奥さんのでもあるが、奥さんにはさらに別の仕事もお願いしよう。『下賤な魂で《イン・アニマ・ヴィリ》』〔十六世紀フランスの貧しい博学の徒が、イタリアの病院で取るに足らぬ者（下賤な魂）とみなされ、実験を施されそうになったが、ラテン語がわかったため言い返したという故事から〕、つまりわたしの召使いの胃を使って、いくらでも実験をやっておくれ。君たちの旅行費として、ここにわたしの銀行の手形がある」

ジャルディーニはナポリの習慣にしたがって伯爵の手に接吻した。

「閣下」と彼は言った。「地位をいただかず手形だけをお受けします。食通たちの評価を辞退して自分の芸術を諦めるなら、わが名誉を汚すことになります。最高の食通というのは、やはり、パリにいるのです」

アンドレアがガンバラの家に現れると、作曲家は立ち上がって彼を出迎えた。

「ご親切な方」、と彼はすっかり打ち解けたふうに言った、「昨日はわたしの体の弱さにつけこんでわたしをおからかいになりましたな。あるいはまた、あなたの脳もわたしのと同じく、ラツィオ州のすばらしいワインから立ち上る故郷《ふるさと》の香りに耐えられなかったのでしょうかね。この二つ目の推測が正しいと思いたい、あなたの心を疑うよりは胃を疑った方がましですから。どちらにせよ、わたしは金輪際、ワインを消費するのをやめます。飲み過ぎて昨夜はたいへん不届きな気違い沙汰をいたしました。危うくやりそうになったことを考えると……（彼は恐怖の眼差しをマリアンナに投げた）。わたしに聴かせてくださった情けないオペラのことはと言いますと、よく考えてみましたが、あれもやはり、ありきたりの方法で作られた音楽で、積み重なる音符の山でしかありませんな、『言葉と声《ヴエルバ・エト・ヴオチエス》』〔ホラチウス『書簡詩集』に出てくる言葉〕のみです。聞こえてくる天上の音楽を表現しながらわたしがゆっくりと飲み干す美酒の澱《おり》といったところです。あれは切り刻まれた楽句で、わたしにはその元の姿が見えるのです。《神の摂理に栄えあれ！》の曲は、ヘンデルの曲にちょっと似すぎています。闘いに赴く騎士たちの合唱は、『白衣の貴婦人』〔ボイエルデュー作曲、スクリーブによる脚本で、一八二五年に初演されたオペラ・コミック〕の中のスコットランドの歌と同類です。つまり、このオペラがうけるとしたら、それは音楽が誰にでもわかりやすいからでして、人気が出るのももっともでしょう。このへんで失礼いたします。今朝から頭の中にいくつもアイディアが浮かんでましてね、音楽の翼に乗って神の方へ舞い上がりたいとひたすら望んでいるのです。でもお目にかかってお話したいと思っていました。さようなら、音楽の女神に許しを乞うことにします。夕食をご一緒しましょう。でもワインはなしですよ、少なくともわたしはね。ええ、心に決めたのです……」

「たいへん残念です」とアンドレアは赤くなりながら言った。

「ああ、あなたはわたしに良心を返してくださいます」とマリアンナは叫んだ。「わたしはもう良心に問いかける勇気がなかったのです。あなた！　わたしたちのせいではありません、彼は治りたがっていないのです」

六年後、一八三七年の一月、自分の管楽器や弦楽器を運悪く故障させてしまった音楽家たちは、たいていそれをフロワマントー街のひどく汚らしい建物に持ち込んでいた。その六階には、ガンバラという年とったイタリア人が住んでいた。五年前から、この芸術家は一人取り残され、妻に捨てられ、数多くの不幸を味わってきた。彼がそれで財をなそうと思っていた「パンアルモニコン」という楽器は、音符を書きなぐった五線紙の山とともに、シャトレ広場で司法当局によって競売にかけられた。売り立ての次の日、楽譜は中央市場でバターや魚や果物を包むのに使われた。こうして、哀れな男が話していた三つのオペラ、今やただの残飯屋になり下がったかつてのナポリの料理人がでたらめの山と呼んでいたあのオペラは、パリ中に散らばり、残飯屋のおばさんたちの物売り台に食い尽くされてしまった。何はともあれ、家主に家賃が払われ、執達吏に手数料が払われたのだ。料理店で作られた豪勢な食事の余りをフロワマントー街で娼婦たちに売っている残飯屋によると、ガンバラの奥さんはミラノの大貴族についてイタリアに行ってしまい、どうなったか誰も知るすべがないとのことだった。十五年の貧困生活にあきあきし、彼女はものすごい贅沢をしてその伯爵を破産させているかもしれなかった。彼らは本当に愛し合っていたのだから。ナポリ人は人生であれほどの情熱は見たことがなかった。

同じ一月の末頃、残飯屋ジャルディーニが、夕食をとりにきた一人の娼婦と、あの神々しいマリアンナについて話していたある夜のことだった。彼女はあんなに汚れなく美しく、気高く献身的だったが、「しまいには他の女たちと同じようになってしまった」。その時、娼婦と残飯屋とその妻は、顔の黒ずんだ埃だらけの痩せた女、神経症的にふらふら歩く骸骨が、通りで番地を眺め、家を探しているのに気づいた。

「そのマリアンナだ《エッコ・ラ・マリアンナ》」と残飯屋がイタリア語で言った。

どんな不運のせいで惨めな「残飯屋」をやるに至ったかわからなくても、マリアンナはこのあわれな残飯屋の中にナポリの料理人ジャルディーニの面影を認めた。彼女は店に入って座った。フォンテーヌブローからたどり着いたのだ。一日に十四里歩き、トリノからパリまでパンを恵んでもらってきた。彼女を見て、人をぎょっとさせるような三人組がぎょっとした。目にもあでやかな美しさからは、病んで光の消えた美しい目しか残っていなかった。彼女にずっと寄り添ってくれたのは不幸だけだった。彼女が入ってくるのを目にして言葉にならない喜びをおぼえた年老いた器用な楽器修理人は、あたたかく迎え入れた。

「帰ってきたんだね、かわいそうなマリアンナ！」と彼はやさしく言った。「お前がいない間に、あいつらはわしの楽器とオペラを売ってしまったんだよ！」

サマリアの女の帰還を祝って特別なごちそうをするのは難しかったが、ジャルディーニはサーモンの残りを差しだし、町の女はワインを支払い、ガンバラはパンを提供し、ジャルディーニの女房はテーブルクロスを敷いた。そして、このとりどりの不幸を背負った者たちは、作曲家の屋根裏部屋で夕食をとった。どんな出来事があったのかと尋ねられると、マリアンナは答えたがらず、ただ美しい目を天に向けて、低い声でジャルディーニに言った。「踊り子と結婚したわ……」

「どうやって生きていくつもり？」と娼婦は言った。「長旅で参っちゃったようだし、それに……」

「年取ってしまったのよ」とマリアンナは言った。「いいえ、疲れのせいでも貧しさのせいでもない、悲しみのせいよ」

「なんとねえ！　どうしてあんたの男に何も送らなかったの？」と娼婦は彼女にきいた。

マリアンナはただ一つの眼差しで答え、娼婦は心をぐさっとやられた。

「お高くとまってるのね、恐れ入りました!」と彼女は叫んだ。「それが何かご自分の役に立つのかしら?」と彼女はジャルディーニの耳元で言った。

この年、芸術家たちは自分の楽器をたいへん丁寧に扱ったとみえ、修理だけではこの貧しい家庭の家計は賄えなかった。妻の方も針仕事で大して稼げなかった。そこで夫婦はしかたなく、自分たちの才能を一番惨めな領域で使うことにした。二人して夕暮れ時にシャンゼリゼに行って二重唱を歌い、かわいそうに、ガンバラはおんぼろのギターで伴奏をつけたのだ。この遠出のためにモスリンのみすぼらしいベールを頭にのせた妻は、途中でフォーブール・サントノレの食料品店に夫を連れていき、コニャックを小さな杯で数杯飲ませて酔わせるのだった。そうしないと彼はへたな音楽を聴かせるにきまっていた。二人は椅子に座っている社交界の人たちの前に出て、この時代の最も優れた天才の一人、現代音楽の無名のオルフェウスは、自作の断片を演奏した。見事な曲だったので、無感動なパリ人たちの財布からも何スーか引き出せた。ある時、偶然そこに座ったブッフォン座に通う音楽愛好家が、演奏されている曲が何のオペラから取られたものかわからず、ギリシャの女神に扮した女に質問した。彼女は古い波形模様のついた丸い金属の盆をさしだして、そこに施しものを受け取っていた。

「ねえあなた、その音楽はどこから取ってきたのですか?」

「『マホメット』というオペラからです」とマリアンナは答えた。

ロッシーニが『マホメット二世』を作曲していたので、音楽愛好家は一緒にいた妻にこう話しかけた。

「わたしたちがまだ聴いていないロッシーニのオペラをイタリア座で上演してくれないのは残念だね！だって今のはたしかに美しい音楽だったよ」

ガンバラは微笑んでいた。

何日か前、世を諦めきった哀れな夫妻の住む屋根裏部屋の家賃として、三十六フランというけちな金額の支払いが問題となっていた。妻が夫にうまく演奏してくれるよう飲ませて酔わせていたコニャックを、食糧品屋はもう掛け売りしてくれなくなっていたのだ。そうするとガンバラはひどい演奏をしたので、金持ち連中の耳は答えてくれず、金属の盆は空のまま戻ってきた。夜の九時だった。一人の美しいイタリア女性、マッシミラ・ディ・ヴァレーゼ大公夫人がこの貧者たちを不憫に思い、四十フランを与え、二人に問いかけた。妻がお礼を言ったのを聞いて、ヴェネチア女だとわかったのである。エミリオ大公が彼らの不幸のいきさつを尋ねると、マリアンナは天も人も恨むことなく語った。

「奥様」と、酔っていなかったガンバラは最後に言った。「わたしたちは自分たちの優れた性質の犠牲者なのです。わたしの音楽は美しいですが、音楽が感覚から想念に移行してしまうと、天才しか聴き手にできません。彼らだけが、それを敷衍する力を持っているからです。わたしの不幸は、天使たちの合唱を聞き、人々もそれを理解できると信じ込んだことからきています。同じようなことが女性にもおきます。愛が彼女たちの中で神聖なかたちをとり、男たちがもうそれを理解できない時には」

この言葉は、マッシミラがあげた四十フランに値するものだった。そこで彼女はマリアンナに、わたしがアンドレア・マルコシーニに手紙を書きましょうと言いながら、財布からまた金貨を一枚取り出した。

「彼に手紙はお書きにならないでください」とマリアンナは言った。「そして天がいつまでもあなた様をお美しいままにしてくださいますよう」

「彼らのお世話をしましょうか」と大公夫人は夫に聞いた。「あの男の人は、わたしたちが殺してしまった『理想』にずっと忠実なのですもの」

金貨を見て、年老いたガンバラは涙を流した。昔の科学的な実験の思い出が浮かんできた。あわれな作曲家は涙をぬぐいながらある言葉を口にしたが、状況からしてそれは感動をそそった。「水は物体の燃えがらです」

パリ、一八三七年六月

# マッシミラ・ドーニ

加藤尚宏 訳

# ジャック・シュトルンツ〔バヴァリアの作曲家。バルザックに『モーゼ』を何度も演奏して聞かせ、技術上の明確な指摘もした〕へ

親愛なるシュトルンツ、あなたの忍耐強い好意と適切な心遣いがなければ
この二作品〔本作品と『ガンバラ』〕を仕上げることはできなかったに相違ありません。
ですから、その作品の一つにあなたの名前を冠することをしなければ、忘恩の行為になることでしょう。
そういうわけで、音楽の深みについて手ほどきしてくれようとなさった、
おそらくは成果はなかったでしょうが、その熱意に対し、
ここに感謝の意を込めた友情のしるしをどうかお受け取りいただきたいのです。
われわれにとっては崇高な喜びの源であるあの詩の中に、天才がいかなる困難と労苦を秘め隠しているかを、
あなたはいつもわたしに教えてくれたように思います。
あなたはまた、一人ならず〝通〟を自称する連中を
笑い者にするという気晴らしをわたしに与えてくれました。
ある人たちは、わたしが音楽作品のもっとも優れた批評家の一人から助言を得ていることも、
あなたが丹念に立ち会ってくれていることも思ってみようともせずに、
わたしを無学だと非難します。
もしかすると、わたしはもっとも忠実ならざる書記だったのでしょうか?
そうであるとするなら、わたしはきっとそれを自覚しない、背信の翻訳者となることでしょう、
にもかかわらず、わたしは自分があなたの友人の一人だと称したいと思っています。

玄人筋なら知っていることだが、ヴェネチアの貴族はヨーロッパ最初の貴族である。その家名録は十字軍以前に遡る。彼らは帝政ローマ、及びキリスト教ローマの残滓となって蛮族たちから逃れるために海中に飛び込んだが、十字軍時代には、そのヴェネチアはすでに強力となり、盛名を馳せていて、政治及び商業の世界を支配していた。今日では、若干の例外を除けば、この貴族は完全に滅んでしまっている。《歴史》はこの地をもってイギリス人たちに彼らの未来がどうなるかを示しているが、彼らを案内するゴンドラの船頭たちの中には、その血筋が君主たちの血筋よりも古い、昔の統領たちの子孫がいる。もしヴェネチアに行かれたなら、諸君が乗ったゴンドラの通る橋の上に、一人の貧しい服装をした、並外れた顔立ちの若い娘がいるのに見とれることがあろうが、この哀れな娘はおそらく、もっとも名高い貴族の家系の一つに属する娘であろう。王族の人たちがそんなにいるのだから、当然のことに、そこには奇妙な性格の持ち主たちもいる。灰の中から火花がぱっと迸り出たところで、何も取り立てて騒ぐことでもない。この物語の中で活躍する人物たちの異常さを証明することが目的でこんな考えを述べてみたが、それももうこれ以上はやめておこう。なにしろ、多くの大詩人や多くのしがない旅行客が語った後で、ヴェネチアについて話す人たちの贅言くらい我慢ならないものはないからである。この物語の興味がもっぱら要求しているのは、人間生活のもっともいきいきとした対立を確認することであった。それはつまり、人の住むところでは大方そうだが、ここでも、ある人たちに見られるあの偉大さと惨めさである。ヴェネチアの貴族とジェノバの貴族は、昔のポーランドの貴族と同じように、まったく爵位を名乗らなかった。クイリーニ、ドーリア、ブリニョーレ、モロシーニ、サウリ、モチェニーゴ、フィエスキ（フィエスク）、コルナーロ、スピノーラと名乗るだけで、きわめて誇り高い自尊心を満たすに十分であった。だが、すべては堕落して、今日では、いくつかの家では爵位を名乗っている。しかしそうは言っても、貴族共和国の貴族たちが平等であった時代にも、ジェノバには、完全な支配権によってアマルフィを掌中に治めていたドーリア家に対して、大公の爵位が存在しており、ヴェネチアにも似たような称号があった。ファチーノ・カーネ家の領地を昔所有していたことで承認された、ヴァレーゼ大公家という称号である。グリマルディ家は君主になり、ずっと後にモナコを占領した。長子の家系を汲むカーネ家の最後の男は、共和国が没落する三十年前に、少なくとも刑事上に関わる犯罪を起こして処刑され、ヴェネチアから消えた。大公の位が名前だけ残ったカーネ・メンミ家の人たちは、一七九六年から一八一四年の悲運な時期〔フランス革命期から王政復古までの時期〕に、貧窮のどん底に落ち込んだ。この世紀の二十年目には、この一家はもはや、エミリオという名を持つ一人の青年と、《大運河》の一番美しい装飾とみなされている宮殿とによって代表されているだけだった。美しい都市ヴェネチアのこの末裔が全財産として持っているのは、この無用の長物である宮殿と、一家がかつて大陸沿いに所有していた最後の財産で、ブレンタ川沿いにある別荘から入る千五百リーヴルの年金だけだったが、この別荘はオーストリア政府に売ったものである。この終身年金のおかげで、美男子のエミリオは、多くの貴族たちのように、一日二十スーの手当てをもらう屈辱を味わわずにすんだ。この手当ては、困窮するすべての貴族に支払われるべきもので、そのようにオーストリアへの譲渡条約に明記されていた。

　冬の季節が始まる頃、この若い貴族は、チロルのアルプスの麓にある、カターネオ公爵夫人が今年の春に買い取った別荘に、まだ留まっていた。この家は、パラディオ〔一五一八―一五八〇。高名な建築家〕がチエポーロ家〔ヴェネチア貴族の一族〕のために建てたもので、いたって純粋な様式の四角い一戸建ての館である。それはまず、立派な大階段を持ち、その両面に立ち並ぶ大理石の列柱、さらに、穹窿のついた柱廊を持つ館である。その穹窿はフレスコ画で覆われ、素晴らしい人物像や肉太に描かれた装飾が空に舞う天井の群青色のせいで、いかにも軽そうに見える。また、肉太とは言っても非常に均衡が取れているため、建物がそれらをまるで女性が帽子を被っているように軽々と支えて、見る人の目を楽しませている。つまり、それは、ヴェネチアにおいてピアゼッタ広場の行政長官邸を特徴づける、あの優雅な高貴さである。見事な模様を描き出している化粧漆喰《スタッコ》が、住居の中に冷気を保ち、周りを心地よい雰囲気にしている。フレスコ画が描かれた外側の回廊は庇《ひさし》になっている。至るところヴェネチアのひやっとする敷石が敷き詰められ、切り分けられた大理石が褪色しない花模様と化している。室内装飾には、すべてのイタリアの宮殿と同じように、豊富に使われたもっとも美しい絹製品や、それにぴったりの場所に飾られた貴重な絵画を並べている。絵は、《カプチン会修道士》と呼ばれるジェノバの司祭〔カラヴァッジョの弟子ベルナルド・ストロッチのこと。一五八一－一六四四年〕の絵が数枚、レオナルド・ダ・ヴィンチ、カルロ・ドルチ、ティントレット、ティッツィアーノの絵が何枚かである。段々をなした庭々が驚くべき精華を目の前に描き出しており、そこでは、金の富が姿を変えて、ロカイユ様式〔ルイ十五世時代に流行った渦巻模様の様式〕で飾られた洞窟になり、まるで細工仕事のマニアのような色つき小石の装飾になり、妖精たちが築き上げたような見晴台になり、幹の長い糸杉や三角形の松やもの悲しそうなオリーヴの木が、オレンジの木と月桂樹とミルテにすでに巧みに混ざり合っている、地味な色合いの植え込みになり、青と朱の魚が泳ぐ澄んだ泉水になっている。イギリス式庭園に加勢してたとえ何かが言えたにしても、これら日傘の形をした木々や、刈り整えたイチイの木や、盛装を凝らした贅沢な自然といとも巧妙に結合したこの贅沢な芸術作品、そしてまた、おずおずと水が滑り落ちて、まるでスカーフが風に飛ばされてはまた、新しいスカーフに取って換わるように見えるこの大理石の段でできた滝、ひっそりした避難場所を控え目に飾っているこの金メッキされた鉛の人物像たち、最後に、アルプスの麓で、石の透かし飾りを高く聳えさせながら、四方八方を眺め渡す思い切った宮殿、石や青銅や植物に生命を与え、あるいは、花壇のうちに浮かび上がるこのいきいきとした思想、これらの詩的な惜しみない豊かさは、まさに、一人の公爵夫人と一人の美青年の恋に似つかわしいものだった。この青年は荒々しい自然の目的からは非常に遠い、詩的作品なのである。空想というものが理解できる人なら誰でも、公爵夫人

がエミリオ・メンミの言葉を聞いている間、こうした立派な階段の一つで、周りに浅浮き彫りを施した壷のそばに立ち、胴まである赤い布地の礼装用半ズボンを穿いた一人の黒人の少年が片手で夫人の頭の上に日傘をさし、もう一方の手で、夫人の長いドレスの垂れの部分を持っている、そんな光景を見てみたいと思ったことであろう。そして、このヴェネチアの青年は、ティッツィアーノによって描かれたあの元老院議員たちみたいな服を着せられても何ら見劣りもしなかったろう。だが、なんと！ ジェノバのペスキエーレ家の宮殿にかなり似ているこのお伽噺に出てくるような宮殿の中で、カターネオ公爵夫人は、ヴィクトリーヌ〔おそらく有名なパリの洋裁師ヴィクトリーヌ・ピエローのこと〕とフランスの帽子専門店主たちの《命令》に従っていた。彼女は、モスリンのドレスを着、稲藁の帽子を被り、玉虫色の綺麗な靴とごく微かな微風にも飛んで行きそうな細い糸の靴下を履いていた。肩には、黒いレースのショールを掛けていた！ ちょうど蜻蛉が幼虫の袋に入っているときのように、女性たちがドレスの中に締めつけられているパリでは決して理解されないことだが、それは、トスカナ地方のこの美しい娘がフランスの服を着るときのその魅力的な鷹揚さなのであって、彼女はフランスの服をイタリア化して着ていたのである。フランスの女は、スカート一つでも信じられないほど重要視する。一方、イタリアの女はそんなものはあまり気にしないし、堅苦しい目で見張っていようなどとはまったくしない。というのは、イタリア女は、唯一の愛によって自分が護られているのを知っているからである。愛こそが、他人にとってと同じように、彼女にとって神聖にして真剣な情熱なのだ。

散歩から戻った午前十一時頃、ソファに横たわって、優雅な食事がまだ残されたままになっているテーブルを前にしながら、カターネオ公爵夫人は、このモスリンのドレスを着た夫人に対して主人面をしている彼に、ほんのちょっとした動作にも「しーっ！」とも言わず、恋人のするままにさせておいた。彼女の傍らにある安楽椅子に座って、エミリオは公爵夫人の手を両手に挟みながら、心を許しきって彼女を見つめていた。二人は愛し合っていたのだろうかなどと訊いてはいけない、彼らは愛し過ぎていたのだ。彼らはパオロとフランチェスカのようには本を開いて読むところまではいっていなかった。それどころか、エミリオには「読んでみましょう！」と言う勇気がなかったのだ〔ダンテ『神曲』《地獄編》のエピソードで、パオロとフランチェスカは『ランスロ』を読んで初めて接吻する〕。真ん中からひび割れした破片のように走り、星の柔らかな煌きを人の目に伝える、そんな金糸の虎斑模様入りの、緑の二つの瞳がきらきら光った彼女の目の光りを見ていると、彼は身内に、痙攣を引き起こしそうな、苛立つ官能を覚えるのだった。ときおり、熱愛するこの女の美しい黒髪が金の一重のリングで留められ、ぽってりした額の両側に光沢のある二つ編みとなって垂れているのを見ると、それだけでもう彼には充分で、うねりをなして駆け上る血に鼓動をせきたてられ、今にも心臓の血管が破裂しそうになるのが耳に聞こえるのだった。彼の命の根源を狂わすような声で言われたほんのちょっとした彼女の言葉を耳にするだけで、彼はもはや自分が自分の中にいると感じずにこの女の中にすっかり自分がいると感じてしまうほど、魂は彼の肉体をものの見事に捕えてしまうのだったが、これはいったいどういう精神現象なのだろう？　もし、人前では絶えず気取っている並以下の美人でも、一人でいるときには崇高で堂々たる女性になるとしたら、おそらく公爵夫人くらいの素晴らしく美しい女性なら、精神の高揚につられて新たな原動力が湧いて出てくるようなそんな若者を容易に麻痺させてしまうことができたろう、と言うのも、彼女は実際にこの若者を吸収していたからだった。

フィレンツェのドーニ家の相続人であるマッシミラは、シチリアのカターネオ公爵と結婚していた。この結婚の仲介役をした彼女の老いた母親は、その後亡くなったが、フィレンツェの生活風習にしたがって彼女を豊かに、幸せにしようと望んだのだった。彼女は、娘が世間生活に入るために修道院を出て、イタリア女にとってはすべてである神との結婚の次のこの第二の心の結婚を、愛の法則どおりに全うするものと考えていた。だが、マッシミラ・ドーニは修道院で宗教生活に大変引かれるようになり、祭壇の前でカターネオ公爵に誓いの言葉を捧げるや、キリスト教の教えにしたがって甘んじて妻になった。だが、そんなことは不可能だった。カターネオは公爵夫人を欲していただけで、夫でいることなどひどく馬鹿げたことだと思っていたのである。マッシミラが彼のやり方に不平をもらすと、すぐに彼は落ち着き払って、《女性に尽くす騎士》《プリモ・カヴァリエレ・セルヴァンテ》を探し始めると言い、何人かを彼女のもとに連れてきて選ばせることにしようと申し出た。公爵夫人は泣き、公爵は彼女のもとを離れた。マッシミラは、自分の周りにひしめき合う人々を眺めたり、ペルゴラ座〔フィレンツェのオペラ座〕や、何軒かの外交官宅や、カスチーネ庭園や、若くて美男の騎士たちに出会いそうなところはどこへでも母に連れて行かれたが、彼女の気に入る男性には一人も出会わなかった。そして、彼女は旅に出た。彼女は母を亡くし、遺産を相続し、喪服を着、ヴェネチアにやって来て、そこでエミリオに会った。彼は劇場で、興味深い目つきを彼女と交わし合いながら、ボックス席の前を通った。これで、万事決まってしまった。ヴェネチアの青年は、まるで雷に打たれたように感じた。一方、一つの声が公爵夫人の耳に叫んだ、「この人だわ！」と。どこであっても、ここ以外の場所であれば、用心深く教養もある二人のことであったから、互いに注意深く調べ、嗅ぎ分けもしたことだろう。だが、この二つの無知の存在は、同じ性質の二つの物質がただ一つのものになるように、出会ったことで、互いに一つに溶け合ったのだった。マッシミラはすぐさまヴェネチアの住人になり、カナレッジョに借りていた宮殿を買い取った。次いで、自分の収入を何に使っていいか分からないまま、彼女が当時住んでいたあの田舎の別荘、リヴァルタも買い取った。エミリオは、ヴルパート夫人によってこのカターネオ夫人に紹介されたのだが、冬の間中、彼の恋人のボックス席に、じつに敬意を込めて顔を出した。愛が、二つの魂の中でこれほど激しく燃えたことはなかったし、その愛の表現にこれほど臆病だったこともなかった。この二人の子供は、互いの前に出ると体が震えるのだった。マッシミラは他人に色目を使うことはまったくなかったし、《二番目の騎士《セクンド》》も、《三番目の騎士《テルツォ》》も、《騎士候補者《パティート》》も彼女にはいなかった。彼女はたった一つの微笑、たった一つの言葉に気を奪われ、先の尖った顔をし、高く薄い鼻をし、黒い目をし、高貴な額をした彼女の若いヴェネチアの青年をうっとり眺めるのだったが、彼の方は、彼女の無邪気な励ましがあったにもかかわらず、互いに慣れるのに三カ月も使って、その後にやっと彼女の家にやって来た。夏が東方の空を見せ始め、公爵夫人はリヴァルタに一人で行かなくてはならないとこぼした。二人差し向かいになることに幸せであると同時に不安でもあったが、エミリオは、彼女の隠遁所までマッシミラのお供をすることにした。こうして、この美しいカップルは六カ月前からここにいるのだった。

　二十歳のとき、マッシミラは愛のために宗教的ためらいを犠牲にしたのだったが、それも深い後悔をともなわなかったわけではなかった。だが、彼女はゆっくりと鎧を脱いで行った。そのあと、あれほど母が推奨していたあの心の結婚を成就させようと願っていたのだった。ちょうど今、エミリオは細長い、サテンのようにつやつやした、白い、美しい、高貴な手を握っていた。その手の先には、鮮やかなピンク色に染めるためにスルタンの妻たちが使ったヘンナ染料を、まるで彼女がアジアの国からもらってきて塗ったみたいに色鮮やかな形の良い爪が先についていた。じつは、マッシミラの知らない、だが、エミリオを耐え難いほど苦しめる一つの不幸が、二人の間に奇妙な形で入り込んできていた。マッシミラは歳は若かったとは言え、神話の伝統ではユノー〔ローマ神話の最高女神でユピテルの妻、ギリシャ神話ではヘラ〕に付与されているあの威厳を備えていた。このユノーは、神話上恋人が与えられなかった唯一の女神だった。かのディアナ〔ローマ神話の狩猟の処女神、ギリシャ神話ではアルテミス〕ですら愛され、貞潔なディアナもまた愛したのである！　ユピテル〔ローマの最高神、ギリシャ神話ではゼウス〕だけが、彼の妻を前にして平静でいられたのであって、イギリスのレディたちの多くは、彼女を手本にしている。エミリオは、彼の愛人に手が届かなくなるほど彼女を高みに置いてしまっていた。おそらくもう一年あとだったら、彼も、若過ぎる青年たちや老人たちしか襲わない、この高貴な病の犠牲にはならなかったにちがいない。しかし、「的」を追い越してしまう人間と、矢がまだ「的」に達しない人間とは同じだけ「的」から隔たっているように、公爵夫人は、自分が「的」からあまりに遠くにいるのを知ってもう「的」などどうでもよくなっている夫と、天使の白い翼を使っていとも素早く「的」を通り越してしまって、もう「的」に戻ることができなくなっている恋人との間に挟まれているのだった。愛されていることで幸せいっぱいなマッシミラは、愛の欲求を楽しんでいるばかりで、その結末を想像してみもしなかった。

これに対し、幸福のさ中に不幸を味わっていた彼女の恋人は、彼の年若い恋人マッシミラをときおり、多くの女たちが《深遠》と名づけているその縁へと、約束の末に誘うのだったが、やむを得ず、縁に咲く花を摘み取るだけになって、思い切って口に出すことのできない激情を心の中に押し殺しながら、花びらをむしりとる以外に何もすることができないのだった。朝には、二人とも、木立に巣を作る鳥たちが囀《さえず》るように、愛の賛歌を互いに繰り返しながら散歩するのだった。散歩から戻ると、この青年は――この男の立場がどんなものか描き出すには、画家たちが頭と翼しか描いていないあの天使たちと比べてみるしかないが――物狂おしいほどの恋心を覚え、公爵夫人の全面的な献身そのものを疑って、彼女にこう言わせるように仕向けるのだった。「どんな証拠をお見せしたらよろしいの？」と、堂々とした態度でこの言葉が投げかけられたために、メンミはただこの美しい何も知らない手に情熱を込めて接吻するばかりだった。突然、彼は自分自身に憤って立ち上がると、そのままマッシミラを置いて出て行った。公爵夫人は物憂げな様子でソファに座っていたが、しかし、美しくて若い自分のどこがエミリオの気に入らないのかしらと思い、涙を流した。彼の方は、カンムリガラスのように、木立の木々に頭を打ちつけてもがき苦しんでいた。このとき、一人の召使がヴェネチアの青年を探し、速達で届いた手紙を渡そうと後を追いかけた。

マルコ・ヴェンドラミーニ――この名前は、ヴェネチア方言では若干の語尾が省略されるため、これもヴェンドラミンと発音されている――という彼の唯一の友人が、ヴァレーゼ大公であるマルコ・ファチーノ・カーネ〔本書所収「ファチーノ・カーネ」の主人公〕がパリの病院で亡くなったと、彼に報せてきたのだった。死亡証明書もすでに到着済みだった。かくして、エミリオのカーネ・メンミ家はヴァレーゼ大公の唯一の末裔になった。二人の友人の目からすれば、金のない爵位など何の意味もなかったから、ヴェンドラミンははるかに重大なニュースとして、有名なテノール歌手ジェノヴェーゼと高名なティンティ嬢がフェニーチェ劇場と契約を結んだことをエミリオに知らせて来ていた。手紙を読み終わらないうちに、それをくしゃくしゃにしてポケットにしまうと、エミリオは、自分の爵位相続のことなんか忘れ、大ニュースをカターネオ公爵夫人に知らせに走った。公爵夫人は、それによってティンティ嬢の存在を知らしめイタリア中の興味を湧かせたというちょっと変わった話を知らなかったので、大公はその話を手短に語って聞かせた。この名だたる歌姫はただの宿屋の召使だったが、その素晴らしい声が、旅行中だったシチリアの大貴族を驚かした。当時十二歳だったこの子が声に相応しい美貌の持ち主だったこともあって、大貴族は、ちょうどルイ十五世がかつてロマン嬢を育てさせたように、この可愛らしい娘を辛抱強く育てさせた。彼はクララの声が有名な教師の訓練を受けて鍛えられるまで、彼女が十六歳になって、これほどの苦労をして養い上げた宝をすべて発揮することができるようになるまで、忍耐強く待った。昨年デビューして、ティンティ嬢は、きわめて満足させるのが難しいイタリアの三大都市を魅了したのだった。

「その大貴族とやらがわたしの主人でないことは間違いありませんわ」と、公爵夫人は言った。

　すぐさま馬が整えられるように命じられ、カターネオ夫人は冬のオペラ・シーズンの開幕に出席するために、ただちにヴェネチアに向けて発った。十一月のある美しい宵、新ヴァレーゼ大公はそんな次第で、ヴェネチアのメストレのラグーン〔狭い水路〕を、税関によってゴンドラに認可された道を示す、オーストリア国旗が棚引く柱列の間を通りながら、進んでいた。お仕着せを着た従僕たちが漕いでいる、前方、射程距離のところを海面に筋をつけていくカターネオ夫人のゴンドラをずっと眺めながら、ヴェネチアがまだ生気があった頃に彼の父を運んだ年老いたゴンドラの船頭に案内されて、エミリオは気の毒なことに、彼の爵位叙任から思い浮かぶ苦い考察を払い除けることができなかった。

「運命はなんて人を小馬鹿にしているのだろう！　大公になっても、年収は千五百フランだ。世界でもっとも立派な宮殿を所有しながら、大理石も、階段も、絵画も、彫刻も意のままにすることもできない。オーストリア国の政令で譲渡できないことになったなんて！　およそ百万と評価されている高価なロッグウッド〔中央アメリカの高木〕の基礎杭の上に暮らしながら、家具一つ持てないとは！　豪華な回廊の持ち主でいながら、住んでいるところと言えば、モレア〔ギリシャの半島の地名〕から持ち帰った大理石を使い、それで建てた最後の唐草模様の装飾小壁《フリーズ》のの上方にしつらえられたただの一部屋とは！　このモレアは、かつて、ローマ軍のもとにメンミウスの一人が踏破し征服した半島だったが。ヴェネチアのもっとも壮麗な教会の一つであるが、ティッツィアーノや、ティントレットや、二人のパルマ〔老パルマ（一四八〇―一五二八）と甥孫のパルマ（一五四四―一六二八）、両者ともヴェネチア派の画家〕や、ベリーニや、パオロ・ヴェロネーゼの絵が飾られている、その礼拝堂の真ん中に、貴重な大理石の墓の上に置かれた自分の先祖たちの彫像を目にしながら、このヴァレーゼ大公にパンを買い与えるために、一体のメンミ像もイギリスに売ることができないとは！　有名なテノール歌手のジェノヴェーゼは、一シーズンで、彼の歌うルラド〔一音節で歌われる急速な装飾音〕分として、カエサルやスラと同じように古いローマの元老院議員メンミウス家の息子が幸せに生きていけるほどの年金資金を手に入れるだろう。ジェノヴェーゼはインドの水煙管を吸うことができるのに、ヴァレーゼ大公は葉巻を好きなだけ吹かすこともできないんだ！」

そう言って、彼は海中に葉巻の吸いさしを投げ捨てた。ヴァレーゼ大公はいつもカターネオ夫人の家で自分の吸う葉巻を手に入れているのだが、できれば世界中の富という富を彼女に提供したいと思っているのだ。ところが、公爵夫人は彼の気紛れをことごとく調べていて、それを満足させて喜んでいたのだった！　一度きりの食事、夜食は、彼女のところで取らなくてはならなかった。というのも、彼の金は衣服と、フェニーチェ劇場の入場料に消えてしまったからである。さらに、彼は年に百フラン、父親が使っていたゴンドラの老船頭用に残しておかなければならなかった。老船頭はこの代金で彼を運ぶために、米だけを食べて生きているのだった。最後に、ブラックコーヒー代もどうしても払う必要があった。彼は毎朝カフェ・フロリアンで、夕方まで神経を昂ぶらせておくようにブラックコーヒーを飲むのだが、ヴェンドラミンの方が阿片を当てにしていたのと同じで、彼はやたらに神経を昂ぶらせておくことで死ぬつもりだった。

「それでもこのわたしは大公なんだ！」こう最後の言葉を呟くと、エミリオ・メンミはマルコ・ヴェンドラミーニの手紙を読み終わらないまま、ラグーンの中に投げ込んだ。手紙は、子供が浮かべた紙の小舟のように水面を漂った。「だが、このエミリオは」と、彼は続けた。「まだ二十三歳でしかない。その方が、痛風持ちのウエリントン卿や、中風患いの摂政や、癲癇に罹ったオーストリアの皇帝一族や、フランスの王よりはましだが……」しかし、フランス王〔ルイ十八世のことと思われる〕のことを考えると、エミリオの額には皺が刻まれ、象牙色の顔色は黄ばみ、涙が数滴黒い目からこぼれ落ちて、長い睫毛を濡らした。彼はティッツィアーノによって描かれるに相応しい手で、ふさふさとした褐色の髪をかき上げると、カターネオ夫人のゴンドラの方へ視線を戻した。

「運命がわたしを小馬鹿にするのは、わたしの恋の中でもあることだ」と、彼は考えた。「わたしの心と想像力には宝が満ち溢れている。マッシミラはそれを知らないのだ。彼女はフィレンツェの女だから、そのうちわたしを棄てるだろう。彼女の声と眼差しがわたしのうちに天上の感覚を繰り広げているのに、彼女のそばで凍りついているなんて！　わたしのゴンドラから二、三十メートルのところにいる彼女のゴンドラを見ていながら、わたしは心臓に焼きごてを当てられる思いがする。目に見えない流体がわたしの神経の中を流れ、神経を真っ赤に焼き、雲が目の前に広がり、大気はリヴァルタの大気の色合いに似て見える。陽光が赤い絹の日よけを通して入り込み、彼女からは見られないままに、ダ・ヴィンチのモナ・リザのように、夢見るような、繊細な微笑みを浮かべている彼女をうっとり眺めたときの、あの大気の色合いだ。我が殿下殿はピストルの一撃で生涯を終えるか、もしくはカーネ一族の息子が、年老いたカルマニョーラの助言に従うか。つまり、わたしたちは水夫になり、海賊になって、絞首刑になる前にどれだけ生きながらえられるものか、見て楽しもうということさ！」

大公は新しい葉巻を取り出して燻らしながら、風に流れていく唐草模様の煙を見つめていたが、気ままな形の模様に、今、考えたことの反復を見ているといったようだった。遠くから、彼はすでに、彼の宮殿の頂部装飾に立っているムーア様式の尖塔を見分けることができた。彼はまたもや陰鬱になった。

公爵夫人のゴンドラはすでにカナレッジョの中に姿を消していた。自らの恋の結末と考えた、ロマネスクで危機を孕んだ生活を幻想のうちに見ていたのだったが、その幻想も葉巻とともに消えた。そして、彼の恋人のゴンドラは、もう彼の進む道を示してくれなかった。彼はそのとき、現在のありのままの姿を見た。魂を欠いた宮殿、肉体に影響を与えることのない魂、無一文の大公の肩書き、空ろな肉体と満ち溢れた心、無数の絶望的アンチテーゼ。この不運な青年は、ヴェンドラミンがさらに一段と苦い思いでヴェネチアを悼んだように、彼の古いヴェネチアを思って嘆き悲しんだ。それというのも、互いの深い苦悩と同じ運命が、二つの高名な一族の名残りであるこの二人の青年の間に、互いに強い友情を生んでいたからだった。エミリオは、メンミ宮殿がすべての窓から光りを溢れ出させ、アドリア海の波の上を遠くまで運ばれていく音楽で満ち溢れた日々のことを、ここで考えないわけにはいかなかった。それらの日々には、何百というゴンドラが杭につながれていたものだったし、また、波に洗われるステップでは、仮面をつけた優雅な人たちや共和国の高官たちのごった返す音が聞かれたものだったし、または、客間や回廊には、陰謀を弄されたり、弄したりする人たちが豊富に集まったものだし、あるいはまた、宴会用の大広間には陽気な人々の集まるテーブルが設えられ、外気に囲まれた回廊は音楽に満ち溢れて、まるでヴェネチア中の人が全部、笑いが鳴り響く階段を行ったり来たりしているようだった。もっとも優れた芸術家の鑿が、当時は中国で買った頸長の壷やだるま形の壷の支台になっていた青銅具や、数多くの蝋燭を立てる枝付き大燭台の青銅を、代々刻んで来たのだった。各国が壁や天井を飾る贅沢な品を分担してくれた。それが今や、立派な生地が剥がれ落ちた壁と陰気な天井が、沈黙を守って、泣いていいるばかりだった。もはやトルコ絨毯もなければ、花綱模様をあしらったシャンデリアも、彫像も、絵画も、歓楽も、歓楽を運ぶ最大の手だてである金もないのだ！　ヴェネチア、この中世時代のロンドンは、一つずつ石が、一人ずつ人が崩折れていったのだ。海によって宮殿の裾に変わらず保たれ、洗われている陰鬱な緑の草むらは、このとき、自然が死の印としてそこに繋ぎ止めている、黒い房飾りのように大公の目に映った。ついには、一人のイギリスの大詩人が訪れ、カラスが死骸に襲い掛かるようにヴェネチアに襲い掛かって、この人間社会の最初の言葉であり最後の言葉である『深き淵より』の詩節を、抒情詩で喚き散らしたのだ〔バイロンの『チャイルド・ハロルド』の四章参照〕。イギリスの詩が、イタリアの詩を生みだした都市ヴェネチアの顔面に、投げつけられたのだ！……憐れなヴェネチア！

　このような考えに没頭していた青年が、カルマニョーラの次のような叫び声を聞いて、どんなに驚いたか判断してほしい。「殿下、宮殿が燃えていますぞ、そうでなけりゃ、昔の統領様が戻って来たんでしょう。それ、上の回廊の窓という窓に明かりが点ってますよ！」

　エミリオ大公は、魔法の杖の一振りで自分の夢が実現したと思った。日暮れ時だったから、ゴンドラの老船頭は階段の一段目にゴンドラを留め、宮殿の中に群がっている人たち、中には、巣の入り口でぶんぶん音を立てている蜜蜂みたいに、ステップのところでざわめいている人たちもいたが、その人たちから誰にも見られないように、若い主人を陸に上げることができた。エミリオは巨大な柱廊の立ち並ぶ中に滑り込んだが、そこにはヴェネチアでもっとも立派な階段が上に向かって伸びていた。彼は何が理由でこうした奇妙な事態が起きているのか知ろうと、敏捷に階段を駆け上がった。大勢の職人たちが、大急ぎで宮殿のインテリアの備え付けと装飾を仕上げていた。二階はかつてのヴェネチアの壮麗さに匹敵するもので、エミリオが一瞬前に夢見た立派な品々が目の前に提出され、それらを妖精のような手によって最高にセンスよく並べて見せていた。成り上がりの王者の宮殿に似つかわしい華麗さが、ほんのちょっとした細部にまで光り輝いていた。エミリオは誰からも咎められることなく、あちこちを歩いて廻り、進んで行ったが、まさに驚きから驚きへの連続だった。三階はどうなっているのか見たくなり、上がっていくと、家具の備え付けはもう済んでいた。憐れなイタリア大公のために、『千夜一夜』の奇蹟を蘇えらせるようにと魔法使いから命じられた名も知れない職人たちは、以前に運び込まれたみすぼらしいいくつかの家具を取り替えていたのだった。エミリオ大公が居間の寝室の中まで入って来ると、寝室は、ヴィーナスが生まれ出たほら貝〔バルザックはボッティチェリの『ヴィーナスの誕生』を見たらしい〕のように、彼に微笑みかけた。この寝室は、いとも心地のよい美しさに満ち、入念に飾りたてられ、おしゃれで、とても優美な繊細さに溢れていて、そのため彼は、金箔の木の安楽椅子のところへ行って深々と座り込んでしまったが、ふと見ると、その前にはたまらなく食欲をそそる冷製の夜食が用意されていた。彼は四の五の言わずに食べ始めた。

「こんな宴会を思いつくことができる人間なんて、世界中を見回しても、マッシミラしか見当たるものじゃない。彼女はわたしが大公になったことを知った、そして、カターネオ公爵がおそらく財産を彼女に遺して死んだのだろう。彼女は今や二倍も金持ちになった。彼女はわたしと結婚するだろう、そして……」と言って、彼は、貪るように食べ始めた。彼のさまを見たら病人の百万長者もさぞ憎むだろうと思うほどの勢いで夜食を食べ、極上のポルト酒をがぶがぶ飲んだ。「では、今晩またね！　と彼女が言いながら、ちょっとしたり顔をして見せた意味が、今やっと分かったぞ。彼女はおそらく魔法を解きにやってくるんだ。なんと立派な寝台だろう、しかも寝台にはなんと綺麗なランタンが付いていることだろう！……そうさな！　フィレンツェ女の考えそうなことだ」

豊かな体質のせいで、極度の幸福も不幸も同じように催眠効果を引き起こすといった人が中にはいるものである。ところで、恋人を理想化してもはやそこに女を見なくなるまでになった強力な青年には、あまりに突然訪れた幸運が、阿片を一服飲んだと同じ効果をもたらしたに相違なかった。ポルト酒一瓶を飲み、魚を半身とフランス風パテを何片か食べ終えた途端、大公は猛然と眠たくなった。おそらく、二重の酔いが廻ったのだろう。彼は自分で覆いを剥がし、ベッドの用意をし、素晴らしく綺麗な化粧室で服を脱ぎ、自分の運命をよく考えてみるために床に入った。

「気の毒なことをした、あのカルマニョーラのことを忘れていた、しかし、わたしの料理係や食事係が配慮してくれるだろう」

このとき、一人の小間使いが『セヴィリャの理髪師』のアリアを口ずさみながら、陽気に入ってきた。彼女は椅子の上に女の衣服と化粧着一式を放り投げて、「あの方たちが帰ってきたわ！」と呟いた。

間もなくして、実際に、フランス風に着飾った若い女が入ってきたが、『忘れな草』とか『美しい集い』とか『美女の鑑』といった記念贈答装飾本のために考案された、イギリスのある幻想版画のモデルと言ってもいい女だった。大公は恐れと同時に喜びで身震いが出た。というのも、彼はご存知のように、マッシミラを愛していたからである。ところで、彼の身を焼くあの愛の誓い、かつて、スペインに絵画を、イタリアに聖母マリア像を、ミケランジェロに彫像を、ギベルティに洗礼堂の扉を生み出させたあの愛の誓いがあったにもかかわらず、《愛欲》が彼をその網で絡め取り、欲望が彼を揺さぶり動かして、カターネオ夫人の眼差し一つ、ほんのちょっとした言葉の一つが彼に注ぎ込むあの熱烈な、至純の精髄を、彼の心の中に行き渡らせないのだった。彼の魂、彼の心、彼の理性、すべての意思は、《不貞》を容認していなかった。しかし、野蛮で気紛れな《不貞》が、彼の魂を牛耳っていた。この女は一人で来たのではなかった。

大公は一人の人物が目に入ったが、こういう人物たちというのは、われわれが彼らを感心して眺めている現実の状態から、多かれ少なかれ文学的な描写による幻想的な状態に移してみると、途端にその存在を誰も信じたくなくなるような人物たちである。ナポリの人たちの出で立ちと同様に、この見知らぬ男の出で立ちたるや、仮に帽子の黒も一色と認めようとすればだが、五色の色からなっていた。ズボンはオリーヴ色で、赤いチョッキには金色のボタンが煌き、上着は緑がかった色、シャツは黄色っぽい色だった。男は、ジェロラモがいつもマリオネットの舞台〔ジェロラモの操り人形劇は当時ミラノで有名だった〕にのせるナポリ人が本当にいるのだということを、骨折って証明しようとしているみたいな男だった。目はガラスでできているみたいだった。クラブのエースの形をした鼻は恐ろしく張り出していた。その鼻はおまけに、口と呼んだら人間を侮辱すると言われそうな一つの穴に、慎ましく覆い被さっていて、その穴からは、乱杭歯状に納まっている、揺れ動く三、四本の白い牙が覗いていた。耳はそれ自体の重みで垂れ下がり、この男に、妙に犬に似た様子を与えていた。顔色は、誰かヒポクラテスのような男の処方によって、血液の中に多

数の金属が注入されて残っているのではないかと疑われそうな顔色で、黒い色にまで変色していた。突き出た額は、ぺちゃんこでまばらな、息を吹いて作るガラス繊維のように垂れ下がった髪ではうまく隠しきれず、ざらざらした赤みを帯びて、しかめ面をした顔の上に乗っかっていた。最後につけ加えると、この紳士は体は痩せて、普通の背丈だったが、腕が長く、肩が広かった。このようにひどく醜かったし、また、七十歳には見えたろうが、一眼巨人《キュクロス》のようなある種の貫禄がなくはなかった。彼は貴族的な物腰をそなえていたし、その眼差しには、金持ちの持つ安定感があった。彼のことを落ち着いてしっかり観察してみた人なら、誰にとっても、彼の経歴は、さまざまな情念の跡が、この泥となった高貴な粘土人間の中に記されているのだった。諸君は彼の中に、若い時からすでに裕福で、極度の快楽を得ようと《遊蕩》に自らの肉体を売った大貴族を推察したことだろう。《遊蕩》は、この人間を打ち砕き、その別ものを自分用に仕立てたのだった。何千という酒瓶が、唇の上に澱を残して、このグロテスクな、血の滲んだアーチを描く鼻の下を通り過ぎていった。長い時間、くたびれる消化を重ねた結果、歯も抜け落ちてしまった。目は、ゲームテーブルの灯りで輝きを失い、血には不純な成分がいっぱい溜まって、神経組織を損ねていた。消化能力の働きは知力を吸い取ってしまっていた。最後に、色恋のせいで、若者の輝く髪はすっかり抜け落ちていた。それぞれの悪徳が、貪欲な相続人として、まだ生きている屍の取り分に自分の刻印を印したのだった。自然を観察してみると、そこには卓抜な皮肉が見せる冗談を発見する。例えば自然は、花のそばに蟇蛙を置いたが、ちょうどそれは、この公爵がこの愛の薔薇の花の傍らにいるようなものだった。

「今夜はヴァイオリンをお弾きになるんでしょう、ねえ、公爵様?」と、女はカーテンの留め紐を外して、ドアに豪華なドアカーテンを下ろした。

「ヴァイオリンを弾くだと」と、エミリオ大公は言葉を繰り返して言った。「あの女は何を言っているんだ? わたしの宮殿をどうしようというんだ? わたしは目が覚めているんだろうか? わたしはこうして、自分の家にいると思っているあの女のベッドの中にいる、女がマンティーラ〔スペイン女性が被るスカーフ〕を取ったぞ! してみると、ヴェンドラミンのように、わたしは阿片を吸ったのか。彼が三百年前のヴェネチアを見ているという、そんな夢のただ中にいるんだろうか?」

見知らぬ女は、蝋燭で照らされた化粧台の前に腰を下ろし、落ち着き払った様子で、身につけた装身具を外しにかかった。

「呼び鈴を鳴らしてジュリアを呼んでちょうだいな、早く着物を脱ぎたくて」

このとき、公爵は夜食に手がつけられていることに気づき、部屋の中を見廻し、大公のズボンがベッドのそばの肘掛け椅子に拡げて掛けてあるのが目に入った。

「呼び鈴なぞ鳴らさんぞ、クラリーナ」と、公爵は憤怒に駆られ、か細く甲高い声をあげて叫んだ。「ヴァイオリンなぞ弾かん、今夜も、明日も、ずっとだ……」

「タ・タ・タ・タ!」と、クラリーナは、ナイチンゲールのように敏捷に、ただ一つの音を、声を出す度に一オクターヴずつ上げていきながら歌った。

「あんたの守護聖人である、聖クララ様に焼き餅を焼かせるほどのそんな声を持っているというのに、あまりにも破廉恥過ぎるぞ、ふしだら夫人殿」

「そんな言葉を聞いて分かるように育ててはくれませんでしたよ」と、彼女はプライドを込めて言った。

「あんたのベッドに男を引き止めて置けなんて教えたかね？　あんたには、わたしの親切な振る舞いも憎しみも受ける資格はない」

「わたしのベッドに男が！」と、クラリーナは叫ぶと、ぱっと振り向いた。

「おまけにその男は、自分の家にでもいるみたいに、なれなれしくわたしたちの夜食まで食べてしまった」と、公爵は続けて言った。

「でも」と、エミリオは叫んだ。「わたしは自分の家にいるのではないんですか？　わたしはヴァレーゼ大公で、この宮殿はわたしのものですよ」

　これらの言葉を言いながら、エミリオは上体を起こして、ベッドの贅沢な天蓋の真ん中に、美しい、高貴なヴェネチア男の顔を見せた。それを見て、最初、クラリーナは大笑いしたが、これは、予想もしない滑稽な出来事に出くわしたときに若い娘たちを襲うような、あの堪えきれないといった笑いだった。笑い終って、彼女はこの青年をまじまじと見た。彼は服こそちゃんと着ていなかったが、正直言って、絶世の美男だった。彼女は、エミリオが憤っているのと同じ憤りに駆られた。そして、彼女には愛している人間など誰もいなかったから、どんな理性も、この昂奮したシチリア女の気紛れをとどめることはできなかった。

「この宮殿が仮にメンミ宮殿だとしましてもですな、やはり殿下には、ここをお引取り願いたいと思いますよ」と、礼儀正しい人間が示す冷ややかで、皮肉を込めた様子を見せながら、公爵は言った。「ここはわたしの家ですので……」

「お断りしておきますけれど、公爵様、あなたはわたしの家にいるのであって、あなたの家にいるわけではありませんのよ」と、クラリーナは気力を取り戻すと、言った。「もしあなたがわたしの貞節をお疑いでも、どうぞわたしに情状酌量の余地は残しておいてくださいましね……」

「疑いだって！　ねえ、いいかね、これは確信だぞ……」

「誓うわ」と、クラリーナは続けた。「わたしは潔白ですわ」

「だが、そこにわたしが見ているものは何だ、そのベッドの中に？」と、公爵は言った。

「ああ！　この年寄りの魔法使いったら、もしあなたが、わたしの言うことよりあなたの見ている方を信じるのなら」と、クラリーナは叫んだ。「あなたはわたしを愛していないんだわ！　出て行ってちょうだい、もう、うるさくしないで！　お分かりになって？　出て行ってくださいな、公爵様！　この若い大公様が、あなたがそう主張するなら、あなたに支払う百万をあなたに返してくれますわ」

「わたしは一銭も返さないぞ」と、エミリオはごく小さな声で言った。

「そうだわ！　わたしたちは返すことなんかないわ、クラリーナ・ティンティを自分のものにするのに、百万なんて知れているわ、醜い人の場合にはね。さあ、出て行ってください」と、彼女は公爵に言った。

「あなたはわたしを解雇しました、そして、わたしの方もあなたを解雇する、かくして、貸し借りなし、ってわけね」

ティンティ嬢が大評判を取ったセミラミス〔ロッシーニの同名の歌劇中の人物〕にぴったりの態度でいかにも厳かに言い渡したこの命令を聞いて、この老公爵は抵抗したそうに見えたが、プリマドンナはその彼の身振りを見て、猿のように醜い老人に突進すると、戸口に押しやった。

「もし今夜、わたしをそっとしておいてくれなければ、もう二度とお会いしませんからね、わたしの二度とは、あなたの二度とよりずっと有効なんですよ」と、彼女は言った。

「そっとしておいて、か」と、公爵は思わず苦笑いを浮かべながら、続けて言った。「どうやらわたしは、あんたを興奮させたようだね、わたしのアイドル」

公爵は出て行った。この意気地のない態度を見ても、エミリオはちっとも意外ではなかった。あらゆる恋愛現象の中から選び取られて、自分たちの性質にぴったり適うある特殊な趣味に馴染んでいる人たちなら誰でも、自分の情熱が習慣になった人を、いかなる斟酌をもってしても押し留めることができないことを知っているのである。ティンティ嬢は子鹿のようにドアからベッドへ飛んで行った。

「可哀そうな、若くて、美男の大公様、でも、これはお伽噺だわね！……」と、彼女は言った。

シチリア女はベッドの上に優美に身を置いたが、その優美な姿は、動物の素朴な無頓着さ、植物が陽光に屈託なく身を委ねた様子、あるいは、風に合わせて踊る小枝の心地よい動き、といったものを連想させた。ドレスから両手を上げて彼女は歌い出したが、その声はもはやフェニーチェ劇場で喝采を浴びるための声ではなく、欲望に掻き乱された声だった。彼女の歌は、心に愛の愛撫をもたらしてくれるそよ風だった。彼女は、彼女とまったく同じように当惑しているエミリオのことをこっそり見ていた。というのも、この舞台の女には、公爵を解雇したときの、彼女の目と身振りと声にいきいきと表れたあの思い切りの良さがもはやなくなっていたからだった。いや、彼女は恋する娼婦のように慎ましかった。ティンティ嬢がどんな人間かを想像するには、イタリア歌劇団が当時、ルーヴォア街の劇場で上演していたガルシアのオペラ『ハンカチ』でデビューした、フランス最高の歌姫を観ている必要があったろう。彼女はとても美しく、そのため一人の近衛兵が憐れにも、自分の気持を聞いてもらえなかったことが理由で、絶望のあまり自殺したほどであった。フェニーチェ劇場のプリマドンナには、この歌姫と同じ繊細な表情、同じ優美な容姿、同じ若さが見られたが、その美貌をさらに美しく見せる、あのシチリアの熱烈な肌の色合いが彼女にはたっぷり備わっていた。次に、彼女の声はもっと豊かな声で、最後に、イタリア女の体の輪郭を特徴づけているあの堂々たる外観を見せていた。ティンティ嬢の名はフランスの歌姫〔ロール＝サンティ・ダモロー、通称サンティのこと〕が自分に付けた名前に非常に似ていたが、ティンティ嬢はこのとき十七歳で、憐れな大公は二十三歳だった。冗談好きないかなる人の手が、火薬のすぐそばにこうして火を投げ込んだのだろう？　淡紅色の絹地を張った、蝋燭に輝く、芳香漂う部屋、レース飾りのついたベッド、静かな宮殿、ヴェネチア！　二人の若者、二人の美男美女！　豪華なものがすべて揃っていた。エミリオはズボンを取り、ベッドの外に飛び降り、化粧室に飛び込み、服を着、戻り、急いで戸口の方へ向かった。

　服を着ながら、彼の思ったのはこうである。

「マッシミラ、イタリアの美しさが親から子へと受け継がれてきたドーニ家の愛しい娘、ラファエロが自らの栄光のために余すところなく描きつくしたたぐい稀な絵の一つ、マルゲリータの肖像をも裏切らない君！　わたしの美しい、聖なる恋人！　この花の淵からわたしが逃げ出すことは君に値することではなかろうか？　君にすべてを捧げた心を汚しても、わたしは君に相応しい人間でいられるだろうか？いや、わたしは、自分の反逆する官能が仕掛ける卑しい罠には落ち込むまい。あの娘には彼女の公爵、わたしには公爵夫人がいるんだ！」彼がドアカーテンを上げようとしたとき、呻き声が聞こえた。この勇敢な恋人は振り向き、ティンティ嬢が、ひれ伏すようにベッドに顔を押しつけ、嗚咽を抑えている姿が目に入った。諸君は信じられるだろうか？　歌姫は、当惑しながらも顔を輝かせているときより、跪いて顔を隠しているときの方が美しかったのだ。ほどけて肩に垂れた髪、マグダラのマリアのポーズ、衣服が裂けて乱れた様子、ご承知の通り偉大な色彩画家である悪魔によって、すべてが仕上げられていた。大公がこの憐れなティンティ嬢の胴を抱えようとすると、彼女は蛇のように彼の手から逃れ、片足の周りに絡みつき、惚れ惚れするような肉体でその足を柔らかく締めつけた。

「説明してくれないか」と、彼はこの娘から足を引き抜こうと揺すぶりながら言った。「どうして君はわたしの宮殿にいるのか？　どうしてこの憐れなエミリオ・メンミが……」

「エミリオ・メンミ！」と、ティンティ嬢は起き上がりながら叫んだ。「あんたは自分が大公だと言っていたわね」

「昨日から大公だ」

「あんたはカターネオ夫人を愛しているのね！」と、ティンティ嬢は彼をじろじろ見ながら言った。

憐れなエミリオは黙ったまま、涙をこぼしながらも微笑んでいるプリマドンナを見ていた。

「殿下は知らないのね、劇場に出すためにわたしを育ててくれた人が、その公爵が……カターネオその人だっていうことを。そして、あなたの友だちのヴェンドラミンが、あなたに儲けを渡すつもりで、フェニーチェ劇場とわたしが契約している期間、千エキュでこの宮殿をあの人に貸したということもね。わたしの願っていた理想のお方」と、彼女は彼の片手を取って、自分の方に彼を引き寄せながら言った。「わたしは、多くの男が、わたしのためならこっぴどく痛めつけられることも厭わないと思ってくれているほどの女だわ、どうしてそんな女から逃げようとなさるの？　愛は、ねえ、常に変わらず愛でしょう。愛はどこでも変わらないものだわ、わたしたちの魂の太陽のようなもの、愛が輝いていればどこでだって体が暖まるわ、そして、今ここでわたしたちはさんさんと日を浴びているのよ。もし明日気に入らなくなったら、殺してくれてもいい！　でも、わたしは生きるわ、大丈夫よ！　だって、わたしはものすごく綺麗なんですもの」

エミリオは残る決意をした。彼が頷いて承諾するや、ティンティを揺さぶった喜びの動作は、地獄から射す一条の閃光で照らし出されているように彼には見えた。かつて恋というものが、彼の目にこれほど崇高な姿を見せたことはなかった。このとき、カルマニョーラが勢いよく口笛を吹いた。

「このわたしに何の用があるというんだ？」

恋に負けて、エミリオは、カルマニョーラの繰り返す口笛を聞こうとはしなかった。

もし諸君がスイスを旅行したことがなければ、おそらく次のような描写を喜んで読んでくれるだろうし、またもし、あのアルプスの山々に登攀したことがあれば、そのときの出来事を思い出して、感動しないではいられないだろう。この崇高な国には、数百トワーズ〔一トワーズは一・九五メートル〕ほどの深さの場所だが、山が亀裂して峡谷になった、ちょうどパリのヌイイ並木通りほどの道幅の谷があって、その谷が二つに引き裂いている岩盤の真ん中を、サン＝ゴタールとか、シンプロンとか、アルプスのどこかの山頂から流れ落ちてくる水流が流れている。その水流は、深さが何ブラース〔一ブラースは一・六六メートル〕かあり、縦横数トワーズもある大きな天然泉水に流れ込んでいて、縁の欠けた花崗岩の岩盤がその周りを囲んでいる。その花崗岩の塊の上には、ところどころ牧草地が見られ、花崗岩の間には、樅の木や榛の大木が伸びていれば、苺や菫も成長している。ときおり、山小屋にも出くわし、その窓には、ブロンドのスイス女性のいきいきとした顔が覗かれる。ちょうど、サファイアがブルー色であったり、エメラルドが緑色であったりするように、空模様によって、この天然泉水の水が青くなったり、緑になったりする。ところで、きわめて呑気な旅行者にとっても、きわめてせかせかした外交官にとっても、きわめてお人よしの食料品屋にとっても、アルプスのもっとも高い山々から奔流のように走り来る雪解け水が、樹木の下に隠れ、岩を穿ちながら自然の水路を通り、軽やかな音一つ立てずに隙間から逃れて出て、澄んだ水となって流れるこの液体のダイアモンドくらい、深さ、静けさ、広大さ、天上の愛、永遠の幸福がどんなものかを伝えてくれるものは、世界中どこを見ても、他に見当たらないだろう。広くなった水面は淵で重なり合って、通過していく馬車の姿が映る水面に少しの動揺も見られないほど、静かに滑るように流れる。ここで、馬車馬たちが二度鞭打たれる！　岩を迂回し、橋に出る。突然、互いにぶつかり合う滝のおそろしい合奏が鳴り響く。奔流が猛り狂ったように溢れ出、無数に砕け落ち、たくさんの大きな石ころにぶつかって粉々に散る。奔流は、谷を見下ろす山脈の上から落ちて来た岩に、あらゆる生きた力のうちでももっとも尊敬すべき消化水素〔正確に科学的意味はないらしい〕がやむなく作ったその道のまさに真ん中に落ちてきた岩に、ぶつかり、数多くの水しぶきとなって煌く。

諸君がこの風景の意味を十分に理解するなら、この寝入ったような水流の中に公爵夫人へのエミリオの愛の姿を認めるだろうし、羊の群れのように飛び跳ねる滝の中に、ティンティと過ごした彼の恋の一夜の姿を認めるだろう。この愛の奔流の真ん中に一つの岩が立ちはだかり、波がそれに当たって砕け散っていた。大公はシシュフォス〔ギリシャ神話中の人物、岩を山上に休みなく運び上げる刑罰を受ける〕のように、絶えず下から岩を支え続けているのだった。

「カターネオ公爵はそれじゃ、ヴァイオリンで何をするのだろう?」と、彼は思った。「この《交響曲》は彼のおかげなんだろうか?」

彼は、クララ・ティンティにこのことを打ち明けた。

「ねえ、坊ちゃま……(彼女は、大公がまだ子供だということが分かっていた)、ねえ」と彼女は言った。「あの人は《悪徳》の教区では百十八歳、教会の帳簿では四十七歳というわけで、この世に唯一つの、最後の楽しみしかないの、それに生きがいを感じているんだわ。そうね、心の琴線はことごとく断ち切れてしまっているし、あの人においては、全部が瓦礫で、ぼろ屑だわ。魂も、知性も、感情も、神経も、人間のうちで心の飛躍を生み出すもの、人間を欲望や喜びの炎で天上に結びつけるものはすべて、音楽というよりはむしろ、音楽の数え切れない効果の中から取り出した一つの効果に掛かっているの、二つの声の間の、と言うか、一つの声と彼のヴァイオリンのE線との間の完全和音にね。あの老いぼれの猿ったら、わたしの膝に腰掛けて、ヴァイオリンを手に取ると、なかなか上手に弾いて音を出す、わたしはなんとかその音を真似るようにして、長い間追求していた瞬間に達すると、ヴァイオリンの音がどれか、わたしの喉から出た音がどれか、歌全体の中で区別がつかなくなる瞬間に達すると、この老人はもう陶酔状態に陥って、死んだ目は最後の光りを放ち、幸せになって、酔っ払った人間みたいに地べたを転げ回るのよ。だから、ジェノヴェーゼにあんなに高いお金を払ったんだわ。ジェノヴェーゼは、わたしの声の響きにときどきぴったり合うことがある、ただ一人のテノール歌手なのよ。一晩に一度か二度、実際、二人の声が近づくことがあったり、または、公爵がそう想像するかしたりする、この想像上の喜びのために、あの人はジェノヴェーゼと契約して、ジェノヴェーゼは彼のものになっているの。劇場のどんな支配人だって、わたしなしでは、あのテノール歌手を歌わせることはできないし、わたしだって、彼なしでは歌いはしないわ。公爵はそんな気紛れを満たすために、わたしを育て上げたんだわ、わたしの才能も、わたしの美しさも、それに、きっとわたしの財産も、あの人のおかげだわね。あの人はなにか完全和音の発作に当たって命を落とすでしょう。聴覚は、あの人の能力が破滅していく中で、なお生きのびてきたただ一つのものね、あの人の命を繋いでいる糸は、それだわ、その腐った切り株から、力強い芽が伸びてくるのよ。そんな状況の人がたくさんいるらしいわ、聖母マリア様、どうかそういう人たちをお守りくださいますように！　でも、あんたはそんな風じゃないわ、あんたは！　あんたは、ご自分で望み通りのことをなんでもできるし、それにわたしの望み通りのこともすべてね、わたしには分かっている」

夜が明ける頃、エミリオ大公はそっと部屋を抜け出すと、カルマニョーラがドアに横向きになって寝ているのが目に入った。

「殿下」と、ゴンドラの船頭は言った。「公爵夫人から、あなた様にこの手紙をお渡しするように言い付かりました」

彼は、三角にたたんだ上質の小さな紙を主人に差し出した。大公は気が遠くなりそうに感じ、部屋に戻ると、安楽椅子に倒れ込んだ。それというのも、視力は混乱し、両手も震えながら、次のような手紙を読んだからだった。


《愛するエミリオ、あなたのゴンドラはあなたの宮殿に留められたままです。それですと、カターネオがティンティ嬢のために、あなたの宮殿を借りたことをご存知ではないのですわね。あなたがわたしを愛していらっしゃるのなら、今晩すぐに、ヴェンドラミンのところに行ってください、あの人は、彼のところに、あなたの部屋を用意したと言っています。わたしはどうすべきでしょうか？　夫と彼の歌姫を面前にして、ヴェネチアになお留まっていなくてはならないでしょうか？　あなたといっしょに、フリウールに帰るべきでしょうか？　一言ご返事くださいませ、ラグーンにお捨てになったあのお手紙がどんなものだったかを、お聞かせくださるためにだけでも。

マッシミラ・ドーニ》

インクと紙の匂いが、若いヴェネチアの青年の心の中に無数の思い出を呼び覚ました〔ウクライナ出身のバルザックの恋人ハンスカ夫人の手紙の思い出に関わっているのでは、と、プレイアード版の注にある〕。唯一の愛の太陽は、その強い光りを、遠くから来て底の知れない淵になって集まる青い水の上に投げ掛け、水面は星のように煌いた。高貴な子供は、どっと目から溢れ出る涙を抑えることができなかった。というのも、満たされた官能の疲労による気だるさのせいで、彼は、この純粋な神のような女性が与える衝撃には無力だったからだった。眠りの中で、クラリーナはすすり泣きの音を聞いた。彼女は身を起こすと、彼女の大公の苦悩する姿が見えた。彼女は、大急ぎで彼の膝に飛びつくと、その膝を掻き抱いた。

「まだ、お返事をお待ちしているんですが」と、カルマニョーラはドアカーテンを上げて言った。

「破廉恥な女め！　お前のせいでわたしはもうおしまいだ！」と、エミリオは叫び、ティンティから足を振り払うようにして立ち上がった。

彼女は愛情をこめてその足をひしと抱きしめ、目で、涙ながらのサマリア女の目で、どういうことか説明して欲しいと懇願したが、エミリオは、彼を貶めたこの情熱に自分が再び丸め込まれそうになるのを見て怒り狂い、乱暴に足蹴にして、歌姫を押しやったのだった。

「お前は、わたしに殺せと言ったな、死ぬがいい、毒蛇め！」と、彼は叫んだ。

それから、彼は自分の宮殿の外へ出ると、ゴンドラに跳び乗った。「出してくれ」と、彼はカルマニョーラに大声で言った。

「行く先はどこへ？」と、年寄りは言った。

「お前の好きなところでいいさ」

ゴンドラの船頭は主人の気持ちを察し、カナレッジョの中をいろいろ廻り道しながら、素晴らしい宮殿の前に案内した。諸君もヴェネチアに行ったら、この宮殿を眺めて感嘆することだろう。

というのも、外国人で、異常なほど細かいレース模様のように細工されたバルコニーのある、装飾がみなさまざまに異なって、みな想像力を競い合っているあの窓を見て、ゴンドラを止めさせなかった者は一人もいなかったからである。彼らはまた、この宮殿の角の終わるところに、ほっそりとして捻じ曲がった長い小円柱が立っているのを見、また、土台石の細部がくっきり刻まれ、それを彫った鑿の跡があまりに気紛れで、それぞれの石の唐草模様に同じ模様が一つもないことに気づくのだ。戸口がいかに綺麗なことか、そして、階段に通じるアーケード型の細長い穹窿の、いかにミステリアスなことか！トルコの絨毯のように豊かな絨毯、とは言ってもそれは白い大理石の中に嵌めこまれた無数のカラーの石でできている絨毯だったが、その絨毯が巧みな技術によって、ヴェネチアが存続する限り張り付けられているあの階段を見て、感服しない人間がいるだろうか！　諸君は、公爵の宮殿のように金箔に塗られた半円形の穹窿を飾る、技術の精華が諸君の足下と頭上に見られるように頭の上を這う、うっとりするような空想の所産を好まれることだろう。なんという穏やかな陰、なんという静けさ、なんという新鮮さ！　だが、この古い宮殿には、なんという荘重さがあるだろう！　そこには、エミリオにも彼の友人であるヴェンドラミーニにも気に入るように、公爵夫人がヴェネチアの古い家具を集めておいたのだった、また、腕の立つ職人がその天井を修復しておいたのだった！　ヴェネチアがそっくりそこに蘇っていた。その贅沢は高貴であるばかりでなく、教育的だった。考古学者なら、中世時代が手本をヴェネチアから取って美を生み出したように、その美の模範がそこにあることを再発見したに違いない。カラー地に金色で描いた、または金の地に色とりどりに描いた甘い言葉を囁く人間模様が覆う初期の板天井とか、各隅には、数人で何かを演じている場面が、そして彼らの真ん中にはこの上なく美しいフレスコ画が見られる金箔のスタッコ塗りの天井などが、見て取れた。このフレスコ画は莫大に費用がかかる様式のもので、ルーヴル宮にも二カ所とないし、豪奢を好むルイ十四世も、ヴェルサイユに対してこんな無駄遣いはとてもできないと、引き退がったほどだった。大理石、木材、布地が、至るところで、貴重な作品の材料に使われていた。エミリオは、とある彫刻が施された樫の扉を押し、ヴェネチア宮殿では各階とも端から端まで伸びている、あの長い回廊を通っていき、よく知っている別のドアの前に辿り着いた。ドアの前に来ると、彼の心臓は高鳴った。彼の姿を見ると、お付の侍女が大きな客間から出てきて仕事部屋に案内したが、そこでは、公爵夫人が聖母マリア像の前に跪いていた。彼は自分の罪を認めて許しを乞いにやってきたのだが、祈っているマッシミラの姿を見て彼の気持ちは変った。彼と神、彼女の心には他のものは何一つ存在しなかったのだ！　公爵夫人はそのまま立ち上がると、恋人に手を差し出したが、相手はその手を取らなかった。

「それでは、ジャンバティスタは、昨日あなたにお会いしなかったんですのね？」と、彼女は言った。

「ええ」と、彼は答えた。

「この思い違いのせいで、わたし、耐え難い一夜を過ごしたんですのよ。あなたが公爵とお会いするんではないかと、ひどく心配になって、公爵の品行が納まらないことは、よく分かっているんですもの！なにを考えて、ヴェンドラミーニはあの人にあなたの宮殿を貸したのでしょう！」

「ちゃんとした考えからなんですよ、ミラ、なぜって、あなたの大公はあまり金持ちではありませんから」

マッシミラはじつに立派に信頼できる上に、素晴らしい美しさに恵まれ、さらにエミリオが目の前にいることによって落ち着きを取り戻していたため、大公はこのとき、はっきり目を覚ましていながら、活発な想像力を悩ますあの残酷な夢を見ているような気持ちを味わうのだった。着飾った婦人方でいっぱいの舞踏会に来ていて、夢を見ている男は突然ワイシャツも着ずに裸になっている自分の姿に気づき、恥と恐怖が代わるがわる彼を鞭打ち、目覚めて始めて苦悶から解放されるという夢である。恋人を前にしながら、エミリオの魂はこんな風だった。その時までは、この魂は、感情のもっとも美しい花々でまとわれていたのだったが、遊蕩の心が、彼を汚らわしい状態に落とし入れたのだ。しかも彼だけが、それを知っていた。というのも、美しいフィレンツェの女は、彼女の愛に山ほどの徳性を与えていたので、彼女の愛する男が、ほんの僅かの汚点に汚されてもいけないはずだったからである。エミリオが彼女の差し出した手を取らなかったので、公爵夫人は立ち上がって、ティンティ嬢が接吻したその髪に指を差し入れた。彼女は、そのときエミリオの片手が湿っているのを感じるとともに、彼の額が汗にじっとり濡れているのを見た。

「どうなさったの？」と、フルートの優しい音色を伝える愛情に満ちた声で、彼女は彼に言った。

「わたしはいまこのときまで、自分の愛がどれほど深いものか分かりませんでした」と、エミリオは答えた。

「それで、愛しいあなた、何をしてほしいの?」と、彼女は言葉を継いだ。

この言葉に、エミリオの全生命は心臓に一挙に逆流した。「こんな言葉を彼女に言わせるなんて、わたしは何をしたんだろう」と、彼は考えた。

「エミリオ、あなたはいったいどんな手紙をラグーンに投げ捨てたんですの?」

「ヴェンドラミーニの手紙です、よく読まずに投げ捨てたのですが、そうでなければ、公爵になんか、わたしの宮殿で会うことはなかったでしょう、きっと彼は、公爵の話をわたしに書いて寄こしていたんです」

マッシミラは青くなった。だが、エミリオの仕草を見て、彼女はほっとした。

「一日中、わたしといっしょにいてくださいな、いっしょに劇場に行って、フリウールに発つのは止めましょう、あなたがいてくれれば、きっとカターネオがいても我慢ができるわ」と、彼女は続けた。

それは、この恋人にとっては絶え間ない魂の拷問に違いなかったけれども、彼は喜びを露に見せて承知した。地獄に落ちた人間が、自分が神に相応しくない人間であるのを見て強く感じるものがどういうものか分かるには、尊び崇める恋人を前にしながら、不貞の味を唇に感じているときの、愛する女神の聖域に娼婦の毒を放つ雰囲気を持ち込むときの、いまだ純粋な若者の状態を知るに如くはない。バーダー〔一七六五―一八四一。ドイツのキリスト教的哲学者〕は授業の中で、天上の事物を性愛上の比喩で説明したが、彼は、カトリック教の著者たちと同様に、おそらく人間の愛と天上の愛との間に大いなる類似が存在することに気づいていたのであろう。こうしたヴェネチア青年の苦悩は、恋人を傍らにしながら彼が味わう喜びに、いくぶん憂愁の色合いを与えたのだった。女性の魂は、感情が調和するのに驚くほどの能力を持っている。その魂は、恋人が運んでくる色に染まり、彼がもたらす音に震える。そんなわけで、公爵夫人ももの思いに沈んだのだった。あの甘美な激情の合致と同様に、ちょっとしたコケットリーが煽り立てる刺激的な味わいくらい、愛を促すことからほど遠いものはない。わざわざ努力してコケットリーをみせることくらい、心が離れていることを示すものはないし、たとえ一時的なものとしても、それは人を不快にさせるものである。それに対し、互いに分かち合う共感というものは、互いの魂の揺るぎない融合を示すものなのだ。だから、憐れなエミリオは、自分の知らない過ちを黙ったまま見抜き、涙を流す公爵夫人を見て、ほろりとしたのだった。自分が恋の官能的な面では非難されるところはないと分かっていて、自分の方が彼より力があると感じていたので、公爵夫人は優しい態度を見せることができた。彼女は大胆に信頼しきって天使の心を開いて見せ、例の悪魔的な夜の間、熱烈なティンティ嬢が柔らかな輪郭の、弾力のある力強い肌を持つ体を目に晒してみせたように、その心を赤裸々にして見せるのだった。エミリオから見れば、この白い魂の聖らかな愛と、苛立ち、激しやすいシチリア女の愛の間には、なにか一騎打ちのようなものがあった。この一日は、そこで、深い思索を経たあとに、長い間にわたって、互いの顔を見つめ合って過ごした。二人はそれぞれ自分の愛情の深さを測り、それが無限に深いことを知り、その安心感から、互いに優しい言葉を思いつくのだった。《愛》を忘れる瞬間に《コケットリー》を生み出した《羞恥》というこの神も、この二人の恋人を見て、手で目を被う必要はなかったろう。ありったけの悦楽として、ぎりぎりの快楽として、マッシミラは自分の胸の上にエミリオの頭を抱き、ときおり、思い切って彼の唇に自分の唇を押しつけるのだったが、だがそれも、鳥が人に見られているかどうかおずおず周りを見廻しながら、泉の澄んだ水に嘴をつけるみたいなものだった。音楽家が無限の音階で一つのテーマを展開させるように、彼らは頭の中でこの接吻を展開させ、そしてその接吻は、彼らのうちに、荒れ狂い、波打つ反響を生み出し、二人を熱狂させるのだった。確かに、観念は事実より常に強烈であろう。そうでないとしたら、欲望は快楽そのものより美しくないことになろう。欲望は、快楽より強力で、快楽を生み出すのである。したがって、二人はあますところなく幸せだった。というのも、幸福を味わう喜びは、絶えず幸福そのものを矮小化していくからである。ただ天上でだけ結婚していたこの二人の恋人は、彼らのもっとも純粋な形、天上の光りの中で燃え上がり一つに結びついた二つの魂の形のもとに、互いに賛美しあっていたのだ。それは、《信仰》に目覚めた人の目には輝くばかりの光景、とりわけ、ラファエロや、ティッツィアーノや、ムリリョのような画家たちの筆が表現することのできた無限の喜びに溢れた光景であり、その無限の喜びを味わったことのある人たちがまた、これら画家たちの構図を見て、それを再発見するのである。シチリア女が惜しみなく与えた野卑な快楽は、この天使たちの結婚の物質的な証明であって、優れた精神からは軽蔑されるべきものではないだろうか？　大公はこのような美しい考えを心に思い、マッシミラの瑞々しい、真っ白な、しなやかな胸の上で、長い睫がきらきら光る目の放つ心地よい光りを受けながら、崇高な物憂さの中に沈み、この果てしない観念上の放蕩に没頭していた。その間、マッシミラは夢の中で垣間見られる、あの天上の処女たちの一人となっていた。夜明けの鶏の声とともに消え去るが、諸君もご存知のとおり、輝かしい天上の画家たちの作品の中では、自分たちの光り輝く世界に囲まれた、あの天使たちである。

夕方になると、二人の恋人たちは劇場に向かった。イタリアの生活はこんな風な生活で、午前は恋、夕方は音楽、夜は睡眠である。この生活は、誰もが政治論議に肺と体力を使い、砂一粒では埃になれないのと同じく、自分一人では、物事の進み具合一つ変えられない国々の生活より、どれほどましだろう。自由とは、これらの奇妙な国々においては、公共の事柄についてくどくど論議したり、自分の身を守りながら、いずれも似たり寄ったりの馬鹿げた無数の愛国事業に自分を浪費するということにあるのであって、そうした愛国事業は、すべての偉大な人間的事業を生み出す高貴にして聖なるエゴイズムに背いているのである。ヴェネチアでは逆に、愛とその無数の絆、現実的な喜びに関する甘美な用事が時間をゆっくり取り、時間をすっぽり包んでいるのである。この国では、愛はいたって自然なもので、そのため公爵夫人は異常な女性と見なされていた。というのは、エミリオの情熱が激しいものだったにもかかわらず、誰もが彼女の純潔を確信していたからである。だから、女たちは、この憐れな青年が、自分の愛している女の聖徳の犠牲になっているものと思って、心から気の毒に思っていた。もっとも、誰も公爵夫人を敢えて非難する人間はいなかった。というのも、イタリアでは、宗教は、愛と同様に敬意を払われている力だからである。

毎晩、劇場では、カターネオのボックス席が一番に盗み見され、どの女性も男友だちに、公爵夫人と恋人を示して、言うのだった。「あの方たち、どこまで行っているのかしら?」男の方はエミリオを観察して、彼のうちにいくつか幸せの痕跡を探し出そうとするのだが、そこには純粋で、憂鬱な愛の表情しか見つけることができないのだった。それで、劇場中を廻って、ひとつひとつボックス席を訪ねながら、男たちは女性たちに言った。「カターネオ夫人は、まだエミリオのものになっていませんね」「あの方は間違っていますよ」と、老婦人たちは言った。「あの方を飽きさせてしまいますとも」「おそらくね《フォルセ》」と、イタリア人たちがこの世の多くの事柄に答えるこの大げさな言葉を言うときの、あのもったいぶった様子で、若い婦人たちは答えた。中には憤慨する女性もいて、これは悪い例であって、彼に愛を押し殺させてしまうというのは宗教を履き違えているのだ、と言うのだった。「エミリオを愛してあげなさいな、あなた」と、出口の階段で公爵夫人に会ったとき、ヴルパート夫人はちいさな声で彼女に言った。「でも、わたし、あの方を一所懸命愛していますわ」と、彼女は答えた。「じゃ、なぜあの人は幸せそうに見えないのかしらね?」公爵夫人は返事の代わりに、ちょっと肩をすくめてみせた。

イギリスの風俗に対する熱中ぶりはフランスでは勢いを増しているが、その熱中ぶりによって作り上げられているようなフランスでは、ヴェネチアの社交界がいかに真剣にこの問題について探求していたか、とうてい考えられないだろう。ヴェンドラミーニがただ一人エミリオの秘密を知っていて、その秘密は、二人の男の間できちんと守られていた。二人は、彼らの家で、彼らの紋章を一つに重ね合わせ、その上にイタリア語で《友人にあらずして、兄弟なり》と銘を記していた。

シーズンの開幕は、ヴェネチアでは、イタリアの他のすべての中心都市同様一つの事件である。そんなわけで、フェニーチェ劇場はその夜、満員だった。劇場で人々が過ごす夜の五時間は、イタリアの生活では非常に大きな役割を演じているため、こうした時間の使い方で作り上げられた習慣を説明することは、無駄ではあるまい。

大抵よその国では、女性たちが人に見られたがるのに対し、イタリア女性は人目を引くなどということをあまり気にかけないという点で、イタリアのボックス席は他の国のボックス席とは違っている。彼女たちのボックス席は、舞台に向かっても廊下に向かっても同じように斜めに区分された長方形でできている。二つの長椅子が右と左にあり、それぞれの端に二つの肘掛け椅子が、一つはボックス席の女主人用に、もう一つは、誰か女友だちを連れてきた場合にはその人用にと置かれている。あとの、女友だちを連れてくる場合は、かなり稀である。どの女性も自分のところであまりにも忙しく、人の席を訪ねたり、好んで自分の席に人を招んだりすることはしない。それに、どんな女性も、わざわざ気を使ってまでしてライヴァルを作る真似などしないのである。こういうわけで、イタリアの女性はほとんどいつの場合も、全面的にボックス席に君臨している。そこでは、母親たちは娘の奴隷にはけっしてならないし、娘たちも母親たちに邪魔されることはない。そのために女性たちは、子供も、彼女たちを非難したり、探りを入れたり、迷惑をかけたり、あるいは会話に割って入るような親族も、いっしょに連れては来ない。正面には、全部のボックス席に色と仕立てが統一された絹の垂れ飾りが掛かり、この垂れ飾りから同じ色のカーテンが垂れており、ボックス席の持ち主の家族が喪に服しているときには、カーテンは閉ざしたままになっている。若干の例外は除いて、特にミラノだけはそうだが、ボックス席は、内側には照明がついていない。舞台からと、またはあまり明るくない中央のシャンデリアから明かりを取っているだけだが、このシャンデリアは、激しい抗議があったにかかわらず、若干の町では場内に残したままにされた。だが、カーテンがあるせいでボックス席はいちだんと薄暗く、部屋の並び具合もあって、奥は相当に暗いため、そこで何が行われているかを知るのは非常に難しい。およそ八人から十人の人間が入るこのボックス席は、豪華な絹地が張り詰められ、天井は明るい色で心地よく彩色が施され、全体がいい薄色に仕上げられている。さらに、板張りは金色である。人々はそこで、アイスクリームやシャーベットを食べたり、砂糖菓子をかじったりする。じつは、そこでものを食べるのは、もはや中産階級の人たちしかいないのである。ボックス席はどれも高価な不動産であって、三万リーヴルの価値を持つ席もある。ミラノでは、リッタ家が三つ続きのボックス席を持っている。この事実は、こうした無為な生活のちょっとしたことにも深い意味が結びついていることの証明である。おしゃべりは、この小さな空間での絶対君主であって、現代のもっとも創意に富む作家の一人であり、イタリアをもっとも詳しく観察した作家の一人であるスタンダールは、この空間を、平土間に面して窓を持つ小さな客間と呼んだ。実際、音楽や舞台の魅力はまったく付随的なものであって、大きな興味を引くのは、そこで交わされる会話とか、そこで話題にされるおおげさな情事の話とか、そこで行われる逢引とか、そこで少しずつ解き明かされていく物語や観察といったものの中にある。劇場は、自分の姿をよく見つめ、しかも自分を冗談の種にする社交界をそっくり集めた、安上がりの会合所なのである。ボックス席に入れてもらえた男たちは、そこに来た順に、いずれかの長椅子に座る。最初に来た客は、当然ながらボックス席の女主人のそばに陣取る。だが、二つの長椅子がふさがって、新たな訪問客が来た場合には、最初の客が会話を止めて、立ち上がり、出ていく。そこで、めいめいが一つずつ前の席に進み、順番に女君主のそばに移っていく。例のくだらないおしゃべりや、生真面目な会話や、イタリア生活についての洗練された冗談などども、みんなが万事に気楽でなかったら、ありえないことだろう。だから、女たちは着飾っていようといまいと自由だし、また、彼女たちはいたって気さくだから、外国人たちでもボックス席に迎えられると、次の日に、家に彼女たちを訪ねていっても一向にかまわない。旅行者は最初、この機知溢れた無為の生活、音楽によって美化されたこの《のほほんとした暮らし》《ドルチェ・ファル・ニエンテ》を理解しない。長らく滞在し、抜かりなく観察することによってはじめて、この国の澄み切った、金持ちなら一片の雲にも邪魔されたくないと思う、そんな空に似たイタリア生活の意味が、外国人にもはっきり分かるのである。貴族は財産の操作などあまり気にかけない。彼らは資産の管理を経理係《ラジオナティ》に委ねると、連中は金を横領し、貴族たちを破産させる。貴族たちには政治的なところがない、そんなものは、あったにしてもじきにうんざりしてしまうことだろう。というわけで、彼らはひたすら情熱によってのみ生き、情熱で時間を埋めつくす。だから、恋人同士は、互いに満足し、互いを引き止めておくために、いつもいっしょにいる必要性を感じるのであって、じつは、午前中、女に独占されていた恋人が、晩になってなお五時間も彼女に見つめられて過ごせるというのが、こうした生活の大いなる秘密なのだ。イタリアの風習にはしたがって、絶え間ない享楽が付きもので、その享楽が、しかも無頓着な外見の下に隠されているその享楽がどのように維持されるか、その独自のあり方の研究へと駆り立てるのである。これは美しい生活だが、金のかかる生活である。というのも、これほど多くのやつれた人間は、他のどの国でも見当たらないからである。公爵夫人のボックス席は一階にあり、これはヴェネチアではペピアーノと呼ばれている。彼女はそこで、いつもフットライトの微かな光りを受けるような格好で座っていたので、彼女の美しい顔はほのかに照らし出され、薄暗がりの中にくっきり浮き出て見えた。雪のように白い、ぽってりした額をし、その上から、彼女を紛れもなく女王のように見せている黒い編み下げ髪、アンドレア・デル・サルトが描く顔の優しげな高貴さを思い浮かばせる、落ち着いた繊細な顔立ち、顔の輪郭と眼の縁取り、恋にはまだ純粋で、堂々としながら同時に可愛らしい、幸福を夢見ている女の恍惚とした様子を伝えるビロードのような目、これらによって、このフィレンツェの女は人の目を引いていた。

ティンティ嬢がジェノヴェーゼといっしょに初舞台を踏むはずだった『エジプトのモーゼ』の代わりに、『セヴィリャの理髪師』が上演され、そこでは、テノール歌手は、有名なプリマドンナがいないまま歌った。興行主は、ティンティ嬢の体の不調のために演目を変更せざるを得なかったんだと言ったが、実際、カターネオ公爵も劇場に来なかった。これは、ジェノヴェーゼとクラリーナを一人ずつ交互にデビューさせて、収益をまるまる二度分取ろうとする興行主の巧みな計算だったのだろうか、それとも、ティンティが発表した体の不調というのは、本当のことだったのだろうか？ 平土間の客はいろいろ文句を言っていたが、エミリオには確信があるに相違なかった。しかし、この体の不調のニュースは、歌姫の美貌と自分の乱暴な振る舞いを思い出させて、若干彼に後悔の念を覚えさせはしたが、こうして、歌姫と公爵が二人ともいないことに、大公も公爵夫人も等しくほっとしたのだった。ジェノヴェーゼはそれに、前夜の彼の不純な愛の思い出を追い払うような、また、快い今日一日の清らかな喜びを長引かせてくれるような歌い振りを示した。幸いにも拍手喝采を一身に集めることができたテノール歌手は、その後ヨーロッパ中に鳴り響くことになったこの才能の精華をたっぷり披露して見せた。ジェノヴェーゼはこのとき二十三歳だった。ベルガモ生まれで、ヴェルーティ〔一七八一―一八六一。イタリア生まれの男性ソプラノ歌手〕の弟子になったが、声楽に熱中し、スタイルも良く、うっとりするような容貌を持ち、自分の役どころの精神を掴むのがうまく、すでに栄光と財産を約束された大芸術家になることが予告されていた。彼は熱狂的な成功を収めたが、この言葉はイタリアにおいてしか相応しくない。イタリアにおいては、平土間の客の感謝のうちには、自分たちに喜びを与えてくれる人間に対する、どこか狂ったようなところがあるからである。

大公の数人の友人たちがやって来て、遺産相続のお祝いを述べ、聞いて来た噂話を話して聞かせた。昨日の夕方、ティンティはカターネオ公爵に連れられて来て、ヴルパート夫人の夜会で歌ったが、声も美しかったし体も丈夫そうに見えた、彼女の病気はでっちあげで、そのため大変な悪評を引き起こしたということだった。カフェ・フロリアンでの噂によると、ジェノヴェーゼはティンティ嬢にぞっこんらしい、ティンティは彼の愛の告白から逃れようと思っていて、興行主は二人をいっしょに出演するように決心させることができなかった。オーストリアの将官の話を聞くと、公爵だけが病気で、ティンティは彼の看護をしていた、そして、ジェノヴェーゼは平土間の客をなんとか慰めるように任されていた、というのである。公爵夫人は、将官が彼女に紹介しようと思っていたフランス人の医者が到着したので、将官の訪問を受けなければならなかった。大公は、平土間の周囲をぶらついているヴェンドラミンを見かけ、三カ月前から会っていなかったこの友人と内密に話をしようと表に出た。イタリア人たちの平土間の客席と一階のボックス席の間の場所をずっと歩きながら、彼は公爵夫人が外国人をどんな風にもてなすかを注意深く眺めることができた。

「あのフランス人は誰なんだ?」と、大公はヴェンドラミンに訊ねた。

「カターネオが呼び寄せた医者だよ、彼はまだどれくらいの間生きられるか知りたくてね。あのフランス人はマルファッティを待っていて、彼といっしょに診察を始めることになっている」

恋をしているすべてのイタリアの女性がそうであるように、公爵夫人は、エミリオのことを見つめつづけていた。というのも、この国では、女が信頼するときはもう全面的な信頼であって、表情に富んだ眼差しが、その源泉から離れるのを見かけるのは困難なのである。

「なあ、君」と、大公はヴェンドラミンに言った。「いいかい、僕は昨夜、君の家に泊まったんだぜ」

「征服したのかい?」と、ヴェンドラミンは大公の胴を抱きしめながら答えた。

「いや」と、エミリオは即答した。「だが、いつかは、マッシミラと幸せになれると思っている」

「そりゃいい」と、マルコは続けた。「君はこの地上で最高に羨ましがられる男になるんだぞ。公爵夫人は、イタリアでも完璧この上ない女性だ。僕はこの世のものごとを阿片の陶酔による輝かしい靄を通して見ているが、その僕からしても、彼女は芸術の最高の表現として見える。というのも、実際、自然は、そうと気づかないで、ラファエロの肖像画を彼女の中に創り上げたからだ。君たちの情熱は、カターネオだって嫌がるまい、彼は本当に千エキュ、僕に払ったからね、その金は君に渡さなければならないな」

「そういうわけだから」と、エミリオは言葉を継いだ。「人が君に何を言おうと、僕は君の家に毎晩泊まることにする。さあ、来たまえ、彼女のそばにいられるというのに、一分でも彼女から離れて過ごすというのは拷問だからな」

エミリオはボックス席の奥に座り、隅で黙ったまま公爵夫人の才知と美貌をじっくり味わいながら、彼女の話に耳を傾けた。マッシミラが、イタリア的な機知に富んだ見事な会話の魅力を駆使して見せたのは彼のためであって、虚栄心からではなかった。その会話の中では、皮肉たっぷりな言葉が人にではなく事柄に襲い掛かり、嘲りの台詞が、嘲って当然のもろもろの感情を攻撃し、辛味の、上品な洒落が、つまらないことに味付けするのだった。これがどこだろうと他の場所だったら、カターネオ夫人はおそらくうんざりする女だったかも知れない。イタリア人はきわめて知的な人たちであるから、自分たちの知性をいたずらに広げてみせることはあまり好まない。彼らの中では、おしゃべりはごく飾り気のない、なんの努力も要らないものである。その中では、フランスとは違って、誰もがフルーレの剣先をちらつかせ、何も言えなかった人が屈辱を覚える剣術指南のするような攻撃はけっして見られない。彼らの間で、会話が光彩を放つことがあるとすれば、誰もが良く知っている事実に優美につけ込む緩やかで享楽的な風刺によってであって、イタリア人は、人を傷つけそうな毒舌を使う代わりに、何とも言えない表情の目つきや、微笑を交わすのである。享楽を求めてやって来た場所で思想を理解しなければならないというのは、彼らによれば、しかももっともなことだが、退屈極まりないことである。だから、ヴルパート夫人はカターネオ夫人に言うのだった。「あの人を愛しているのだとしたら、そんなに上手におしゃべりはできないでしょうに」エミリオは一度も会話に加わろうとせず、見て、聞いているだけだった。こうした控え目な態度を見て、多くの外国人は、恋に夢中になったイタリア人たちについてそう思うように、大公を無能な男と信じたことだろう。ところが、この男は、単に頸まで享楽に浸かった恋する男というだけであった。ヴェンドラミンは大公と並んでフランス人の前側に座ったが、フランス人は外国人の資格で、公爵夫人が座っている隅の席と向かい合った隅に席を取っていた。

「あの人は酔っているのですか?」と、医者はヴェンドラミンを注意深く観察しながら、マッシミラの耳元で小さな声で言った。

「ええ」と、カターネオ夫人は簡単に答えた。

この情熱の国では、いかなる情熱もそれ自体に弁解の余地を持っているし、あらゆる逸脱行為に対しても、感心するほどの寛容の精神が存在している。公爵夫人は深い溜息をつき、顔に、苦痛を堪えた表情を浮かべた。

「わたしたちの国では、あなた、奇妙なことがいろいろとありますの! ヴェンドラミンは阿片で生きていますし、こちらの人は恋で生きているかと思えば、あちらの人は学問に身を沈めています、お金のある若者の大部分は踊り子に夢中になり、分別のある人たちはお金を溜め込んでいます。わたしたちは誰もが、幸せとか、陶酔を手に入れているんですわ」

「あなた方は誰もが、革命でも起きない限り根本的に癒しようがない固定観念から目をそらそうとしていますからね」と、医者は言葉を続けた。「ジェノバ人たちは自分の共和国を懐かしがっているし、ミラノ人たちは自分の国の独立を望んでいる、ピエモント人は立憲政府を願っている、ロマニア人たちは自由を希求しているという具合で……」

「自分で理解していない自由を、ですわ」と、公爵夫人は言った。「ああ、ほんとに！　女性たちの影響を殺してしまうようなあなたのお国の愚かな《憲章》を望んでいるほど、常軌を逸した国がいろいろとあるんですのね。わたしの同国人たちの大部分は、あなた方フランスの、無益なナンセンスな作品を読みたがっていますもの」

「無益ですって！」

「勿論ですとも、あなた」と、公爵夫人は続けた。「わたしたちの心に抱いているものより優れたものが、本の中に見つかりますでしょうか？　イタリアは馬鹿げてますわ！」

「わたしは、一つの民族が自らの支配者になろうとすることは馬鹿げたこととは思いません」と、医者は言った。

「あらまあ！」と、公爵夫人は勢い良く言い返した。「それは、愚かしい思想のためにあなた方がなさっているのと同じで、多くの血とひきかえに、それを奪い合う権利を買おうとしていることではありませんの」

「あなたは専制政治がお好きなようですな！」と、医者は叫んだ。

「わたしたちから書物やむかつくような政治を奪ってくれて、人間をまるまる手つかずのままにして置いてくれる政治組織があったら、どうしてそれが好きにならないわけがあるでしょう？」

「わたしは、イタリア人はもっと愛国者だと思っていましたよ」と、フランス人は言った。

公爵夫人は笑い出したが、それがとても微妙な笑い方だったので、彼女の話相手はもう、それがからかって言っているのか本当のことを言っているのか、真面目な意見なのか皮肉な批評なのか、区別することができなかった。

「そうしてみますと、あなたは自由主義者ではないのですな?」と、彼は言った。

「そんな考えから、神よ、どうかわたしを守ってくださることを!」と、彼女は言った。「そういう意見を持つことくらい、女にとって悪趣味は他に知りませんわ。《人類》を心の中に抱えているような女性を愛せますこと?」

「人を愛している人たちは、当然のことながら貴族主義者ですな」と、オーストリアの将官が微笑みながら言った。

「劇場に入ってきたとき」と、フランス人は言葉を続けた。「あなたが真っ先に目に入りました。それで、わたしは閣下に、女性に一国を代表させるとなれば、それはあなたをおいて他にないと申しあげましたよ。わたしは、イタリアの精髄を見ているような気がしました。ですが、わたしが心ならずも認めざるをえないことは、あなたがその崇高な姿を具現して見せてはいますが、あなたはイタリアの精神をお持ちではありません……立憲的な精神を」と、彼はつけ加えた。

「あなたは、きっと」と、公爵夫人はバレエを見るように彼に合図をしながら言った。「わたしたちのダンサーたちはひどいもので、歌い手たちも最悪だとお思いになっていらっしゃるに違いありませんわ。

パリとロンドンが我が国の偉大な才能を全部引き抜いて行ってしまうんですのよ、パリは彼らを判断して、ロンドンはお金を払って。ジェノヴェーゼとティンティにしても、わたしたちの国にはあと六カ月も留まっていてくれないでしょう……」

このとき、将官が出ていった。ヴェンドラミンと大公、それに他の二人のイタリア人がそのとき目と微笑で互いに合図をしながら、フランス人医者を示し合った。フランス人にはめったにないことだが、この医者は自分を疑って、なにか不作法なことを言ったか、したのではないかと思った。だが、すぐに、彼には謎の答えが分かった。

「まさかこんなことが信じられますか」と、エミリオは彼に言った。「わたしたちは、戦勝国のオーストリアという自分たちの主人の前で胸襟を開いて話すとなると、慎重になってしまうのですよ」

「あなたは奴隷の国にいらっしゃるんです」と、公爵夫人は言ったが、その声の響きと言い、頭の動かし方と言い、医者がこれまで彼女に認めてこなかった表情が、突然、彼女に表れたのだった。「ヴェンドラミンは」と、彼女はこの外国人にしか聞こえないように話しながら、言った。「あるイギリス人から呪われた影響を受けて阿片を吸いはじめたのですが、このイギリス人は、彼とは別の理由で、逸楽的な死を求めていたのです。あなた方が骸骨の形で表しているあのありふれた死ではなく、フランスで《旗》と呼ばれている布切れで飾られた死で、花や月桂樹の冠を被った若い娘の格好をした死なのですわ。それは火薬の煙に包まれ、砲弾の風に跨り、あるいは二人の娼婦に挟まれ一つベッドの上に横たわってやってくるのです。さらにまた、ポンチのボールから立ち上がる煙から、あるいはまだ炭の状態にしかなっていないダイアモンドのいたずらっぽい蒸気から舞い上がって来ますわ。ヴェンドラミンが望んだときに、三オーストリア・リーヴル出せば、彼はヴェネチアの将官になったり、共和国のガレー船に乗って、コンスタンティノープルの金箔の丸天井を征服に行けるんです。そんなとき、あの人は大勝利を収めたヴェネチアの召使となったスルタンの女たちに囲まれ、後宮の寝椅子の上で転げ回るというわけですの。それから、あの人は自分の宮殿を修復するために、トルコ帝国の戦利品を持って戻ってきます。東洋の女たちから、愛するヴェネチア女の二重に覆い隠された陰謀の中へと移って、もはや存在しもしない嫉妬が惹き起こす結果を恐れるのです。オーストリア硬貨の三ツヴァンチヒで、昔のヴェネチアの《十人会》〔十四世紀ヴェネチア貴族の十人の最高裁〕に赴き、恐ろしい裁判官に従事し、もっとも重大な事件に携わり、総督宮を出て、ゴンドラに乗って二つの炎のような目に見つめられて寝るか、白い手が絹梯子を吊るしたバルコニーへよじ登っていくかするんです。あの人は一人の女を愛していますが、阿片がその女に、わたしたち肉と骨とでできている女の与えることができないポエジーを与えているのです。突然、振り返ると、短剣を持った元老院議員の恐ろしい顔に顔をつき合わせる、と、短剣が恋人の心臓に滑り込む音が聞こえ、彼女が彼に微笑みながら死んでいくんです、なぜって、あの人の命を救ったからですもの、彼女はほんとに幸せですわね」と、公爵夫人は大公を見つめながら言った。「あの人はその場を逃げ出し、走っていってダルマチア人を指揮し、美しいヴェネチアのためにイリリアの海岸を制覇して、その勝利の栄光によって恩恵を受け、ヴェネチアで家庭生活を味わいます。暖炉、冬の晩、若い妻、魅力的な子供たち。彼らは、年老いたばあやの指図どおりに聖マルコにお祈りを捧げます。そうですわ、三リーヴルの阿片で、あの人はわたしたちの空っぽの兵器庫を満たし、世界の四方向から送られて来たり、欲しがられたりする商品を積んだ輸送船団が出発したり、到着したりするのを見るんですわ。現代の工業力は、その奇蹟をロンドンではなく、ヴェネチアで行うんです、このヴェネチアに、セミラミスの空中庭園や、エルサレムの神殿、ローマの奇蹟が再建されるんですもの。最後に言いますと、あの人は靄の世界を通じて、かつてヴェネチアが庇護したように、庇護された芸術が生み出す新しい傑作でもって中世時代を大きく拡大しているんですわ。記念建造物や、人間たちが、あの人の狭苦しい脳の中に押し合いへし合いしながら収まっていて、そこでは、いくつもの帝国や、都市や、革命が、ほんの短い時間に、花開き、滅んでいって、ただヴェネチアだけが成長し、大きくなっていくんです。というのも、あの人の夢の中のヴェネチアは、海上の帝国と、二百万の住民と、イタリアの王権と、さらに地中海を手中に納め、インドまでも握っているんですもの！」

「人間の脳とはまさに一編のオペラ、ガル〔一七五八―一八二八。ドイツの骨相学者〕のようにその周りを巡った人たちにさえあまり理解されない、まさに一つの深淵ですな」と、医者が大声で言った。

「親愛なる公爵夫人」と、ヴェンドラミンは低い、くぐもった声で言った。「わたしの秘薬が果たす最後の役割を忘れないでください。うっとりするような声を耳にし、わたしの毛穴という毛穴で音楽を聞き取り、突き刺すような逸楽を味わい、マホメットの天国のこの上なく激しい愛に決着をつけたあと、わたしは恐ろしい光景を見るようになりました。わたしは今や、我が親愛なるヴェネチアで、死者の顔のように引き攣った子供たちの顔が、体にぞっとするような傷をいっぱいに負った、引き裂かれ、嘆き訴える女たちの姿が、互いにぶつかり合う船の胴色の船べりに押し潰され、ばらばらにちぎれた男たちの姿が垣間見えるのです。わたしには、あるがままのヴェネチア、喪のヴェールに包まれ、衣服を剥ぎ取られ、裸になった、閑散としたヴェネチアが見え始めているのです。いくつもの蒼白い亡霊が、街の通りに滑り込むように入ってくる！……すでにオーストリアの兵士たちが顔をしかめている。すでに夢見るような美しいわたしの生活は、現実生活に近くなっているんです。これに対し、六カ月前には、悪夢は現実生活の方だったのです。阿片の生活は、わたしの愛と逸楽の生活、重大事件と高度な政治の生活でした。ところが！　不幸なことに、わたしは明け方の墓場に辿り着いていて、そこでは、嘘と真実が、昼でもなければ夜でもない、その両方からなる薄暗い明るさに溶け合っているのです」

「この頭の中には、愛国心があり余るほどあることがお分かりでしょう」と、大公は、ヴェンドラミンの額の上で絡み合っている、ふさふさした黒髪に手を置いて言った。

「ああ！　この人がもしわたしたちのことを愛しているなら」と、マッシミラは言った。「すぐにその不吉な阿片をやめてくれるでしょう」

「わたしが、あなた方のご友人を治してさしあげましょう」と、フランス人は言った。

「その治療をしてあげてくださいな、そうしたら、わたしたち、あなたのことが好きになりますわ」と、マッシミラは言った。「でも、フランスにお帰りになっても、わたしたちの悪口を言わないでいてくれましたら、もっと好きになりましてよ。良い悪いを判断されるには、憐れなイタリア人は、重い支配を味わってひどく苛立っていますから。なにしろ、わたしたち、あなた方の支配も体験済みですものね」と、彼女はにっこりしながらつけ加えた。

「われわれのは、オーストリアのより、もっと寛大でしたよ」と、医者は勢い込んで言い返した。

「オーストリアは、わたしどもから搾り上げるだけで何一つ返して寄こしません、そして、あなたたちは、搾り上げても、わたしたちの町を大きくし美しくしてくれましたわ、あなたたちはわたしたちに軍隊を作って、刺激してくれましたもの。ですが、あなたたちはイタリアを守ってくれるおつもりだったのでしょうが、イタリア人たちは、あなたがたがイタリアを滅ぼすだろうと思っています、すべての違いはそこにありますわ。オーストリア人たちは、人を麻痺させる、彼らと同じように重くるしい幸福をわたしたちに与えてくれますが、あなたがたは貪欲な活動力で、わたしたちを押し潰したのですわ。しかし、強壮薬で死のうが麻酔薬で死のうが、どうでもいいことですわ！　やはり、死ぬことに変わりはないでしょう、先生？」

「気の毒ですなあ、イタリアは！　イタリアは、わたしの目には、フランスが愛人にしておいて、その保護者の役を務めなければならないような、そんな美人に見えますな」と、医者は叫んだ。

「あなた方には、わたしたちが好む通りに、わたしたちを愛することはできないのでしょうね」と、公爵夫人は微笑みながら言った。「わたしたちは自由でいたいと思いますが、わたしの願う自由とは、《芸術》を殺してしまうようなあなた方のおぞましい、町民風の自由主義とは違うんですの。わたしの願っているのは」と、彼女は、その響きにボックス席中がびくっとするような声で言った。「つまり、できれば、イタリアのそれぞれの共和国が、貴族たちや庶民たちとでもって、階級ごとに異なる特別な自由とでもって、再生できればと思っているのですわ。わたしは、内部闘争や敵対抗争を伴った、昔の貴族的共和国を望んでいるのです、そうした争いは、最高の芸術作品を生み出し、また政治を創り出し、きわめて名だたる王族を築き上げたのですもの。政府の活動を、地上の広大な表面に広げていくということは、その表面を小さくすることですわ。イタリアの共和国は、中世においてはヨーロッパの栄光でした。イタリアは、自分たちの門番だったスイス人たちが勝利を収めたのに、どうして敗北したのでしょうか？」

「スイスの共和国は」と、医者は言った。「こまごました仕事に掛かりきっている善良な家政婦だったのですよ。彼らは人から羨ましがられるものは、何も持っていなかったんです。それに引き換え、あなた方の共和国はみな誇り高い君主国ですから、隣国人たちに挨拶をしなかったせいで、売られてしまったのです。彼らは二度と立ち上がれないくらい、深く落ち込んでしまいましたね。ゲルフ党〔中世イタリアでドイツ皇帝派のギベリン党に抗して教皇派を援護した〕の圧勝ですな！」

「あまりわたしたちを哀れまないでほしいですわ」と、公爵夫人は、二人の友人が感動のあまり身震いしたほどの、誇りに満ちた声で言った。「わたしたちはいつだってあなた方の上に立っています！　逆境のどん底からでも、イタリアは、都市という都市に群がっているエリートたちによって絶大な力を振るっていますわ。残念なことですが、わたしたちの国では、かなりの部分の天才たちは、人生がどんなものかあまりに早く分かってしまうので、かえって穏やかな享楽の中に埋没してしまうのです。不朽の名声という悲しい賭けに賭けようとする人たちについては、彼らはあなた方の黄金をちゃんと掴むことができますし、あなた方から賞賛を受けることもできますわ。そうですわ、国の衰微が愚直な旅行客や偽善者の詩人たちから嘆かれているし、その性格が政治家たちから攻撃されているこの国には、苛立ち、力がなく、廃墟と化し、年が古いというよりは老け込んでいるこの国には、葡萄の古い苗木の上に甘美な葡萄の味をつける新芽が伸びるように、逞しい小枝を生やす強力な天才が、何ごとにあれ、存在しているのです。かつての支配者たちを生んだこの人民は、今なお、ラグランジュ〔当代のイタリア生まれの、フランスの数学者・天文学者〕、ヴォルタ〔物理学者・ヴォルタ電池の発明で有名〕、ラゾーリ〔医者〕、カノーヴァ〔新古典派の彫刻家〕、ロッシーニ〔作曲家〕、バルトリーニ〔彫刻家〕、ガルヴァーニ〔十八世紀の生理学者・医者〕、ヴィガーノ〔ダンサー兼振付家〕、ベッカリア〔十八世紀の哲学・経済学者〕、チコニャーラ〔建築家・著述家〕、コルヴェット〔政治家〕という、その道の王者たちを生み出していますわ。これらのイタリア人は、人間科学の中で自分たちが選び取った部分を支配し、また、自分たちが没頭する芸術を牛耳っています。タリオーニ〔当代のバレリーナ〕とかパガニーニ〔ヴァイオリニスト・作曲家〕等々の、前代未聞の完璧さでもってヨーロッパの権威を高めている男性歌手、女性歌手、演奏家たちは言うに及ばず、イタリアは今も世界を支配していますし、世界中から人々が依然として、イタリアの素晴らしさを賞賛しにやってくるでしょう。今晩にでも、フロリアンに行ってご覧なさいませ、カプラーヤのうちに、わたしたちイタリアのエリートたちの一人が見つかりますわ。でも、この人は無名であることが好きなんですの。わたしの主人のカターネオ公爵以外には、誰もこの人くらい音楽のことが分かる人はいません。そのため、ここではみんなから《熱狂家《ファナティーコ》》と呼ばれているんですのよ！」

フランス人と公爵夫人の間でしばらく活気を帯びた会話が続き、夫人は巧みな弁舌ぶりを発揮したが、そのあと、イタリア人たちは一人また一人と退出していき、《才気に富む女性《ドンナ・デイ・グラン・スピリト》》として通っているカターネオ夫人が、イタリアの問題で、手練手管のフランス人医者を打ち負かしたと、ボックス席にあまねく知らせに行った。これはこの晩《ソワレ》のニュースになった。フランス人は、自分が大公と公爵夫人だけでいるのに気づくと、ここは二人だけにしておかなければいけないと分かって、退出した。マッシミラは、頭を下げて医者を自分から十分に遠ざけるような挨拶をしてみせたので、彼がもし彼女の言葉と美しさの魅力を見誤っていたら、こうした態度は、この男の憎しみを買ったかもしれなかった。オペラが終わる頃、エミリオはそんなわけで、カターネオ夫人と二人だけになった。二人とも手を握り合い、こうして『セヴィリャの理髪師』の最後の二重唱を聞いた。

「愛を表現するのは音楽しかありませんわね」と、この二人で歌うその幸せな《ナイチンゲール》の歌を聞いて感動した公爵夫人は言った。

一粒の涙がエミリオの目を濡らし、マッシミラは、ラファエロの聖チェチリアのうちに輝く崇高な美しさを見せて、彼の手を強く握り締め、両人の膝は触れ合い、彼女の唇には、まるで接吻の花が開いたようであった。大公は、恋人の色鮮やかな両頬に、黄金色の麦の穂の上に立ち上る夏の日の、明るい炎のような輝きを見て、血液という血液が心臓に溢れ、胸苦しくなるのだった。彼は、天使の歌う合唱が聞こえるような気がした。前日の同じ時間にあの呪わしいクラリーナが抱かせた欲望を、もう一度感じるためなら、彼は命をも惜しまなかっただろうが、ところが今、彼は自分に肉体があることさえ感じなかった。この涙を、マッシミラは不幸にも彼女が何も知らないために、ジェノヴェーゼのカヴァティーナ〔アリアより単純な独唱曲〕を聞いて彼女が今言った、その言葉のせいにした。

「あなた《カリーノ》」と、彼女はエミリオの耳に囁いた。「原因は結果に優っているのと同じで、あなたは恋の表現を超えているのね」

公爵夫人をゴンドラに乗せてから、エミリオはフロリアンに行くためにヴェンドラミンを待った。

カフェ・フロリアンは、ヴェネチアではなんとも定義しようのない《施設》である。商人たちはそこで商売をし、弁護士たちは、厄介極まりない相談ごとの処理のためにそこで会合する。フロリアンはまったく同時に、株式取引所であり、劇場のロビーであり、読書室であり、クラブであり、告解場であり、国の簡単な問題の処理にも打ってつけの場所で、そのため、ヴェネチア女の中には、夫がどんな仕事についているのかまったく知らない女もいたくらいだった。というのも、夫たちは手紙一つ書くにも、このコーヒー店に書きにやって来るからである。当然ながら、フロリアンにはスパイがうようよしている。だが、彼らの存在はヴェネチア人の才能を鋭く研ぎ澄まし、昔あれほど名を馳せた用心深さを、この場所で発揮させられるのだ。たくさんの人が、まる一日をフロリアンで過ごすのである。要するに、フロリアンはある人たちにとってはなくてはならない場所であって、幕間に恋人のボックス席を離れ、この店を一回りして、そこで何が言われているのかを知るのである。

二人の友は、メルチェリア街の細い通りを歩いている間は黙ったままだった。というのも、仲間の人間が多すぎたからだった。しかし、サン・マルコ広場に出ると、大公が言った。「まだフロリアンに入るのは止めて、もう少し散歩しよう。君に話すことがあるんだ」

彼はティンティとの情事のことと、彼が今どんな状況にいるかについて話した。エミリオの絶望は、ヴェンドラミンにとっては狂気に近いように思えたので、マッシミラに対して白紙委任を与えてくれるなら、君を完全に治してやると彼に約束した。こうして希望を得たことは、エミリオが今宵のうちに身投げしようと思っていたのを食いとめるにはちょうどいい潮時だった。というのも、エミリオは、あの歌姫のことを思い出すと、もう一度彼女の家に行きたいという恐ろしい欲望を感じたからだった。二人の友はカフェ・フロリアンの一番奥のサロンに入っていき、数人のエリートたちがその日の出来事をかいつまんで話しながら、例のヴェネチア人の会話を交わしているのに聞き入った。中心のテーマは、まずバイロン卿の性格だったが、ヴェネチア人たちは、なんとも巧妙に彼のことをからかった。次いで、ティンティ嬢に対するカターネオの執着振りだが、さまざまな形で説明されたものの、原因は結局分からずじまいのようだった。最後に、ジェノヴェーゼの初舞台のこと、それから、公爵夫人とフランス人医師の間の争いの話だった。会話が音楽の話題で熱がこもってきたとき、カターネオ公爵がサロンに入ってきた。これはごく自然に見えたので誰にも気づかれなかったが、彼はエミリオに非常に慇懃な挨拶をし、こちらは生真面目にそれに答えた。カターネオは、誰か知っている人間がいないか探した。彼はヴェンドラミンに気づいて、挨拶をし、それから、非常に金持ちの貴族である、彼と取引のある銀行家に挨拶し、最後に、ちょうど話をしている、アルブリッツィ伯爵夫人の愛人で、有名な音楽マニアに挨拶した。この人の生活は、フロリアンの何人かの常連と同じように、まったく知られていなかったが、それほど、その生活は注意深く隠されていた。フロリアンで明かしている生活しか、誰も知らなかった。

それは、公爵夫人がさきほどフランス人の医者に一言話した貴族、カプラーヤであった。このヴェネチア人は、自らの思考力によってすべてを見抜く、あの夢想家のタイプに属していた。気紛れな理論家の彼は、名声など折れたパイプと同じくらいにしか気にかけなかった。彼の生活振りは彼の意見に合致していた。カプラーヤは、朝の十時ごろ、どこから来るのか分からないまま行政長官宮殿の下に姿を現わし、ヴェネチアの街中をうろつき、葉巻を吹かしながら、散歩するのだった。彼は規則正しくフェニーチェ劇場に行き、平土間に座り、幕間には、フロリアンに来て、そこで日に三、四杯のコーヒーを飲む。夜の残りの時間はこのサロンで終え、午前二時ごろにここを出る。千二百フランで彼の生活費はすべて賄われ、メルチェリア街のパティシエで一日一回しか食事を取らず、そこではきまった時間に、店の奥に置かれた小さなテーブルに彼の食事が用意される。パティシエの娘が自分で牡蠣の詰め物煮込みを作り、彼のために葉巻を買い込み、彼の金の面倒まで見る。このパティシエの娘は大変な美人だったが、彼の忠告に従い、彼女に惚れた男の呼びかけには誰一人耳も貸さず、身持ち正しく暮らし、ヴェネチア女の古い衣装をそのまま着ていた。この生粋のヴェネチア女は、カプラーヤが彼女に興味を抱いたときは十二歳で、彼が亡くなったときは二十六歳だった。手にも、額にすら一度もキスをされたことはなかったし、この憐れな年老いた貴族の心積もりはまったく知らなかったけれども、彼女は彼のことが大好きだった。この娘はとうとう、この貴族に対して、子供に対する母親の絶対的権力を振るうことになった。彼に下着を替えろと注意する、翌日、今度はワイシャツを着ずにやって来る、彼女が真っ白なワイシャツを渡すと、彼はそれを持って帰って、次の日に着てくるという風になった。彼は、劇場の中

であれ、散歩中であれ、女性を見つめることはいっさいなかった。古い貴族の家の出だとは言いながら、自分が貴族だということは、口に出して言う値打ちもないように思えた。夜、真夜中を過ぎると、彼は無気力状態から目覚め、しゃべり出し、すべてを観察しすべてを聞いていたのだということを証明するのだった。消極的で、自らの理論を説明することもできない、半ばトルコ人で、半ばヴェネチア人のこのディオゲネス〔古代ギリシャの作家〕は、太った、背の低い、脂ぎった男だった。彼は、鼻がヴェネチア統領のように尖り、目つきは公安委員のような皮肉な目をし、笑みを湛えているようだが用心深い口元していた。彼が死んだとき、サン＝ベネデット近くのぼろ屋に住んでいたことが分かった。二百万のヨーロッパの公債を持っており、一八一四年に最初に投資して以来未払いになった利子を残していたが、これは、資本金の増大と利子の蓄積でもって膨大な額になっていた。この財産は若いパティシエの娘に相続された。

「ジェノヴェーゼは」と、彼は言った。「大いに名を上げるだろう。あの男が音楽の使命というものを理解しているかどうか、あるいは、彼が本能的に行動しているのかどうかわたしには分からないが、だが、これこそわたしを満足させてくれた最初の歌手なんだ。わたしはだから、しばしば夢の中で聞いたのと同じように歌うルラド〔旋律中の二音間に挿入される素早く歌われる装飾音〕を聞かないうちは死ねないのだ。そんな夢から醒めると、音が空中を飛び回るのが見えるようだったよ。ルラドは芸術の中でももっとも高度な表現力で、家の一番美しい居間を飾る唐草模様というわけだ、ちょっと少なければ、何もないことになるし、ちょっと多ければ、すべてが混沌としてしまう。君たちの心の中に眠っている無数の思想を呼び覚ますことを引き受けて、ルラドは飛び立ち、空間を横切りながら空中にその胚芽を蒔き、それは耳によって拾い集められ、心の奥に花開く。本当に、ラファエロは聖チェチリアを描きながら、詩情より音楽に優先権を与えたのだよ。彼は間違っていなかった。音楽は心に訴えかける。ところが、書いたものは知性に訴えかけるばかりだ。音楽は、匂いのように直接的にその思想を伝える。歌い手の声は、われわれの中の思想ではなく、至福の思い出でもなく、思想の構成要素に衝撃を与えに来る、そして、われわれの感覚の根源そのものを揺り動かすのだよ。残念なことに、俗衆どもは、言葉や作り物の面白味にその表現を押しつけようと、音楽家たちに無理強いしてきた。だが、確かに、そういう音楽家たちはもはや大衆から理解されないだろう。そんなわけで、ルラドは純粋な音楽を愛する友や、まったく飾り気ない芸術の愛好家に残されたただ一点なんだ。今宵、最後のカヴァティーナを聞きながら、ただ一目見るだけでわたしを若返らせてくれたそんな美しい娘に招かれたような気がした。この魔法使いの女は、わたしの頭に冠を載せ、《夢想》の神秘の国へ誘うあの象牙の門へ導いてくれたのだ。わたしはジェノヴェーゼのおかげで、しばらくの間――それは時計で計れば短いが、感覚の上では非常に長い間――、わたしの着ている古い肉体の衣を脱ぎ捨てることができたんだ。薔薇の花で香る春の間、わたしは自分が若返り、愛されていると思った！」

「あんたは間違っている、親愛なるカプラーヤ」と、公爵は言った。「音楽にはルラドの魔力より、もっと強力な魔力があるんだ」

「どんな魔力かね？」と、カプラーヤが言った。

「二つの声、または一つの声とヴァイオリンの和音だ。このヴァイオリンという楽器の音楽効果は人間の声に一番近い」と、公爵は答えた。「これの完全な和音は、元素の流れに乗って、われわれをさらに推し進め生命の中心へと導いていく。その流れは逸楽をさらに掻き立て、人間の思想によって世界全体をそこに呼び集めることのできる、光り輝く領域のただ中へと人間を運んでいくのだよ。あんたにはなお、主旋律が必要になる、カプラーヤ、しかし、このわたしには純粋な原理だけで十分だ。あんたが望んでいるのは、水が、裏方が作る無数の水路を通って、眩いばかりの噴水になって落ちてくることだ。それに対して、わたしは、静かで清らかな水があれば、それだけでいい、わたしの目はさざ波一つ立っていない海の上を駆け巡る、わたしは無限を抱擁することができるんだ！」

「黙りたまえ、カターネオ」と、カプラーヤは誇らしげに言った。「なんと、君には、光り溢れる大気の中を敏捷に走り回っては、和声の金の糸を使って旋律豊かな宝物を集め、われわれに微笑みながら投げて寄こす、あの妖精が見えないのかね？　魔法の棒でもって《好奇心》に向かって『起きろ！』と言う、あの妖精が振るう棒の一撃を感じたことが一度もないのかね？　女神が脳の深淵の奥から光り輝きながら立ち上がり、魔法の引き出しに走りよって、オルガン奏者がキーを叩くようにそれらにそっと触れる。突然、《思い出》が飛び出してくる、それらは神々しく保たれた、依然として瑞々しい、過去の薔薇の花を携えてくる。われわれの若い愛人が戻って来て、その白い手で、若者の髪を撫でる。心臓は満ち溢れ、愛の奔流を囲む花に飾られた両岸に、われわれは再会する。若さに焼けつくようなあらゆる潅木の茂みは、炎のように燃え上がり、昔耳にし、理解された神聖な言葉を再び語る！　そして、声はルラドとなり、素早い回転を見せながら、あの遥か遠くまで続く地平線を狭め、それを小さくしていく。地平線は新たな、そしてもっと深い歓喜に覆い隠されて、消えていく。それは妖精が、その青空の中へ逃げ去っていきながら、指で指し示す未だ知らない未来の歓喜なんだ」

「それじゃ君は」と、カターネオは答えた。「いったい、星から直接届く仄かな光りが、もっと高度な深淵を君に開いてみせるのを一度も見たことはないのかね、また、空の、もろもろの世界を動かしている諸原理の只中へ君を運んでいく、あの光線に乗っていった経験が一度もないのかね?」

聞いているすべての人間にとって、公爵とカプラーヤは、ルールの分からないゲームをしているのだった。

「ジェノヴェーゼの声は心の琴線に触れるからね」と、カプラーヤは言った。

「そして、ティンティの声は血に挑みかかる」と、公爵は答えた。

「あのカヴァティーナは、幸せな恋をなんとうまく言い表わしていることだろう!」と、カプラーヤは言葉を続けた。「ああ! あのとき若かったなあロッシーニは、ふつふつと煮えたぎる喜びを表すのにあの主旋律を書いたときには! わたしの心臓は新鮮な血に溢れ、無数の欲望が血管の中でぱちぱちとはぜたものだった。天使のような響きが、これ以上にわたしをわたしの肉体の絆から見事に解き放ってくれたことはけっしてなかったし、わたしのもう一つの生が隠されている幕をかかげて、妖精がこれ以上に美しい両の腕を見せてくれたことも、愛情をこめて微笑みかけてくれたことも、チュニックを膝までたくし上げてくれたこともけっしてなかった」

「明日はね、君」と、公爵は答えた。「君にもっとも豊かな大地を見せてくれる眩いばかりの白鳥の背に乗ることになる。君は子供たちが目にするような春を見るんだ。君の心は新しい太陽の光を受けるだろう、君は聖母マリアの見ている前で赤い絹の布団に寝て、《逸楽》の手で柔らかに愛撫される幸せな恋人のようになるのさ、《逸楽》のその裸足は今はまだ見えているが、そのうち消え失せてしまうだろうが。白鳥はジェノヴェーゼの声ということだが、レダ、つまり彼がティンティの声と一つに合体できればの話だがね。明日は、『モーゼ』が上演される、イタリア第一の素晴らしい天才が生んだ、広大極まりないオペラだよ」

誰もが、誑かされるのは敵わないと、公爵とカプラーヤに黙ってしゃべらせておいた。一人ヴェンドラミンと、それにフランス人の医者がしばらく彼らの話を聞いていた。阿片常用者はこうした詩情を理解しており、この二つの逸楽的想像がさまよう宮殿の鍵を手にしていた。医者は理解しようとつとめ、理解に達することができた。というのも、彼はパリ学派の逸材たちのグループに属していたからで、そこからは真の医者が、強力な分析家であると同時に深い形而上学者として輩出するのである。

「彼らの話を聞いていて分かるかい?」と、エミリオは午前二時ごろカフェを出ながら、ヴェンドラミンに言った。

「ああ、分かるとも、エミリオ」と、ヴェンドラミンは自分の家に彼を連れていきながら答えた。「あの二人は純粋な霊の群れに属しているが、この霊はこの世で下等な肉の人間の皮を脱ぎ捨てることができ、心の生活の崇高な奇蹟が繰り拡げられる蒼空の中を、魔法使いたちの女王の体に馬乗りになって飛び回る術をもわきまえているんだ。彼らは《芸術》の世界で、君の極端な愛が君を導いていくところへ、また、阿片がわたしを連れていくところへ入っていくんだ。彼らは同僚同士にしかもはや理解されないんだ。魂が悲しい手段によって高揚している僕、たった一晩で百年間の生活を生きる僕、この僕なら、あの偉大な精神の持ち主たちの話が理解できるんだ、そういうとき彼らは、自らを賢者と称している人たちが夢の国と呼ぶ、そして、みんなから狂人と名付けられているわれわれが実在の国と呼ぶ、あの素晴らしい国について話すんだ。ところで、公爵とカプラーヤは、昔、カターネオの生まれたナポリで互いに知り合ったのだが、二人とも音楽に夢中でね」

「それにしても、カプラーヤは、なんて変わった説をカターネオに説明しようと思ったんだろう？」と、大公は訊ねた。「何でも分かる君のことだ、あの説が分かったかい？」

「ああ」と、ヴェンドラミンは言った。「カプラーヤはカペッロ宮に住んでいるクレモナの音楽家〔『ガンバラ』の主人公ガンバラ〕と親しくしているが、その音楽家の考えでは、音は、光りの現象を生じさせなおかつわれわれの中に観念を生み出している物質と類似した物質に、われわれ自身の中で出会うのだという。彼によれば、人間はそれぞれの音に充当する内部の鍵盤を持っており、それがわれわれの神経中枢に対応していて、その中枢神経から、われわれの感覚だとか観念だとかが飛び出してくるということなんだ！　カプラーヤは、外的自然と彼が内的生命と名付ける超自然的な自然とを、人間が人間内部で合致させることのできる、そうした手段を一つに集めることが芸術だと考えているが、目下オペラを製作中のこの楽器製作者と、考えが共通しているんだ。一つの崇高な創造というものを思い浮かべてみたまえ、そこでは、目で見ることができる創造作品の精華が、壮大に、軽妙に、迅速に、広大無辺の広がりを見せて再現されるし、そこでは、感動は無限に広がる。そこにはまた、神聖な力を持つ、ある特定の特権的なタイプの人たちだけが入ることができる。こう想像すれば、君にも、自分たちだけの詩人、カターネオとカプラーヤが話していた法悦状態の歓喜がどんなものか分かるだろう。それにしても、精神的自然の事象の中で、模倣の手段を使って造形的な作品が生み出される領域を超えて、すべてがその原理の中で凝視され、全能の結果の中で識別される、抽象のまったく精神的な王国に足を踏み入れてしまうや、その男は普通の知性では、もはや理解できなくなってしまうんだ」

「君は今、マッシミラに対する僕の愛を説明してくれたんだ」と、エミリオは言った。「なあ君、僕の中にも、彼女の視線の放つ炎や、彼女にほんの少し触れられただけで目が覚める力があって、それは、君に思い切って話したことがないさまざまな結果《エフエ》が花開く、光りの世界へ僕を投げ込むんだ。僕は、彼女の手が僕の手の上に置かれると、彼女の肌のデリケートな皮膚組織によって、僕の肌に花の印が刻印されるような気がすることがしばしばあった。彼女の言葉は、僕の中で、君の話した内部の鍵盤に答えるんだ。欲望は僕の無気力な肉体を昂ぶらせる代わりに、頭骸骨を持ち上げ、そこであの目に見えない世界を揺さぶり動かす、そうすると、大気は赤くなり、ぱちぱちはぜ、なんとも知れない、名状し難い力を持った香がわたしの神経を弛緩させ、薔薇の花々が僕の頭部を覆いつくす。そして、僕の血が、開いた動脈という動脈から流れ出るような気がしてくる、それくらい、僕の物憂さは完璧きわまりないんだ」

「僕の吸う阿片もそんな風だ」と、ヴェンドラミンが答えた。

「君はそれじゃ死ぬつもりなのか?」と、エミリオはぞっとして言った。

「ヴェネチアといっしょに」と、ヴェンドラミンはサン＝マルコ大聖堂の方に手を伸ばしながら言った。「ここにある小尖塔や尖塔のうち、真っ直ぐに立っているものが一本でもあるだろうか？　海が餌食を求めているのが分からないかい？」

大公は頭を垂れ、友人にこれ以上愛について話せなかった。自由な祖国がいかなるものか知るには、いくつもの征服された国家の中を旅行してみなければなるまい。ヴェンドラミーニの宮殿に着いたとき、大公とマルコ・ヴェンドラミーニは、水門にゴンドラが一艘停まっているのが目に入った。大公はそこで、ヴェンドラミンの傍に寄り、愛情をこめて抱きしめると、言った。「お休み、良い夜を」

「僕には、良い女を、だ、ヴェネチアといっしょに寝る時には！」と、ヴェンドラミンは叫んだ。

このとき、柱に寄りかかっていたゴンドラの船頭が二人の友だちを見、教えられた男を認めて、大公のところにやって来ると、耳元で言った。「公爵夫人です、旦那様」

エミリオはゴンドラに飛び乗ると、鉄のような、とは言いながらしなやかな腕に絡みつかれ、クッションの上に引っぱり寄せられ、恋する女の弾ませる胸の動悸を感じた。途端に、大公はもはやエミリオではなくなり、ティンティの愛人になった。それというのも、彼の感動はまるで夢見心地だったために、最初のキスで麻痺したようになってしまったのである。

「こんなごまかしをして、ごめんなさいね、あなた」と、シチリア女は言った。「もしあなたを連れ出せなかったら、わたしは死んでしまうわ！」

こうして、ゴンドラは口を閉ざした水の上を滑るように走った。

翌日の晩、七時半に、劇場の観客たちは、いつもたまたま席を見つけて座る平土間の客は別にして、自分たちの座る同じ席についていた。カプラーヤ老人はカターネオのボックス席にいた。開幕前、公爵は公爵夫人を訪ねてやって来た。彼は彼女のそばに陣取ったが、エミリオを、マッシミラと並んで前の席に座らせておくふりをした。彼は、まるで他国の女性のところを訪ねて来たみたいなごく丁寧な態度で、皮肉も、辛辣さも込めずに、二言三言当たり障りないことを言った。愛想良く、自然に見えるように努めていたものの、大公は恐ろしく心配そうなその顔つきを変えることができなかった。無関係な連中は、普段は落ち着いている表情がこれほどひどく変化しているのは、おそらく焼きもちのせいだと考えた。公爵夫人もきっとエミリオの動揺を共にしていたのだろう、陰鬱そうな顔をし、明らかに打ちのめされているようだった。公爵はこの不機嫌な二人に挟まれて大いに当惑し、フランス人が入ってきたのを利用してボックス席を後にした。

「あなた」と、カターネオはボックス席のドアカーテンが閉ざされる前に医者に言った。「あなたはこれから広大な音楽の詩をお聞きになるわけですが、最初は分かり難いでしょう。ですが、公爵夫人のそばにあなたを残していきます、彼女は誰よりも見事にこの解釈ができるはずですよ、なにしろ彼女はわたしの弟子ですからな」

医者は公爵と同じく、二人の恋人の顔の上に描き出された表情に衝撃を受けた。それは病的なまでの絶望を告げていた。

「すると、イタリア・オペラにはガイドが必要というわけですな?」と、彼は微笑みながら公爵夫人に言ったのだった。

この質問に公爵夫人は、ボックス席の女主人としての役割に戻り、顔に重く垂れ込めていた雲を追い払おうと努め、大歓迎で会話の主題を捉えると、心の中の鬱憤をそこに注ぎ込もうとした。

「これは単なるオペラではなくて」と、彼女は答えた。「オラトリオ〔宗教的な音楽劇。オペラとは違い、演技や衣裳、舞台装置を伴わない〕なのです、わたしたちの一番壮大な建物の一つに実際似ている作品で、勿論その建物にも喜んでご案内いたしますわ。よろしいですか、わたしたちの偉大なロッシーニに対しては、あなたの全部の知力を払っても払い過ぎということにはなりませんでしょう。と申しますのも、このような音楽の大きさを理解するには、詩人であると同時に音楽家でなくてはなりません。あなた方は、言語と国民の特質があまりに実際的過ぎるために、音楽の中に難なく入ってはいけない国に属しているのですわ。ですけれど、フランスはまたあまりに理解力に富んでいますので、音楽を愛し、音楽に勤しむことができるのですわ、そして、万事においてそうであるように、それにおいても成功するでしょう。もっとも、リュリ、ラモー、ハイドン、モーツァルト、ベートーヴェン、チマローザ、パイジエロ〔一七四〇―一八一六。イタリア歌劇の作曲家〕、ロッシーニが創り出したような音楽、また、未来の優れた天才たちが継続していくような音楽は、過去の世代の知らない、新しい芸術だということは認めなくてはなりませんわ。過去の世代の人たちは、わたしたちが現在持っているほど、楽器の数は揃っておりませんでしたし、今日では、旋律の花々が、豊かな土地を拠り所にするように、和声を拠り所にしていますが、その和声については何も知らなかったのです。これほど新しい芸術には大衆向けの研究も要求されますわ、音楽が語りかける感情を育むような研究です。こういう感情はあなたのお国にはほとんど存在しないでしょう、哲学理論だとか、分析だとか、議論だとかに明け暮れ、国内分裂でいつも混乱している人たちですものね。近代音楽は深い平和を要求するもので、優しく、愛情に満ちた、心の中の高貴な高揚に向かおうとする魂の言語なんですわ。この言語は言葉の言語に比べると千倍も豊かで、この言語と音楽的表現の関係は、思想が言葉の表現に対するのとちょうど同じです。その言語は、感覚や観念をそれぞれの形のままに目覚めさせますが、わたしたちの中に観念や感覚が生まれるその場所に、しかし、それぞれをあるがままに、わたしたち一人ひとりのうちに残しておくのです。わたしたちの内部に及ぼすこの力は、音楽の持つ偉大さの一つですわ。他の芸術は、ある限定された創造物を心に推しつけますが、音楽は、自らの創造物においては、無限定です。わたしたちは詩人の思想や、画家の絵や、彫刻家の彫像をそのまま受け入れざるを得ません。ですけれど、わたしたちは音楽を、各人各様の苦しみとか喜び、各人各様の希望とか絶望のままに、めいめいが解釈します。他の芸術が、わたしたちの思想に箍《たが》をはめてある限定したものの上に固定してしまうのに対して、音楽にはもともとわたしたちに自然全体を表現してみせる力がありますが、音楽はその自然全体に、わたしたちの思想を解き放つのですわ。ロッシーニの『モーゼ』についてわたしがどんな風に理解しているのか、これからお分かりいただけるでしょう！」

彼女は、医者に話ができ、しかも彼にしか聞こえないようにと、彼の方へ身を屈めた。

「モーゼは奴隷民族の解放者なのですわ！」と、彼女は彼に言った。「このことを頭に入れておいてくださいましね、そうすれば、どんなに宗教的な期待を込めて、フェニーチェ劇場全体が開放されたヘブライ人たちの祈りを聞くか、また、どんな万雷の拍手で、それに答えるかがお分かりになると思いますわ！」

　エミリオは、指揮者が弓〔指揮棒の代わりに用いた弓〕を振り上げたときを見計らってボックス席の奥へさっと移った。公爵夫人は指で、大公が代わるために空けた席に座るよう、医者に示した。だが、フランス人の方は、音楽の殿堂に関わるより、二人の恋人の間で何が起きたのか、それを知ることに興味をそそられていた。当時イタリア全土から喝采を浴びていた男によってこの殿堂は打ち立てられていたのだが、じつはロッシーニは、この時は、再び自国で大成功を収めていたのである。フランス人は公爵夫人を観察した。彼女は神経的な昂奮に任せて話していたが、最近フィレンツェで見て感服したニオベ〔ギリシャ神話。レトによって我が子アポロンとアルテミスを殺され岩に身を変えた〕の像を思い出した。つまり、苦悩に見られる同じ高貴さ、肉体上に見られる同じ平静さ。とは言え、魂は皮膚の熱っぽい色合いのうちに反映し、両の目は誇り高い表情の下に物憂さがくすみ、激しい炎で涙が乾いていた。彼女がエミリオを見つめるときには、苦悩は抑えられて平静に戻っていたが、そんな彼女を、エミリオはじっと見つめたままだった。確かに、彼女が強固な絶望を和らげようとしているのを見るのは、易しかった。そんな彼女の心の状態は、彼女の精神にどことなく偉大な様子を与えていた。異常な興奮に駆り立てられたときに大方の女性が見せるように、高貴で偉大な様子を保ちながらも、彼女は通常の限界を踏み出て、何か《女預言者》のようなところを見せたのだった。というのは、絶望的に身を捩じらせているのは、彼女の思念の形であって、彼女の外形ではなかったからである。おそらく、彼女は生活に魅力を与え、そこに恋人を引き止めて置くために、全精神をかけて自分が光り輝きたいと思ったのだろう。

序曲の演奏がこれから始まることを分からせるために、音楽の大家によって作品の冒頭に置かれたハ長調の三つの和音をオーケストラが鳴り響かせたとき――じつは、本当の序曲は、この突然の攻撃からモーゼの命令によって光りが現われるまでを駆け巡る、広大な主旋律を言うのだが――その途端、公爵夫人は痙攣のような動きを抑えることができなかった。それは、この音楽が、どれほど彼女の密かな苦しみと合致していたかの証明になった。

「ほんとにこの三つの和音を聞くと、わたしたちは凍りつきますわ！」と、彼女は言った。「苦悩が予期されます。この導入部を注意して聞いてみてくださいな、神の手によって打たれた民族のぞっとするような哀歌がテーマです。なんという呻き声でしょう！　王、女王、跡継ぎの息子、高官たち、民族全部が溜息をついています、彼らは誇りを、征服した勝利を損なわれ、渇望を阻止されるのですわ。親愛なるロッシーニ、あなたはドイツ人たちにささやかな恩恵を与えてくださって、良いことをしましたわ、この人たちは、わたしたちに和声の才と学問はないと言っていたんですもの！　音楽の大家がこの深遠な和声的楽曲のうちに表現した不吉な旋律を、あなたはこれからお聞きになりますが、この楽曲はドイツ人たちにあるもっとも複雑なものに匹敵できますけれど、この楽曲からは、結果としてわたしたちの魂に疲労も倦怠も起こしはしませんわね。あなた方フランス人は、最近、革命のうちでもいたって惨めたらしい革命を成し遂げて、貴族階級は民衆というライオンに踏み潰されました。このオラトリオがあなたの国で演奏される日が来れば、神が人民たちに復讐を遂げ、その犠牲者たちが上げる、壮麗なこの苦痛の叫びが理解できることでしょう。一人のイタリア人がただ一人、この豊かな、尽きることのない、まったくダンテ風の主旋律を書くことができたのです。一寸の間だけ復讐を思い描いてみるなどということは、つまらないことだとはお思いになりません？ 古いドイツの大家たち、ヘンデルや、セバスチアン・バッハや、それに、ベートーヴェンすらも、跪くべきですわ、ここにあるのは芸術の女王、他を圧倒するイタリアですわ！」

公爵夫人はこれだけの言葉を、幕が上がり終わる前に言い終えた。医者はこのとき、崇高な序曲が始まるのを耳にしたが、こうして、作曲家は広大な聖書の場面から切り出した。舞台は、民族全体の苦悩の場面である。苦悩の表現はただ一つ、とくに肉体的苦しみの場合はそうである。したがって、あらゆる天才と同様、思想にいかなるばらつきも見せてはならないことを本能的に察知して、この音楽家は、いったん主要フレーズを見つけるや、それを調性から調性へと移動させ、転調や驚くべき柔軟さを見せる終止形によって、このモチーフの上に群衆と人物たちをまとめ上げる。力はこの単純さのうちに見分けられた。太陽の光りの波に絶えず洗われている民族のうちに、寒さと闇の印象を描き出すこのフレーズ、民と王が繰り返して歌うこのフレーズの効果は衝撃的である。このゆっくりした音楽的テンポには、何か非情なものがある。また、この冷たい、痛ましげなフレーズには、誰か天上の死刑執行人の手に握られ、均等な間隔を置いてこれらすべての死刑囚の四肢の上に落とされる棍棒に似たところがある。このフレーズがハ短調からト短調に行き、ハ調に帰ってドミナンテ〔属音ト〕に戻り、変ホの主音でフォルティッシモになって息を吹き返し、ヘ長調に辿り着き、ハ短調に復帰する、その間、ますます恐怖と、寒さと、闇とを担っていくのをよく聞いているうちに、聴衆の魂はとうとう音楽家の描き出す印象と合体してしまうのだ。このため、このフランス人は、これらすべての苦悩が一つに合わさり、爆発してこう叫んだとき、これ以上ないほど激しく感動したのだった。

おお、イスラエルの神よ《オー・ヌーム・ディスラエル》！
御身の忠実なる民が奴隷の身から《セ・ブラミ・ニ・リベルタ》
脱け出すことを御身が望むなら《イル・ポポイ・トゥオ・フェデル》、
この人と我らをどうか憐れみたまえ《ディ・ルイ・ディ・ノワ・ピエタ》！

〔バルザックは殆んどイタリア語ができず、おおよその訳に従ったらしい〕

「自然的現象《エフェ》のこれほど偉大な総合、自然のこれほど完璧な理想化はこれまでけっしてございませんでしたわ。深い国家的な不幸に見舞われながら、めいめいの人が長い間、別々に不満をこぼしていました。それから、あちこち、郡衆の中から、激しさの違いはあっても苦痛の叫び声が上がってきます。ついには、貧困の苦しみをみんなが感じ始めると、それは嵐のように爆発いたします。みんなが共通の痛みを持っていることをいったん耳にすると、人々の内に篭った叫びは耐え切れない苛立ちの叫びに変わることになります、ロッシーニはこういうやり方をしたのですわ。ハ長調で爆発した後、ファラオは《復讐の神よ、御身を見抜くのが遅すぎた《マーノ・ウルトリーチェ・ディ・ウン・ディオ》！》という崇高な叙唱《レチタチーボ》を歌います。最初の主旋律が、そのときもっと激しい響きになります。エジプト全体が助けに来て欲しいとモーゼを呼んでいるのですわ」

公爵夫人はモーゼとアロン〔モーゼの子〕の登場に必要な推移部を利用し、こうしてこの美しい楽章の説明に当てた。

「泣くがいいわ」と、彼女は熱を込めてつけ加えた。「悪いことを山ほどして来たんですもの。罪を償うんだわ、エジプト人たち、あなたたちの常軌を逸した宮廷の過ちを償うのよ！　この偉大な画家である音楽家は、どんな技法でもって、音楽の表す褐色の色合いのすべてと、音楽のパレットにある悲しみのすべてを用いることができたのでしょう？　なんと寒そうな闇なんでしょう！　なんと深い霧なんでしょう！　ねえあなた、心が深い悲しみに沈んできませんこと？　舞台を覆っている黒い雲が現実にあるような気がいたしません？　あなたにとって、これ以上ないほど暗い闇に、自然が包まれることはありませんでしょうか？　ここには、エジプトの宮殿もなければ、棕櫚の木立ちも、風景一つありません。ですから、この惨たらしい傷に手当てを施そうとしている天上の医師の深い宗教的な調べが、あなたの魂に大きな慰めを与えないでしょうか？　なんと見事に、すべてが徐々に高まっていって、モーゼが神に対して求めるこの荘厳な祈りに至ることでしょう！　カプラーヤがそのさまざまな類似点を説明してくれると思いますが、造詣の深い目論見によって、この祈りの場面には金管楽器の伴奏しかついていません。これらの金管楽器はこの曲に偉大な宗教的色彩を与えています。この技法はここでみごとな効果をあげていますが、そればかりか、さらに天才がいかに豊かな手段を見せているかをご覧になってください、ロッシーニは、わざわざ障害を作り出し、そこから新たな美を引き出したのですから。ロッシーニは、闇の後に続く昼を表すのに弦楽器を使わずに残しておいて、こうして、音楽上よく知られているもっとも力強い効果の一つに達することができたんですわ。このたぐい稀な天才が出てくるまで、叙唱をこんなにみごとに活用した音楽家がいたでしょうか？　まだ、アリアも二重唱も出てきていませんのに。詩人は思想の力、イメージの力強さ、朗誦の真実らしさに支えられているのです。この苦悩の場面、この深い夜、この絶望の叫び、この音楽的絵画は、あなた方の偉大な画家プーサンの『大洪水』のように美しいですわ」

モーゼが杖を動かし、太陽が現れた。

「ここで、あなた、音楽は、その明るさを描いて見せた太陽や、そしてまた、ごく些細な細部に至るまでその現象を表現して見せている自然全体と、張り合ってみせているのではないでしょうか？」と、公爵夫人は小さな声で続けた。「ここで、芸術は頂点に達しています、いかなる音楽家でもこれより先には進めないでしょうね。あの長い間の無気力状態から目覚めていくエジプト人たちの声が聞こえます？　幸福が太陽とともに、至るところに滑り込んできます。古いものであれ現代のものであれ、どんな作品の中でこんな偉大なページに出会うことができるでしょうか？　もっとも華やかな喜びにもっとも深い悲しみが対置されているページに？　なんという叫び声でしょう！　なんという弾むような調べでしょう！　抑圧された魂のなんとほっとする気持ち、それになんという熱狂、このオーケストラのなんというトレモロ、美しい全合奏《トゥッティ》ですわ。これは救われた人民の喜びです！　喜びのあまり体が震えてきませんこと？」

医者は、近代音楽の中でももっとも素晴らしいこのコントラストに驚いて、感嘆のあまり、夢中で手を叩いた。

「ブラヴォー、ドーニ夫人！」と、今まで彼女の話に耳を傾けていたヴェンドラミンが言った。

「これで、導入部が終わりました」と、公爵夫人は続けて言った。「あなたは今、激しい感動を味わったところですわ」と、彼女は医者に言った。「胸がどきどきするでしょう、あなたの想像力の奥で、これまで陰気で、寒々としていた国全体に、太陽がさんさんと輝き光で満ち溢れるのをご覧になりましたわね。今度は、あなたが今日この音楽家の影響を受け、そのあと明日も彼の天才の秘密に通じて彼を賞賛できるように、彼がどうこの問題に手をつけたのかを知っていただきたいんですの。こんなに多彩で、輝かしく、完璧な日の出のこの楽章は、どういうものだと思います？　これは絶えず繰り返される単純和音の主音ハで構成されていて、ロッシーニはこれに四六の和音だけを加えています。ここにおいて、彼の技法の魔術は一目瞭然ですわ。光の到来を描いてみせるのに、闇と苦悩を描くのに用いるのと同じ方法で処理しているんですの。この想像上の曙は自然の曙と完全に同じですわ。光りはただ一つの、同じ物質で、どこであろうと変わりません。光りの効果は、それが出会う物体によってしか変わりませんでしょう？　ところで、この音楽家は自分の音楽の基盤として、ただ一つの動機、単純和音の主音ハを選びました。まず太陽が現われ、山の頂に、次いでそこから谷間へ光りを注いでいきます。同様に、優しい北極光のように、第一ヴァイオリンの第一弦に乗って和音が鳴り始め、オーケストラの中へと和音は広がり、その中で一つずつすべての楽器を活気づけていき、全開します。光りが少しずつ周囲の物を彩っていくように、それは一つひとつの和声の泉を目覚めさせ、すべてが全合奏の中へ流れ込んでいきます。

今まで耳に聞こえていなかったヴァイオリンが、押し寄せる最初の光りの波のようにおぼろげに揺れ動く、甘美なトレモロによって口火を切りました。魂を優しく愛撫した、この綺麗な、この陽気な、ほとんど光りのような進行を、巧みな音楽家は、一番かすかな音調に抑えられたホルンのぼんやりしたファンファーレによって、低音の和音で演奏して見せます。それは、最初の光りが山頂で揺れ動いている間、谷間を染めているひんやりとした最後の暗闇をしっかり描きだしてみせるためです。次いで、これに管楽器が静かに加わり、全体の和音を強調していきます。人の歌声が、それに歓喜と驚異の溜息のうちに合流します。最後に、金管楽器が華々しく鳴り響き、トランペットが突然響き渡りました！　和声の泉としての光りが自然をいっぱいに満たし、あらゆる音楽の富という富が、このとき、東方の太陽の光と同じような激しさと閃光とを見せて拡がりました。トライアングルまでが、繰り返しのハ音のその鋭い響きと悪戯っぽい媚でもって、朝方の鳥の鳴き声を思い起こさせます。この鮮やかな手によって同じ調性が方向を転じられ、先ほどまで人を悩ませてきた苦しみを和らげながら、自然全体の喜びを表現するのです。そこにこそ、大家の刻印、統一性というものがあるのですわ！　それは一であると同時に多様なのです。ただ一つのフレーズでいながら、無数の苦痛感、一国家の窮乏を表し、ただ一つの和音でいながら、自然が目覚めるときのあらゆる出来事、一民族の喜びのあらゆる表情を描くのですわ。この二つの絶大な《章句》は、永久の命を持ち、万物の創造者であり、苦しみも喜びもその創り主である神への呼び声によって、ぴったりと結びついているのですわ。この導入部は、それだけで偉大な詩ではないでしょうか？」

「確かにそうですね」と、フランス人は言った。

「つぎはロッシーニお得意の五重唱です。仮にロッシーニが今まで、わたしたちの音楽がそれによって非難される、甘美で安易な耽美的喜びに押し流されることがあったにしても、この美しい楽章においては違いますわね、ここではめいめいが自らの歓喜を表現しなければなりませんし、奴隷の民は解放され、その一方、危機に見舞われた恋が、ため息混じりにやるせない歌を歌おうとしているのですもの。ファラオの息子が一人のユダヤの女を愛していますが、このユダヤの女は彼を捨てるのです。この五重唱をうっとりするほど心地よいものにしているのは、神の復讐と聖書の奇蹟が貸し与える魔法の力に囲まれて、国家と自然の二つの広大無辺な場面、窮乏と幸福の場面が壮大に描かれたあとに、ごく普通の生の感動が戻ってくるからなのですわ」

「これは間違っていますでしょうか？」と、公爵夫人はフランス人に話を続けながら言ったが、このとき次の素晴らしいストレッタ〔曲の終わり近くスピードを上げ緊張感を高める効果〕が終わったところだった。

歓喜の声はわれわれの周りに響きわたり、《ヴォーツイ・デイ・ジウビロ・デイノルノ・エケジーノ》
平和の星はわれわれを明るく照らす《デイ・パーチェ・リリド・ペル・ノイ・スプント》

「どんな技巧を使って、作曲家はこの楽章を組み立てたのでしょうか？……」と、彼女は返事を待つ間、ちょっと休んでから言葉を続けた。「神々しいほど心地よいホルンのソロがハープの分散和音《アルペッジョ》に支えられて始まりましたが、なぜかと言いますと、この大合唱の中から上がる最初の声は、真の神に感謝するモーゼとアロンの声だからです、二人の甘美で荘重な歌は、崇高な祈りの思想を蘇えらせると同時に、世俗の人たちの喜びにも結びついています。この移行部には、天才だけに見出せる何か天上的なものと地上的なものが同時に込められていて、それが、ティッツィアーノが神々しい人物たちの周りを描くのに使った色と比較できるような色を、この五重唱の緩徐奏《アンダンテ》に与えているのですわ。声を代わるがわる嵌め込んでいく素晴らしい方法に気がつかれましたか？　作曲家は、何という巧妙な歌い出しによって、それらを、オーケストラが歌う魅力的なモチーフの上に集めていることでしょうか？　どんな知恵を使って、アレグロの祝祭を準備したことでしょうか？　危険を逃れた人たち全体の踊るコーラス隊や狂ったような輪舞を、あなたは垣間見ませんでしたか？　そして、クラリネットが、非情に輝かしい、いきいきとした《歓喜の声《ヴォーツイ・デイ・ジウビロ》》のストレッタを合図したとき、あなたの魂は、ダヴィデ王が詩篇の中で語っている、そして丘を前にして見せるあの神聖な戦いの舞を感じ取りませんでしたか？」

「ええ、あれはコントルダンスには魅力的な曲になるでしょうね！」と、医者は言った。

「フランス人！　フランス人！　いつまでもフランス人ですこと！」と、高揚しているさ中に、この皮肉たっぷりの言葉を浴びせかけられ、傷ついた公爵夫人は叫んだ。「そうですわ、あなた方はこの崇高な、これほど陽気で、これほど高貴にエレガントな躍動を、あなたがたのリゴドン〔南仏のポアトゥー、プロヴァンス地方起源の快活な舞踊〕に使うことができるんですわね。崇高な詩もあなたがたの目にはけっして慈悲を受けることはないんですもの。最高の天才も、聖者たちも、王たちも、逆境の人たちも、聖なるものはすべて、あなた方の風刺の筈をくぐらなければならないんですわ。あなた方のコントルダンスの曲で偉大な思想を通俗化するのは、音楽での風刺ですわ。あなたのお国では、機知が魂を殺すのです、理屈が理性を殺すように」

ボックス席の誰もがオシリスとマンブレのレチタティーヴォ〔アリアや重唱などの間の対話調の部分と叙唱〕の間、黙って耳を傾けていた。この二人は、ファラオがヘブライ人のために下した出発命令を無効にしようと企んでいる。

「お気を悪くさせてしまいましたかな?」と、医者は公爵夫人に言った。「そうだとしましたら、大変遺憾に思います。あなたのお言葉は魔法の杖のようで、わたしの脳の引き出しを開けて、こうした崇高な歌によって命を得た新しい思想を、その中から引き出してくれますから」

「いいえ」と、彼女は言った。「あなたはわたしたちの偉大な音楽家を、あなたなりに褒めて下さったんですわね。わたしには分かりますが、ロッシーニは、機知と官能の面ではあなたのお国で成功すると思います。あとは、あなたの豊かなお国にいるに違いない、こういう音楽が持つ高揚と壮大さが評価できる、高貴で理想を愛する人たちに期待することにしましょう。ああ! エルシアとオシリスの有名な二重唱が始まりましたわ」と、初めて登場するティンティを迎えた平土間の三度に及ぶ万雷の拍手の間を利用して、彼女は話を続けた。「ティンティがエルシアの役を十分に理解していれば、あなたはこれから、祖国への愛と同時に圧制者の一人に対する愛に苛まれる女の崇高な歌をお聞きになるはずですわ。一方このエルシアに対し、オシリスは、美しい被征服者に対する熱狂的な情熱の虜になって、彼女をなんとか引き留めようとします。オペラは、この大掛かりな構想と同時に神と自由の力にファラオたちが示す抵抗の上に成り立っていますが、この点に承服できませんと、この広大な作品がまったく理解できなくなるかもしれません。わたしどもの台本作家たちの創意をあなた方は評価しませんが、それでも、このドラマが作られている技巧に注目していただきたいと思いますの。対立というテーマは、すべての優れた作品に必要なものですし、音楽の展開にははなはだ有利なものですが、ここにもそれが見られますわ。自由を望んでいる民族が悪意によって奴隷の鎖に繋がれ、神の支持を受けて、奇蹟に奇跡を積み重ねながら自由になるという、こんなに豊かなテーマが他にあるでしょうか？　ユダヤ女に対する王子の愛、圧制者の権力に対する裏切りをほとんど正当化している王子の愛以上にドラマチックなものが他にあるでしょうか？　ところが、そこには、この大胆で無限の広がりを持つ音楽詩が表現しているすべてがあって、ロッシーニはこの中で、空想上の国民性をどちらの民族に対しても持ち続けられたということです、というのも、わたしたちはこれらの民族に、すべての想像力が承諾している歴史的偉大さを与えているからですわ。ヘブライ人たちの歌と神への信仰は、権力を握っている者として描かれているファラオの憤怒の叫びと努力に、絶えず対立していますわ。そのとき、身も心もすっかり愛に捧げたオシリスは、情熱が与えるあらゆる喜びを思い出しながら、恋人を何とか引き止めようとし、祖国の魅力に打ち勝とうとします。こうして、オシリスの《もしあなたにわたしを離れていく勇気があれば《アー・スエ・プオイ・コシ》、わたしの心を引き裂くがいい《ラスキアルミ》》という歌と、エルシアの《わたしの苦しみがこんなにも激しいときに《マ・ペルケ・コーシ》、なぜそんな風にわたしを苛むの？《ストラジアルミ》》の答えの中にある東国的な愛の神々しいほどの悲嘆、燃えるような幸福感、情愛、逸楽の思い出というものがお分かりになりますわね。いいえ、これほど美しく緊密に結びついた二つの心は、離れようとしても離れられませんわ」と、彼女は大公を見つめながら言った。「しかし、この恋人たちの歌は突然、祖国の勝利の歌声によって中断されます、その声は遠くに鳴り響き、エルシアを呼び戻しています。砂漠に向かうこのヘブライ人たちの行進のモチーフは、なんと神々しく快いアレグロの曲なんでしょう！　クラリネットやトランペットにこれほど多くのことを語らせることができるのは、ロッシーニを置いて他にいませんわ！　二つのフレーズで祖国というものをそっくり描き出すことのできる芸術はつまり、他の芸術より天上に近いことになりませんでしょうか？　この呼び声を耳にすると、いつもあまりにも感動してしまって。鎖に繋がれた奴隷の人たちにとって、自由な人たちの出立を見るくらい残酷なことはないものですから、どうしてもそれをあなたに話せなくなります！」

公爵夫人は、実際、オペラを支配している壮麗なモチーフを聴いて、目に涙を浮かべた。

「愛するいかなる心が、わたしの苦悩を共にしてくれないのか《ドーヴェ・マイ・クエル・コーレ・アマンテ》」と、ティンティが自分の苦しみを憐れんで欲しいと願うストレッタの素晴らしい叙情的旋律《カンティレーナ》を歌い始めたとき、夫人はイタリア語で言葉を続けた。と、何が起きたのか？　平土間の客が囁き出した。

「ジェノヴェーゼが、鹿の長々と鳴くような声で歌っていますよ」と、大公が言った。

このデュエットはティンティが歌った最初のものだったが、ジェノヴェーゼの完全な失態で、実際、デュエットはめちゃめちゃになった。テノールがティンティといっしょに歌い始めると、途端に彼の美しい声が変わった。彼の至って賢明なメソッド、クレッシェンチーニ〔一七六二―一八四六。イタリアの男性ソプラノ歌手〕と同時にヴェルーティを思い起こされるあのメソッドを、彼は勝手に忘れてしまうようだった。あるときは、的外れの持続部《テヌート》や長過ぎる装飾音が彼の歌を台無しにし、あるときは、移行部なしに声が爆発したり、水門が開かれて水が放たれるように声がわっと流れ出したりして、美的センスの法則を完全に、しかも故意に忘れていることがありありと分かるのだった。このため、平土間はものすごくざわつきだした。ヴェネチアの人々は、ジェノヴェーゼと仲間たちの間でなにか賭けでもしたのではないかと思った。ティンティは呼び返されては熱狂的な拍手を受け、ジェノヴェーゼはいくつか忠告を受けたが、それは平土間の敵意を伝えるものだった。ティンティはアンコールを受け、続けて十一回も舞台に戻って観客のやんやの拍手喝采をただ一人で受けたが、それと言うのも、ジェノヴェーゼは、ほとんど口笛を吹かれかねない有様で、彼女に手を差し出すことも思い切ってできなかったからだった。この場面はフランス人にしてみるとかなり滑稽に見えたが、その間に、この医者は、公爵夫人に二重唱のストレッタについて一つの所見を述べた。

「ロッシーニは、あそこでもっとも深い苦悩を表現するはずだったのでしょうが」と、彼は言った。「わたしには、屈託のない進行と的外れの陽気なニュアンスが感じられますね」

「その通りですわ」と、公爵夫人は答えた。「この誤りは、わたしどもの国の作曲家たちが従わざるをえない、あの抗し難い圧制の一つがもたらす結果なのです。彼がこのストレッタを書いたとき、エルシアよりは彼のプリマドンナのことを考えていたのですわ。ですが、今日、ティンティはもっと見事に歌いこなすと思いますわ、わたしは状況がとても似ているものですから、陽気すぎるこのパッセージも、わたしには悲しみに溢れて聞こえることでしょうね」

医者は代わるがわる大公と公爵夫人を注意して見つめたが、二人を引き離し、この二重唱が彼らにとって悲痛なものになっていた理由が何か、見抜くことはできなかった。マッシミラは声を小さくし、医者の耳元に近寄って言った。

「これからお聞きになるのは素晴らしい場面、ヘブライ人たちに対するファラオの陰謀の場面です。《わたしを敬うことを学べ《ア・リスペタール・ミ・アップレンダ》》の堂々たるアリアはカルタジェノーヴァ〔イタリアの滑らかな声を出す有名なバス歌手。一八二五年ヴェネチアでデビュー、一八四一年没〕の得意とする歌で、傷ついた誇り、宮廷の二枚舌を見事に表現してくれますわ。王が話し始めようとします、譲歩がなされますが、王がそれを撤回し、怒りを強化します。ファラオは立ち上がり、自分から逃れる獲物に襲い掛かろうとします。今まで一度もロッシーニは、これほど美しい特徴を持った曲も、これほど豊かで、これほど力強い霊感に満ちた曲も書いたことはありません！　これは、このオペラの一番些細な部分と同じように、見事な出来栄えの伴奏に支えられた完璧な作品です、このオペラには、青春の力がきわめて細かい細部にも煌いていますわ」

場内中の拍手がこの素晴らしい音楽の構想に栄誉を与え、それは歌い手によってものの見事に表現され、とりわけヴェネチア人たちに良く理解された。

「いよいよフィナーレですわ」と、公爵夫人は続けた。「今から解放の幸せと神への信仰を動機とした行進の曲をお聞きになりますが、神への信仰によって、民族全体が喜々として砂漠の中へ突き進んでいくことができるのです！　奴隷の状態から脱け出たときに見せるこの民族の天上的な高揚感に、清新の気を蘇えらせないどんな胸があるでしょう？　ああ！　なんと懐かしく、いきいきとした旋律！　これほど多くの感情を表現することのできた優れた天才に栄光あれ！　ですわ。この行進曲には何か好戦的なところがあって、それが、この民族に戦の神が宿っていることを語っています！　神への感謝の祈りに満ち溢れたこれらの歌には、何という深さがこもっているでしょう！　聖書の光景がわたしたちの魂の中で揺れ動き始め、この崇高な音楽場面が、古代の、荘厳な世界が見せる最大の場面に、わたしたちを実際に立ち合わせてくれるのですわ。若干の音声部分の宗教的区分《クープ》形式と、音声が互いに加わっていって一つに集まる方式は、あの人類初期の聖なる奇蹟について、わたしたちに考えつくあらゆることを表現しています。ですけれど、この美しい合奏は、行進のテーマをそのすべての音楽的結果の中に展開させているに過ぎません。ところで、このモチーフは、オーケストラと音声にとっても、歌とそれを伴奏する華やかな楽器にとっても、音楽を豊かにする原動力なのです。今、エルシアは遊牧民のもとに帰っていっしょになります。ロッシーニは彼女に未練の気持ちを表現させ、この楽章の表わす喜びにニュアンスをつけます。お聞きくださいな、彼女とアメノフィの小二重唱を。傷ついた恋のこんな歌を今までに聞いたことがありまして？　夜想曲の優美さがそこに息づいていますし、そこにはまた、傷ついた恋の秘めた深い悲しみが表れていますわ。なんという物悲しさでしょう！　ああ！　砂漠は彼女にとって二倍の砂漠となるのですわ！　ついに、ここでエジプトとヘブライ人たちとの恐ろしい闘いが起こります！　あの歓喜、あの行進、すべてが、エジプト人たちがやってくることによって掻き乱されます。ファラオの命令が布告され、フィナーレを支配する楽想、鈍く、重々しいフレーズによってそれが実行されます。まるで、エジプトの強力な軍隊の足音が聞こえてくるようですわ。エジプト軍は神の聖なる軍団を取り巻き、彼らを長いアフリカの蛇が獲物を包み込むようにゆっくりと包囲していきます。この欺かれた民族の嘆きにはなんと優美さが漂っていることでしょう！ 彼らはヘブライ人というよりは、ちょっとイタリア人みたいではないですかしら？ ファラオが到着して、両民族の主長たち同士を、そしてドラマのすべての情熱を対峙させる、そこに至るまでの動きのなんと壮大なことでしょう？ 崇高な八重唱においてはいくつもの感情が見事に溶け合っていますわ、その中では、モーゼの怒りと二人のファラオの怒りが闘うのです！ 声と猛り狂った怒りの見事な闘い！ 今まで、どの作曲家にであろうと、これ以上大きな主題が突きつけられたことがあったでしょうか？『ドン・ジョヴァンニ』の有名なフィナーレも結局、天上の復讐を祈る犠牲者たちと一人の放蕩者が争う場面を見せているに過ぎませんわ。それに対して、ここでは大地とその権力者たちが神に歯向かって闘おうとしています。一方は弱く、他方は強い二つの民族が向かい合っています。このように、ロッシーニは、すべての方法を意のままに使えましたので、それらの方法を巧妙に使っていますわ。滑稽に陥ることなく猛り狂う嵐の動きを表現して見せ、恐ろしい呪いの言葉がその嵐をバックにくっきり浮かび上がってきます。陰鬱な音楽的エネルギーをこめて、わたしたちの心をしまいには捉える執拗さを示しながら、彼は三拍子のリズムで和音を同時に響かせる方法を取りました。炎の雨に襲われるエジプト人たちの怒りや、ヘブライ人たちの復讐の叫びを表わすには、巧妙に計算された音量が必要だったのですわ。ですから、コーラスといっしょにオーケストラをどのように展開させているかご覧くださいますか？ この炎の洪水に包まれて、ハ短調の《十分に快速に《アレグロ・アッサイ》》が、恐ろしく聞こえますこと。どうです」、杖を振り上げてモーゼが火の雨を降らせ、作曲家がオーケストラと舞台に彼の力を総動員して見せたとき、公爵夫人は言った。「これまで音楽が、これほど巧みに動揺と混沌を表現したことはなかったと思いませんか?」

「音楽が平土間の客の心を捉えましたね」と、フランス人は言った。

「それにしましても、また何か起きたのでしょうか? 平土間は、確かにとても昂奮していますわね」と、公爵夫人は続けて言った。

フィナーレで、ジェノヴェーゼはティンティを見つめながら常軌を逸した短調な歌い方をしたため、平土間のざわめきは頂点に達し、彼らの楽しみは吹っ飛んでしまった。イタリア人の耳に取っては、上手と下手のこんなコントラストくらい、我慢ならないものはなかった。興行主は腹を決めて舞台に出ていくと、次のように話した、主役の男性に注意したところ、シニョール・ジェノヴェーゼは、まさに芸術の完璧な域に達しようとしていたそのときに、なんで、どうして観衆から支持されなくなってしまったのか分からないという返事であったと。

「昨日ぐらいのひどさだったら、われわれも我慢できるんだが!」と、激高した声でカプラーヤが答えた。

この荒々しい言葉を聞いて、平土間は上機嫌に戻った。イタリアの慣習に反して、バレエが出て来る場面に目を貸す人はあまりいなかった。ボックス席ではどこも、ジェノヴェーゼの奇矯な振る舞いと興行主の気の毒な談話ばかりが話題にされた。楽屋に入ることができる連中は、この喜劇の秘密を知ろうとあわてて楽屋に行ったが、すぐにもう、相棒のジェノヴェーゼにティンティが仕掛けた猛烈な喧嘩の話に話題は絞られた。喧嘩の中で、プリマドンナは、自分の成功に焼きもちを焼き、滑稽な振る舞いに出てその邪魔をし、情熱を装ってわたしの能力を奪おうとさえしたんだと、テノール歌手をなじった。こんな不幸な目にあったことが悲しいと、女歌手はさめざめと泣くのだった。「わたしは恋人に気に入られたいと思っていたの」と、彼女は言った。「あの人は客席にいるはずだったんだけれど、見つからなかったわ」フェニーチェ劇場やカフェ・フロリアンがどれほど大騒ぎしているかを知るには、ヴェネチア人の現在の平和な生活が至って事件の乏しいもので、そのため二人の恋人の間に不意に起こるちょっとした出来事だとか、あるいは、女歌手の声の一時的な声の変化のことが、まるでイギリスにおける政治問題のように、話題になるということを知らなくてはならない。恋するティンティ、能力を発揮できなかったティンティ、ジェノヴェーゼの狂気というか、イタリア人なら十分に理解のいくあの芸術上の焼きもちが生み出す彼の汚いやり口など、活発な議論の種は、豊かで尽きなかった！　株式取引所のように平土間全体にみんなのおしゃべりが溢れ、そこから立ち上る騒音には、パリの劇場の静けさに慣れたフランス人はさぞびっくりしたことだろう。ボックス席というボックス席は、蜂の巣をつついたような騒ぎだった。一人の男だけがこの騒ぎにまったく関わろうとしなかった。エミリオ・メンミは舞台に背を向け、目を憂鬱そうにマッシミラに据え、ただじっと見つめていることで生きているかのようだった、彼は女歌手を一度として見なかった。

「ねえ、君、君に約束したが、僕の折衝の結果のことで君に聞いて見る必要もないな」〔前に、マッシミラに対し〈白紙委任〉云々と言って折衝する話だったが（一六三頁参照）、その後その暇はなかったはずと、プレイアード版に注記がある〕と、ヴェンドラミンはエミリオに言った。「きわめて純粋で、宗教的な君のマッシミラは、崇高なほど好意的な人だった。だが、要するに、彼女はティンティ嬢だったよ！」

大公はおそろしく憂鬱そうに、返事の代わりに、違うと首を横に振った。

「君の恋は、君が天がける天上の頂を離れていない」と、阿片に昂奮したヴェンドラミンは続けた。「それは現実のものとなっていないんだ。六カ月前からずっと同じように、今朝も、君は度外れに肥大した頭蓋の下に、花々がかぐわしい花弁を広げるのを感じている。君の膨れ上がった心臓は血液をことごとく吸い上げ、咽喉もとにきて衝突したのだ。ここに広まったんだ」と、彼は相手の胸に手を当てて言った。「うっとりするような気持ちが。マッシミラの声は光り輝く波となってここに達し、彼女の手は閉じ込められていた無数の逸楽を解放し、その逸楽は、君の脳漿の襞を脱け出しては君の周囲に雲のように集まり、肉体がほとんどなくなって緋色に染まった君を、天使の純粋な愛が住む、雪山の上の、青い大気の中へと連れていったのだ。彼女の唇の微笑と接吻が、君の地上的本性の最後の名残りまで焼き尽くす毒のある衣を君にまとわせ、彼女の両の目は、君を影を持たない光りにする、二つの星となったんだ。君たちは、天上の棕櫚の上でひれ伏す二人の天使のように天国の扉が開くのを待っているが、しかし扉はなかなか開こうとせず、君は待ちきれずに扉を叩こうとするが、手は扉にどうしても届かない。君の手は、君の願望より動きの素早い雲にぶつかるだけだ。白い薔薇の花冠を頭に戴いて、天上の許婚のように見える君の光り輝く恋人は、君の憤怒の様子を見て泣いていた。おそらく聖母マリアに妙なる連祷を捧げていたものだろう。一方、地上の悪魔的な逸楽が君に忌まわしい叫び声を吹き掛ける、ところが君は、この法悦の神々しい果実をはねつけたんだ、僕は寿命を犠牲にして、その法悦の中に生きているんだが」

「君の陶酔は、ねえ、ヴェンドラミン」と、冷静にエミリオは言った。「現実以下のものだ。この純粋に肉体的なものである物憂さを、いったいだれが言葉に言い表わせるだろう、夢想上の快楽をさんざん見過ぎた結果われわれが落ち込むこの肉体的物憂さ、魂に永遠の欲望を、精神にその純粋な頭の能力を残しておくこの物憂さというものをね。だが、タンタロスの拷問がどんなものかが僕にも分かる、そしてそんな拷問にはもううんざりした。今夜は僕の過ごす最後の夜だ。僕は最後の努力を試みて、そのあと、われわれの母親にその子を返すことにしよう、アドリア海は僕の最後の溜息を受け取ってくれるだろう！……」

「君は馬鹿か」と、ヴェンドラミンは続けた。「いや、そうじゃない、君は狂っているんだ。なぜって、狂気というそんな発作を僕たちは軽蔑しているが、狂気とはつまり、以前の状態の記憶で、それが、われわれの現在の形態を混乱させるのだ。僕の夢の精は、そんなことを、あれこれたくさん話してくれたものさ！　君は公爵夫人とティンティを一つに結びつけたいと思っている。だがね、エミリオ、彼女たちを別々な人間として受け入れたまえ、その方が賢明だ。ラファエロだけが、《形態》と《観念》を一つに結びつけることができたのだ。君は恋においてラファエロになろうとしているが、偶然は創り出せない。ラファエロは永遠なる父の、神のまぐれ当たりなのさ、神は《形態》と《観念》を敵対するものとして創り出したが、そうでなかったら、何ものも生きられないからね。原理が結果より力が強ければ、生み出されるものは何もないんだ。われわれは地上にいるか、天上にいるかしなくてはならない。もし天上に留まっているとしたら、君は地上に降りてくるのがいつも早過ぎることになるんだよ」

「僕は公爵夫人を送っていくことにしよう」と、大公は言った。「そして、最後に思い切って試してみることにする……そのあとは？」

「そのあとで」と、ヴェンドラミンはいきおいよく言った。「フロリアンに僕を迎えに来ると約束してくれないか？」

「承知した」

多くのヴェネチア人と同じく、ヴェンドラミンと大公は現代ギリシャ語が話せ、この会話もギリシャ語で交わされたので、公爵夫人とフランス人には分からなかった。公爵夫人とエミリオとヴェンドラミンは三人とも、抜け目なく見合ったり、鋭い視線を投げ合ったり、婉曲な目つきをしあったり、横目でやり取りしたりしながら、イタリア式の視線を交わして理解し合っていたが、医者は、こうした彼らを結びつけている興味の輪からは大いに外れていた。とは言え、とうとう真実の一部を垣間見ることができた。公爵夫人はヴェンドラミンに熱心に頼んでいて、この若いヴェネチア人に、エミリオへの彼女の提案を予め指図しておいた。というのは、カターネオ夫人は、ティンティ嬢のことはまだ嗅ぎつけていなかったが、エミリオが彷徨っている澄み切った天空の中で恋人が味わっている苦悩を嗅ぎつけていたからだった。

「あの二人の若者は気違いですな」と、医者は言った。

「大公のことについては」と、公爵夫人は答えて言った。「あの人をお治しする世話は、わたしに任せておいてくださいませ、ヴェンドラミンについては、この崇高な音楽を聴かなかったのでしたら、おそらく治療は無理でしょうね」

「彼らの狂気がどこから来るものかお知らせいただければ、わたしが彼らを治すことができるのですが！」と、医師は叫んだ。

「偉大な医者がもう占い師ではなくなったのは、いつからですの？」と、公爵夫人はからかい半分に訊いた。

バレエはずいぶん前にすでに終わり、『モーゼ』の第二幕が始まっていて、平土間は熱心に聞き入っていた。カターネオ公爵が、この日の女神、クラリーナにジェノヴェーゼがどれほど迷惑をかけたかを指摘し、説教をしたという噂がすでに広まっていた。素晴らしい二幕を誰もが期待していた。

「王子と父親の場面で幕が開きます」と、公爵夫人は言った。「二人はヘブライ人たちを嘲りながらも再び譲歩しますが、しかし、彼らは怒りで身を振るわせています。父親は息子の間近に迫った結婚話にほっとしますが、息子の方は、自分の恋が四方八方から妨げられ、この妨げに恋心はますますつのる一方で、悲嘆に暮れています。ジェノヴェーゼとカルタジェノーヴァが素晴らしい歌を聞かせますわ。お分かりでしょう、テノールのジェノヴェーゼが平土間と平和条約を結んでいますわ。彼は、この音楽の持つ宝をなんと見事に活かしていることでしょう！……主音《トニック》で息子が歌い、属音《ドミナント》で父親が繰り返す楽句は、この音楽作品の土台になっている単純で荘重な方式によるもので、そこでは、手段を簡素化することで音楽が一段と驚くほど豊かになっています。エジプトがそっくりそこにあるようですわ。このような高貴さが漂う作品が現代にあるなんてわたしには信じられませんわ。王の重々しく威厳のある父親としての姿が、壮麗なこのフレーズの中に、作品全体を支配している大掛かりな様式に適うこのフレーズの中に表現されています。確かに、ファラオの息子が自分の苦悩で父親の胸を溢れさせ、それを父親に味わわせている姿は、こうした壮大な光景を通じてしかうまく表わし出せませんわ。この古代の王国にわたしたちが認めているような華麗な感じを、あなたご自身お感じになりませんか?」

「崇高な音楽ですとも!」と、フランス人は言った。

「女王がこれから歌う《わたしはやすらぎを奪われた《ラ・パーチェ・ミア・スマリータ》》のアリアは、あの技巧を凝らした華麗《ブラヴーラ》なの一つで、作曲家なら誰でも作るものですが、詩の全体的な構想から言えば邪魔になっても、プリマドンナの自尊心を満足させなければ、そのオペラはしばしば存在しないことにもなりかねません。けれども、この音楽上の《饒舌》はあまり窮屈な形に作られてはいませんから、すべての劇場で、原作通りに演じられています。このアリアは歌い手の能力がひときわ冴えるアリアですので、女性歌手たちは、たいていのオペラでしているようには、自分のお気に入りのアリアを代わりに歌うなどということはありませんのよ。ようやく、この作品の一番輝かしいところに来ました。地下室のオシリスとエルシアの二重唱で、オシリスは出発しようとしているヘブライ人たちから彼女を奪い、彼女といっしょにエジプトから逃げようと、この地下室に彼女をかくまおうとしています。二人の恋人は、アマルティアに通報しにいったアロンがやって来たので邪魔され、ここで四重唱の王《声も出ず、わたしは死にそうだ《ミ・セント・モリーレ》》が歌われます。この《声も出ず《ミ・マンカ・ラ・ヴォーチエ》》は、すべてを乗り越える、音楽様式の大破壊者である〈時〉をも乗り越えるあの傑作の一つですわ。と言うのも、これは、けっして変わることのない魂の言葉から取られたものだからです。モーツァルトには他の誰のものでもない『ドン・ジョヴァンニ』の有名なフィナーレがありますし、マルチェロ〔一六八六―一七三九。ヴェネチア生まれのイタリアの音楽家〕には詩篇『天は神の栄光を語り給えり』が、チマローザには『現われたもう前に』が、ベートーヴェンには『交響曲ハ短調五番』、ペルゴレージには『み母はたたずみ給えり』、そしてロッシーニは《声も出ず》を残すでしょう。ロッシーニの場合、感心すべきなのは、とくにその驚くほどの流暢さでして、ほんとに流暢に形を変化させていくのですわ。こうした偉大な効果を上げるために、ロッシーニは同度のカノンという古い様式に依り、同じ一つの旋律に音声を導入して、それらをそこにおいて融合させたのです。この神々しいまでの叙情的旋律《カンティレーナ》の形式は新しいものでしたから、それを古い枠組みの中に据えて、よりはっきりさせるために、ハープの分散和音だけに声音の伴奏をつけ、オーケストラの音をなくしたのです。細部においてこれ以上才知を見せることも、全体の効果においてこれ以上偉大さを示すことも不可能ですわ。あらまあ！　また騒いでますわ」と、公爵夫人は言った。

　カルタジェノーヴァとの二重唱を非常に見事に歌ったジェノヴェーゼは、今度はティンティに対して自分の役を演じることになった。ところが、彼は大歌手から、すべての合唱団の中でも一番下手くそな歌手にまで落ちてしまった。これまでフェニーチェ劇場の丸天井まで揺さぶった中でもかつてないほどの、ものすごい騒ぎが起こった。騒ぎはティンティの歌を聞いてやっと収まったが、彼女はジェノヴェーゼが恋に夢中なあまりに引き起こした邪魔立てにぷんぷんに腹を立て、《声も出ず》を、どんな女歌手も真似できないような歌い方で、歌って見せた。熱狂振りは頂点に達し、観客たちは、憤りと怒りから激しい法悦へと変わった。

「彼女はわたしの魂を緋色の波で満たしてくれる」と、カプラーヤは彼女の方に片手を差し伸べ、女神《ディーヴァ》ティンティを祝福しながら言った。

「天が惜しみなく彼女のこうべに恵みを垂れんことを！」と、一人のゴンドラの船頭が彼女に向かって叫んだ。

「ファラオは命令を撤回しようとします」と、公爵夫人は平土間の昂奮が鎮静する間に言葉を続けた。「モーゼは、エジプトのすべての長子たちはみな死ぬとファラオに予言し、天上の雷鳴の音が入るとともに、ヘブライ人たちのラッパが鳴り響くあの復讐のアリアを歌いながら、王座に座るファラオを雷に打たせようとします。しかし、間違わないでくださいね、このアリアはパチーニ〔一七九六―一八六七。数多くのオペラを書いたイタリアの作曲家〕のアリアなんです、カルタジェノーヴァがロッシーニのアリアと入れ替えたものですの。この《恐怖《パヴェンタ》》のアリアはおそらく総譜の中に組み入れられて残るでしょう。バスの歌手には、声の豊かさを繰り広げるチャンスを大いに提供してくれますから。そして、ここでは表現力が、そんな細かい博識より勝っていればいいわけですからね。もっとも、このアリアは、威嚇的なところが素晴らしいんですわ、ですから、これを長い間歌わせておいてくれるかどうか分かりませんけれど」

ブラヴォーと拍手の祝砲が起こり、あとに深い、慎重な静寂が続いてアリアを迎えた。この、すぐに収まってしまう奔放な態度くらい、意味明白で、ヴェネチア的なものはない。

「オシリスの戴冠式を告げる《行進曲の速さで《テンポ・ディ・マルチア》》については何も申しあげません。父親は、これでモーゼの威嚇に敢然と立ち向かおうとするのですが、これは聞くだけで十分ですわ。〈オーストリア人たち〉の有名なベートーヴェンも、これ以上壮大な曲は何も書いておりません。この行進曲は地上的虚飾に満ち満ちていて、ヘブライ人たちの行進曲と見事な対立を見せています。それらをお比べになってみてください、そうすれば、音楽がここで前代未聞の豊かさを見せていることがお分かりになるでしょう。エルシアは、二人のヘブライ人首長の面前で自分の愛を宣言し、その愛をこの素晴らしいアリア《あなたの愛するお手を他の女に与えよ《ポルゲ・ラ・デストラ・アマータ》》で、犠牲にするのですわ。ああ！　なんと言う苦しみでしょう！　観客席をご覧になりまして？」

「ブラヴォー！」ジェノヴェーゼが雷に打たれて倒れると、平土間が叫んだ。

「嘆かわしい仲間から解放されたティンティの歌《ああ！　憐れなエルシア！《オ・デソラータ・エルシア》》がこれから聞けますわ、神から拒絶された愛が叫ぶ、聞くも恐ろしいカヴァティーナ〔アリアより単純な独唱曲〕ですのよ」

「ロッシーニよ、君の天才が君に書き取らせたものがかくも見事に歌われるのを、君はどこにいて聴いているのか」と、カターネオは言った。「クラリーナはロッシーニに匹敵すると思わないかね？」と、彼はカプラーヤに訊いた。「炎の息吹が胸から出て、何か軽やかな物質によって空中に膨れ上がり、それをわれわれの耳が吸い込むと、うっとり恋に浸るようにわれわれを天上へと誘う、そんな炎の息吹でこれらの楽音に生命を与えるためには、どうしたって神でなければなるまい！」

「彼女は、あのインドの美しい植物のようだね、地面から突き出て、空中から目に見えない栄養分を集め、そして、白い渦巻になって丸まっている萼《がく》から芳香の雲を放つ、その芳香を嗅いだわれわれは、脳の中に夢を開花させるのだ」と、カプラーヤは答えた。

アンコールで呼び戻されたティンティは一人で登場し、拍手喝采に迎えられ、みんながそれぞれに指の先で送る、無数の接吻を受けた。人々は薔薇の花を彼女に投げ、花の冠までこしらえて投げた。この冠のために何人もの女性が自分の帽子《ボンネット》の花を提供したが、それらはほとんど全部、パリのモード店から送られて来たものだった。みんなは再びカヴァティーナを要求した。

「ルラドがお好きのカプラーヤは、この曲をどんなにじりじりしながら待ったことでしょうね、これは上演して初めてその値打ちが出て来るものですから」と、そのとき公爵夫人は言った。「ここで、ロッシーニは女性歌手の気紛れに、言ってみれば手綱を掛けているのです。ルラドと女性歌手の魂がここではすべてです。平凡な声とか平凡な上演では、これはゼロになってしまいますわ。このパッセージの絶妙な技巧を、声帯が発揮する必要があります。女性歌手は最大の苦悩を表現しなければなりません、目の前で恋人が死んでいくのを見ている女の苦悩をですわ！　ティンティは、お聞きのように、一番の高音を客席に響かせ、ロッシーニは、純粋な芸術である声音に思いのままに力を発揮させるために、ここに明確で率直なフレーズを書いています、彼は最後の努力を振り絞って、この音楽の悲痛な叫びを作り出しました、《苦悩《トルメンティ》よ！　不安《アファニィ》よ！　狂気《スマニイーエ》よ！》。なんという叫びでしょう！　このルラドにはどれほどの苦悩がこもっているでしょう！　ティンティはご覧の通り、その崇高な努力でもって客席を熱狂させましたわ」

フランス人は、たかが楽しみのために観客全部を巻き込んでいるこの愛好者の熱狂振りを見て呆気に取られたが、本当のイタリアを少しばかり垣間見たような気がした。ところが、公爵夫人も、ヴェンドラミンも、エミリオも、再び始まったティンティ嬢に対する熱烈な拍手にはまったく注意を払っていなかった。公爵夫人は、これきりでエミリオに合えなくなるのではないかと心配だった。大公の方はと言えば、公爵夫人、彼を天上へと連れていったこの堂々とした女神を前にしながら、自分がどこにいるのかも分からなかったし、地上の愛欲の手ほどきをしてくれた女の官能的な声音も耳に入らなかった。というのも、恐ろしい憂鬱に襲われ、大雨の音のようなざわめきの音を伴った哀れっぽい声の合唱が、彼の耳に聞こえていたからである。このとき、ヴェンドラミンは行政長官の服を着て、半人半牛の儀式〔昔ヴェネチアの統領が行った海との婚姻式〕を見ていた。フランス人は大公と公爵夫人との間の奇妙だが痛ましい謎をついに見抜き、それを納得するのにいたって才気に富んだ推測を重ねているところだった。舞台は変わっていた。砂漠と紅海を表わす美しい装置の真ん中でエジプト人たちとヘブライ人たちが動き回っていたが、このボックス席の四人を虜にしていた物思いは、それによって乱されることはなかった。だが、ハープの最初の和音が、解放されたヘブライ人たちの祈りの場面を告げると、大公とヴェンドラミンは立ち上がって、それぞれボックス席の仕切り壁の一つに寄りかかり、公爵夫人は左手で頭を支えながら、ビロードの手摺りに片肘をついた。

フランス人はこれらの動作を見、有名になるのも当然なこの曲に観客全部が重きを置いていることに気づいて、一心に耳を傾けた。観客全部が度が過ぎるくらいに拍手して、祈りの歌をもう一度聞かせろと迫った。

「イタリア解放を目の当たりにしているみたいだ」と、一人のミラノの男は考えを口に出した。

「この音楽はうつむいた頭をもたげ、麻痺しきった心にも希望を与える」と、ロマニア地方の男が叫んだ。

「ここでは」と、感動しているのがありありと見て取れるフランス人を見て、公爵夫人は言った。「知識は消えて、霊感だけがこの傑作を書き取らせたのですわ、愛の叫びのように、この傑作は魂から迸り出たものです！　伴奏の方は、ハープの分散和音から成っていて、オーケストラは、この天上のテーマが最後に繰り返されるときにしか展開しません。ロッシーニは、この祈りにおいてより高く上ることはもうけっしてないでしょう。ロッシーニはみな同じくらい見事に作りますが、でも、これ以上見事に作ることはけっしてありませんわ。崇高さと言うものは、いつでもみな変わらないものです。ですが、この歌もまた、端から端まで全部彼独自のものであるといった、そういうものの一つなのです。こんな構想と同じようなものは、神々しいマルチェロの詩篇にしか見出すことはできないでしょう、マルチェロは高貴なヴェネチア人で、音楽におけるこの人は、ちょうど絵画におけるジョットと同じです。さて、フレーズの形式はわたしたちのうちに無限の旋律をもたらしながら展開していきますが、そのフレーズの荘厳な響きは、宗教的天才たちが創造したもっとも豊かな響きに等しいものです。手法の単純さは見事ですわ。モーゼはト短調で主旋律を歌い始め、変ロ調の終止形で終わりますが、それが終わると今度は、合唱団が、まず変ロ調のピアニッシモで主旋律を再び取り上げてから、ト短調のカデンツァで主旋律を戻すという風になっています。高貴なこの声の演奏は三度繰り返され、最後の詩節においてト長調のストレッタで終わりますが、このストレッタの効果は、魂を陶然とさせるものがありますわ。奴隷の身分を抜け出したこの民族の歌は、天上へと上って行きながら、天界から落ちてくる歌に出会っているような気がします。いくつもの星が、解放された大地の陶酔に喜びながら答えています。これらのモチーフの周期的に現われる調和感、歌の爆発と元への復帰を準備するゆっくりした音の漸次的推移の高貴な味わい、それらが魂のうちに天上の光景を繰り広げてくれるのです。半ば開かれた天上界、黄金のシストルム〔古代エジプトの打楽器〕を持った天使たち、香料を入れた吊り香炉を揺り動かしながら平伏している熾天使たち、不信心者を打ち破ったばかりの、炎の剣にもたれた大天使たち、これらが目に見えるような気がしませんでしょうか？　想念を蘇えらせてくれるこの和声の秘密は、思いますに、至極稀れな人間作品の持つ秘密なのですわ。この和声はわたしたちを、ちょっとの間、無限の中へ投じ入れてくれ、わたしたちはその無限の感じを抱き、神の王座の周りで歌われる旋律と同じように、果てしなく拡がる旋律の中に、その無限を垣間見るのですわ。ロッシーニの天才は、わたしたちを信じられないほどの高さへと導いていってくれます。そこから、わたしたちには約束の地が見えますが、天上のほのかな光に優しく撫でられるわたしたちの目をそこへ投じても、地平線には出くわしません。ほとんど恋から癒えたエルシアの最後の叫びは、この感謝の賛歌に地上の愛を結びつけます。このカンティレーナ〔声楽曲などにおける叙情的旋律〕は天才のひらめきですわ。――お歌いなさいな」と、さきほど聞いたのと同じように暗い情熱を込めて歌う最後の詩節を聞きながら、公爵夫人は言った。「歌いなさい、あなたたちは自由の身なんですもの」

この最後の言葉の響きに、医者は身震いした。そして、公爵夫人をその苦い思いから引き離すために、ティンティのアンコールによってみんなが騒いでいる間に、医者は彼女に、その点ではフランス人に優る者がないあの喧嘩を仕掛けた。

「奥様」と、彼は言った。「また明日聴きに参りますが、わたしは、あなたのおかげでこの傑作の手法や効果について理解し、そしてあなたはこの傑作を説明して下さるとき、音楽の色と、音楽が描いているものについてたびたびお話しくださいましたね。熱狂者の中にも、音楽は音でもって描くのだとわたしたちに信じさせようとする連中がおりますが、しかし、わたしは分析家として、また物質主義者として、正直申しまして、この主張にはいつも憤慨させられるのですな。これは、あたかも、ラファエロの賛美者が、ラファエロは色を用いて歌っているのだと主張しているようなものではないでしょうか?」

「音楽の言語においては」と、公爵夫人は答えた。「描くというのは、音によって、わたしたちの心の中にあるいくつかの思い出とか、あるいはわたしたちの知能の中にあるいくつかのイメージを呼び覚ますことですわ、そして、その思い出なり、イメージなりはそれぞれの色を持っていて、それらの色は悲しい色だったり、陽気な色だったりします。あなたは言葉のことでわたしたちを攻撃しているんですのね、ただそれだけのことですわ。カプラーヤによりますと、楽器にはそれぞれ自分の使命があって、それぞれの色がわたしたちの中のある感情に応えるように、ある観念に訴え掛けます。青い地の上に描かれた金色の唐草模様を見たときに、黒か緑の地の上に描かれた赤い唐草模様があなたに呼び起こすのと同じ考えをあなたはお抱きになりますか? このどちらの絵にも、人物像を表わすものもないし、感情も表現されていません。それは純粋に技術によるものですが、それにもかかわらず、それらを見たとき、どんな魂も無感動ではいませんわ。オーボエは、ほとんどの管楽器がそうであるように、すべての精神に田園的なイメージを呼び覚ます力を持っていませんでしょうか？　また、金管楽器は何か戦闘的なものを持っていませんでしょうか？　それはわたしたちのうちに、いきいきとした感情、なにか少し猛々しい感情を繰り広げないでしょうか？　弦楽器の材料は有機的なものから取られていますが、それら弦楽器はわたしたちの体組織のもっとも繊細な繊維組織を襲ってきませんでしょうか？　わたしたちの心の奥に侵入して来ませんでしょうか？『モーゼ』の導入部で使われた音調の暗い色とか冷やかさについてお話しましたとき、あなた方の批評家たちがこれこれしかじかの作家の色《カラー》についてお話になっているのと同じことで、わたしは真実を話していませんでしたかしら？　神経質な文体とか、蒼ざめた文体とか、生きた文体とか、色鮮やかな文体というものをお認めになりませんの？《芸術》は言葉や、音や、色や、線や、形で描き出します、その手段はさまざまでも、結果は同じですわ。一人のイタリア人建築家が、わたしたちを、暗かったり、高さがあったり、生い茂っていたり、じめじめしていたりする並木道を連れ歩いて、不意に水や花々や建造物でいっぱいの、太陽の光がさんさんと降り注ぐ谷間の前に連れていったとしたら、ちょうど『モーゼ』の導入部がわたしたちに引き起こす感動をあなたに与えることになりますわ。壮大な努力を重ねながらも、諸芸術は自然の偉大な光景を表現するものに過ぎないのです。わたしはそれほど造詣が深くありませんから、音楽とは何ぞやという、音楽の哲学には入っていけませんわ、行ってカプラーヤにお訊ねになってくださいませ、あの人の話すことをお聞きになったら、驚かれるでしょうね。あの人によりますと、それぞれ楽器は、自分の表現手段として、持続時間と、人間の息あるいは手を使用しますが、表現様式そのものとしては、固定している色や、限界を持った言葉より優れていると言うのです。音楽言語は無限の広がりを持ち、すべてを含んで、すべてを表現することができます。では、あなたが今お聞きになった作品のどういうところが優れているのか、お分かりになるでしょうか？　手短に申しあげますわ。まず、二種類の音楽があります。一つは小型で、卑俗で、二流で、どこでもみな似通ったもので、それぞれの音楽家が我が物顔に横領している百ものフレーズを基にした、大部分の作曲家がそれで生計を立てている、多少とも心地よいおしゃべり風のものですわ。彼らの歌、彼らのいわゆるメロディーを聞いて、みんな多かれ少なかれ楽しみはしますが、それらのどれ一つとして、絶対に記憶に残るものはありませんわ。百年経てば、忘れられてしまいます。さまざまな民族が、古代から現在に至るまで、自らの風俗と習慣、ほとんど歴史と言っていいと思いますけれど、それらを要約しているいくつかの歌を貴重な宝物のように残して来ました。これらの国民的な歌の一つをお聞きになってみてくださいな（グレゴリオ聖歌はその種のものとして、先住民族の遺産を受け継いでいます）、あなたは深い夢想に落ちて、これらは基本原理や音楽的遺跡としては単純なものですけれど、かつて見聞きしたことのない、広大なものが、あなたの魂の中に拡がりますわ。ところで、世紀ごとに一人か二人の天才、それ以上はいないとしても、音楽のホメロスのような人がいて、神様はその人たちに時代に先んじる力を与え、そしてその人たちが、過ぎ去った既成の事実がいっぱいに盛られている、厖大な詩をはらんだ、そうしたメロディーを作るのです。どうか忘れずに、次のこの考えを覚えておいてくださいませ、それはあなたが繰り返し口にしてくださると、実り多きものになりますわ。その考えとは、時代を超える力を持つのはメロディーであって、和声ではないということです。このオラトリオの音楽は、こうした偉大で聖なるものをたくさん持っています。こうした導入部で始まり、こうした祈りで終わる作品というのは不滅です、「復活祭」の《おお、息子らよ娘らよ《オー・フィリイ・エト・フィリアエ》》のように、「死神」の《怒りの日《ディエス・イラエ》》のように、あらゆる国で、失われた栄光や歓喜や繁栄のあとになお生き残る全ての歌のように、不滅ですわ」

ボックス席から出るときに公爵夫人が拭った二滴の涙は、もはや失われてしまったヴェネチアのことが彼女の頭について離れないことを十分に物語っていた。そのため、ヴェンドラミンは彼女の手を取ってくちづけをした。

オペラの上演は珍妙極まりない呪いの言葉の合唱と、ジェノヴェーゼに限りなく浴びせ掛けられる口笛のやじと、それとティンティ嬢に肩入れする熱狂的な発作のうちに終わりを告げた。ずいぶん久しく、ヴェネチア人たちはこれほど活気づいた舞台を見たことがなかった。イタリアではけっして事欠かなかったこの対立によって、いまやっと、彼らの活力も奮い立ったのである。イタリアでは、どんな小さな町も、常に二つの党派の対立する利害によって生存して来た。イタリア各地におけるギベリン党とゲルフ党、ヴェロナにおけるカプレット家とモンターグ家、ボローニャにおけるゲレメイ家とロメリ家、ジェノバにおけるフィエスキ家とドーリア家、ローマ共和国における貴族と民衆、元老院と護民官、フィレンツェにおけるパッツィ家とメディチ家、ミラノにおけるスフォルツァ家とヴィスコンティ家、ローマにおけるオルシニ家とコロンナ家など、要するに、いたるところ、あらゆる場所で、同じ運動が見られたのである。街の通りでは、すでにジェノヴェーゼ派とティンティ派ができていた。大公は公爵夫人を家まで送ることになったが、彼女の方はオシリスの愛を思って打ち沈んでいた。彼女は、自分にとっても何か同じような破局が起きるのではないかと思った。そして、エミリオを自分のそばに引き止めておこうとするかのように、できることと言えば彼を胸に抱きしめることだけだった。

「約束を忘れないでくれたまえ」と、ヴェンドラミンは彼に言った。「広場で君を待っている」

ヴェンドラミンはフランス人の腕を取り、大公を待つ間、サン＝マルコ広場を散歩しないかと提案した。

「彼が戻って来なければ幸いなんですがね」と、彼は言った。

この言葉を機に、フランス人とヴェンドラミンの間に会話が始まった。ヴェンドラミンは、この時だから医者に相談してみるのも悪くはあるまいと見て、エミリオが置かれている特異な状況を彼に話して聞かせた。フランス人は、何かと言えばすぐに彼らが仕出かす振る舞いを見せかけた、つまり、笑い出したのである。ヴェンドラミンはこのことをひどく深刻な問題だと思っていたので、憤慨した。しかし、このマジャンディ、キュヴィエ、デュピュイトラン、ブルーセー〔いずれもほぼバルザックと同時代の高名な医学・博物学の学者〕の弟子が、大公をその極度の幸福から癒し、彼が公爵夫人の周りを雲のように囲んでいる天上の詩を払い除けることができるように思うと言ったため、彼の怒りは収まった。

「幸せな不幸ですな」と、彼は言った。「古代の人間は愚かではありませんでしたから、彼らの澄み切った空と物理学の観念とがそんなものを想定させることはありませんでした。彼らは、イクシオンの神話〔ギリシャ神話・ゼウスの妻ヘラに恋し、ゼウスはヘラに似せた形を雲に与え、イクシオンはヘラを手に入れたつもりでこの雲と交わるが、結局永遠に回転する地獄の火炎車に縛り付けられる〕で、肉体を破棄して精神をあらゆる物の至高のものとする、そんな力を描こうとしていますからな」

ヴェンドラミンと医者は、ジェノヴェーゼが幻想に取りつかれたカプラーヤに付き添われてやってくるのが目に入った。音楽狂は、《大失態《フィアスコ》》の本当の原因を知ろうと心から望んでいた。テノール歌手はこの点を質問されるや、情熱のあまり酔ったように思いついたことを喋りまくる男のように、喋り始めた。

「そうです、あなた《シニョール》、わたしは彼女を愛していますよ、もう夢中ですとも、女たちに飽きてしまってからというもの、自分がこんなに夢中になれるとはとても信じられなかったんですが。女はひどく芸術の妨げになりますから、いっしょにいて快楽と仕事をこなしてはいけません。クララは、わたしが彼女の成功に焼きもちを焼いて、ヴェネチアで彼女が大ヒットするのを邪魔しようとしたんだと思っています。でも、わたしは楽屋で彼女に拍手喝采して、客席全部併せたよりも激しく《女神！《ディヴァ》》と叫んだくらいですからね」

「しかしね」と、突然現われたカターネオが言った。「それじゃあ説明にならんよ、どうして君は、崇高な歌い手から、一番下手くそな歌手になったか、のね。咽喉から空気を出しながら、われわれをうっとりさせるあの魅惑的な心地よさというものをその空気に乗せられない、そんな連中の中でも、もっともお粗末だったんだぞ」

「わたしが」と、歌の名手は言った。「わたしが下手な歌い手になったですって、音楽の一番の大家たちと肩を並べるこのわたしが！」

このとき、フランス人医師、ヴェンドラミン、カプラーヤ、カターネオ、それにジェノヴェーゼは小広場まで歩いて来ていた。真夜中だった。ジュデッカの端にあるサン＝ジョルジョ及びサン＝パオロの両教会と、税関及びサンタ＝マリア・デラ・サルーテ教会を先端に置いていとも華やかに開く大運河の開口部の、それらが描き出している輝かしい湾、この壮麗な湾は今、穏やかに波打っていた。月はスラヴォーニャの沿岸に並ぶ船を照らしていた。大海の大波の影響を少しも受けず、ヴェネチアの水面はまるで生きているかのように見えた。それほど、そこには無数の輝く金箔の小波が無数にゆらめいていた。いままでに、歌手がこれ以上素晴らしい舞台に立ったことはなかった。ジェノヴェーゼは、大げさな身振りで空と海とを証人にした。それから、海の呟きだけを伴奏に、クレッシェンティーニが得意とする傑作《愛しき影《オングラ・アドラータ》》〔ツインガレリの『ロミオとジュリエット』中のアリア〕を歌った。月光を浴びたがらんとしたヴェネチアの真ん中で、サン＝テオドーロとサン＝ジョルジョの名高い立像の間から立ち昇るこの歌、この舞台にぴったり調和した言葉、ジェノヴェーゼの憂鬱な表情、その何もかもが、ここにいるイタリア人たちとフランス人の心を魅了したのだった。最初の文句を耳にするや、ヴェンドラミンは顔中が大粒の涙でいっぱいになり、カプラーヤは総督宮の立像のように身じろぎもしなくなった。カターネオも強い感動を覚えているようだった。フランス人は驚き、すっかり考え込んでしまった。さながら、自分の基本的公理の一つが粉微塵になってしまう、そんな現象に襲われた学者みたいだった。この四人は知性もそれぞれ非常に異なっており、その将来性もはなはだ乏しく、自分のためにも、のちの人のためにも何一つ信じようとしない、

まるで草やなにか甲虫のように、束の間の、気紛れな姿を取っているのだと自分に諦めているような人たちだったが、それが天上を垣間見たのである。音楽が、聖なるという形容詞にこれ以上見事に当てはまることはなかった。心慰める声がこの歌手の咽喉から発せられ、甘美な、愛撫するような雲で魂を包むのだった。この雲は、月がそのとき、聴いている者の周囲に銀色に照らし出していた大理石の建物の頂上と同じく半ば目に見えて、天使たちの座る席になり、天使たちの羽が、恭しく羽ばたきながら、崇拝と愛を表現しているように見えた。この単純で素朴なメロディーは、われわれの内的感覚に浸透し、そこに光りをもたらすのだった。情熱はじつに神聖なものだった！　ところが、こうした高貴な感動に、テノール歌手の虚栄心はなんともとんでもない興醒めを用意していた。

「わたしは下手な歌手ですか？」と、アリアを歌い終わってから、ジェノヴェーゼは言った。

みんなは、〈楽器〉が天上界のものでなかったことを残念に思った。今聞いたこの天使のような〈音楽〉はしたがって、傷ついたプライドの感情から出たものだったのだ。この歌手は何も感じていなかったし、彼は、パガニーニが語らせようとするものをヴァイオリンが何も知らないのと同じで、自分がみんなの心に湧き起こす敬虔な感情も、神々しいイメージのこともまるで考えてはいなかった。みんなは、ヴェネチアが経帷子を持ち上げ、自ら歌を歌うのが見たいと思っていたのだったが、出てくる話題は、テノール歌手の《大失態》の話ばかりだった。

「こういう現象がなぜ起きるか、その意味がお分かりですか？」と、公爵夫人から深遠な思想家と教えられた人物に話をさせたいと思い、医者はカプラーヤに訊ねた。

「どんな現象で？……」と、カプラーヤが言った。

「ジェノヴェーゼですが、ティンティ嬢がいないときは素晴らしいのに、彼女のそばにいると、ロバが鳴いているようになってしまうことです」と、フランス人は言った。

「彼は秘密の法則に従っていて、その数学的証明は、おそらく誰かあなたの国の化学者がしてくれるでしょう。そして、次の世紀には、腹痛の起きそうな、細々した気紛れを連ねた代数や、棒線や、記号や、直線の入り混じった、XだのAだのBだのが一つに詰まった公式によって、その証明はなされるでしょうが、腹痛が起きそうだというのも、数学のきわめて優れた発明も、われわれの楽しみの総量には、大したものはつけ加えてくれないという意味からですよ。不幸にも、芸術家が表現したいと思っている情熱そのもので胸がいっぱいになり過ぎると、それを描き出すことはできないでしょうね、というのも、彼はそれを反映した姿ではなくて、情熱そのものだからですよ。芸術は脳の産物で、心の産物ではありませんからな。あなたの患者があなたを左右するとなると、あなたは彼の奴隷になって、主人ではなくなる。あなたは人民に包囲された王のようなものです。いざ上演しようというときになって、あまりに激しい感情を抱くのは、能力に対して感覚機能が暴動を起こすことですよ！」

「改めて試してみて、この点を納得すべきではないでしょうか」と、医者は聞いた。

「カターネオ、君は、君のテノール歌手とプリマドンナをもう一度顔合わせさせることができるね」と、カプラーヤは友人のカターネオに言った。

「みなさん」と、公爵は答えた。「わたしの家に夜食に来てください。テノール歌手とクラリーナを和解させなくてはなりません、そうでないと、ヴェネチアのシーズンはこのまま終わりになってしまいますからな」

申し出は受け入れられた。

「船頭たち！」と、カターネオが大声で言った。

「ちょっとお待ちください」と、ヴェンドラミンが公爵に言った。「フロリアンで、メンミがわたしを待っています。彼を一人で放って置きたくありません、今晩は彼を酔っ払わせてやりましょう、さもないと、彼は明日自殺しますよ……」

「なんていうことだ」と、公爵が叫んだ。「わたしはあの律義な若者を、我が家の幸せと将来のために失いたくない、彼を招待しよう」

みんなはフロリアンに戻った。そこでは大勢の人たちが激しい議論を闘わしていたが、テノール歌手を見るとそれもぴたっと止んだ。大公は、片隅の、回廊に面した窓のそばに、暗い顔をして、じっと目を据え、手足も動かさずにいたが、その姿は見るからに恐ろしい絶望の姿だった。

「この狂人は」と、医者はヴェンドラミンにフランス語で言った。「自分でも何を欲しているのか分からないのですね！　世の中には、マッシミラ・ドーニのような女性をこの世の万物から引き離して、いかなる力をもってしても現世では実現できない理想の壮麗さでくるみながら、天上で所有することができるという、そういう男がいるものです。彼は、恋人がいつも崇高で、純粋であるのを見ることができるし、わたしたちが今海岸で聴いたと同じものをいつも自分の心の中に聞くことができるし、二つの炎の

目に見つめられながら、いつも生きることができるのです。この炎の二つの目が、彼に、ティッツィアーノが『聖母昇天』の中で聖母の周りに描いたような、また、ラファエロがある啓示の後に『キリストの変容』のために最初に創造したような、熱っぽく、金色の雰囲気を作り出すのです。ところがこの男はただもう、この詩を下手に描くことしか願っていません！ わたしが協力すれば、このただ一人の女性の中に、彼の官能的な愛と天上の愛とを結びつけることができますよ！ 結局、われわれの誰もがするようなことを彼もし、恋人を持てるようになるでしょう。彼は今まで女神を所有して来ましたが、不幸な男はそれを雌の女にしようというのです！ 申し上げておきますが、あなた、彼は天上を見捨てます、ですが、あとになって絶望のあまり死ぬことはないとは申し上げられませんね。おお、清らかで光り輝く卵形にほっそりと切り取られた女の顔よ、芸術が自然と闘って勝利を収めた被造物を思い起こさせるその顔よ！ 歩くこともかなわぬ神々しい足よ、地上の風が一吹きすれば折れてしまいかねない華奢な胴よ、けっして妊娠することのないすらりとした姿態よ、われわれが子供時代の終わるころにちらりと見かけ、密かに賛嘆し、望みもないまま熱愛し、飽くことのない欲望の光線を全身に浴びせた処女たちよ、もう二度と目にすることはないが、その微笑がわれわれの全生涯を支配するそなたたちよ、これまでいかなる快楽派の放蕩漢たちが、そなたたちを地上の泥の中に投げ込もうとして来たことか！ ところで、ねえ、あなた、太陽は三千三百万里も離れているからこそ、地球の上に輝き、地球を暖めています。そばに行ってみれば、熱くもなければ明るく光ってもいないことは、科学が教えてくれていますよ、科学も何かの役に立つというものです」と、彼はカプラーヤを見ながらつけ加えた。

「フランス人の医者にしてはまあまあですよ！」と、カプラーヤは、外国人の肩を指の先で叩きながら言った。「あなたは、ヨーロッパがダンテについてもっとも理解していないこと、つまり彼のベアトリーチェについて、説明してくれましたな！」と、彼はつけ加えて言った。「そう、この理想の姿、あらゆる女王の中から選ばれ、涙によって聖別され、追憶によって神格化され、欲望が叶えられないことで絶えず若返る、このダンテと言う詩人の幻想の女王、ベアトリーチェをね！」

「大公」と、公爵はエミリオの耳もとで言った。「わたしといっしょに夜食を取るために、家に来てくださらんか。憐れなナポリ男から妻と愛人を奪ったとなると、もう何も拒絶するわけにはいきませんですぞ」

このナポリ風のおどけた言葉は貴族らしい上品な口調で言われたので、思わずエミリオも笑みがこぼれ、腕を取られて、連れていかれるままになった。公爵はまず、カフェのボーイを一人自宅に送り込んだ。メンミ宮殿は大運河のサンタ＝マリア・デラ・サルーテのそばにあったので、そこに行くには、リアルト橋を通って徒歩で一回りして行くか、ゴンドラに乗って行くかしなければならなかった。しかし、客たちは別々になるのを好まず、ヴェネチアを横切って歩いていく方を選んだ。公爵は体が弱かったために、やむなく自分のゴンドラに乗っていくことになった。

午前二時頃、メンミ宮の前を通った人なら、宮殿の窓という窓から、大運河の水の上に光りが溢れ出していたのを見たに違いないし、階段の下で、ティンティ嬢に捧げるセレナーデということで、フェニーチェ劇場のオーケストラが演奏する『セミラミーデ』〔ロッシーニの二幕のオペラ〕の甘美な序曲を耳にしたに違いない。

客たちは三階の回廊で食卓についていた。バルコニーの上から、ティンティ嬢が感謝の印にアルマヴィーヴァ伯爵の《おやすみなさい《ブオナ・セラ》》(『セヴィリャの理髪師』)を歌っていた。その間、公爵の執事は、貧しい芸術家たちに主人の施しを配り、彼らを翌日の晩餐会に招待していた。これは、歌姫たちを庇護する大貴族たちや、男性歌手を庇護する貴婦人たちが果たすべき儀礼的役割だった。こういう場合、どうしても劇場の費用をそっくり負担しなければならない。カターネオは気前良く振舞った。彼は興行主の出資者でもあり、今シーズンは二千エキュもかかったのだった。彼は宮殿の家具を運んでこさせ、フランス人のコックを呼び寄せ、あらゆる国のワインを取り寄せておいた。そんなわけで、夜食もじつに、豪華そのものだった。大公はティンティの横に座らせられて、夜食の間ずっと、詩人たちによってすべての国の言葉で愛の矢と呼ばれるものを激しく身に感じていた。崇高なマッシミラの姿は、神の観念が孤独な学者の頭の中でときおり雲が掛かるように、ぼんやりかすんでいった。ティンティは、自分がエミリオに愛されているのを見て、この世で一番幸せな女だと思った。間違いなく彼を自分のものにできると思い、喜びに活気づき、それが顔にも出ていた。彼女の美しさはじつにいきいきと光り輝いていたため、だれもがグラスを飲み干しながら、感嘆の挨拶を込めて、彼女に向けてお辞儀をしないではいられないほどだった。

「公爵夫人もティンティ嬢とは比べものになりませんな」と、医者はシチリア女の炎のような目に見つめられ、持ち前の学説を忘れて言った。

テノール歌手はおずおずと食べ、飲んでいたが、どうやらプリマドンナの生活振りに合わせようとしているらしく、イタリアの男性歌手に特徴の、あの快楽に対する野蛮な常識というものが見えなかった。

「さあさあ、シニョーラ」と、ティンティに祈るような眼差しを向けて公爵は言った。「それと君だ、親愛なる第一男性歌手《カロ・プリモ・ウォーモ》君」と、彼はジェノヴェーゼに言った。「君たちの声を完全和音の中に一体化して見せてくれないかね。オラトリオの中の光りの到来のところだが、ハ長調の《なんという奇蹟《クアル・ポルテント》》を繰り返して、ルラドより和音の方が優れているということを、旧友のカプラーヤに納得させてやってくれないか！」

「彼女が愛している大公に打ち勝ってやりたい。なぜって、明々白白だものな、彼女は彼を熱愛しているんだ！」と、ジェノヴェーゼは心の中で言った。

　海岸で、ジェノヴェーゼの歌を聞いた客たちの驚きはいかばかりだったろう、彼らは、彼がぎゃーぎゃー喚き、くうくう鳴き、にゃーにゃー言い、きいきい叫び、ごろごろうがいし、うなり声を上げ、調子外れに歌い、吠え、叫び、鈍い喘ぎ声のように聞こえる音まで出すのを耳にしたのだ。ともかく、スルバランや、ミュリロや、ティッツィアーノや、ラファエロが描いた殉教者たちの顔のように、高揚した崇高な表情をした顔を、驚いている人々の目に曝しながら、意味不明の喜劇を演じているのを目の当たりにした。みんなは思わず笑ったが、ジェノヴェーゼが本気であることに気づくと、途端にその笑いは、ほとんど悲劇的と言っていいくらい真面目な面持ちに変わった。ティンティには、彼女の相棒が自分を愛していて、うその世界である舞台の上で本当のことを語ったのだということが分かったらしかった。

「可哀そうに《ポヴェリーノ》！」と、彼女は食卓の下で大公の手を撫でながら叫んだ。

「いやはや《ペル・ディオ・サント》」と、カプラーヤは叫んだ。「今君が歌った楽譜はいったいなんなのか、説明してくれないかね、ロッシーニ殺し君！　お願いだから、君の中に何が起こったのか、いかなる悪魔が君の咽喉の中で暴れたのか、われわれに言ってくれたまえ」

「悪魔ですって？」と、ジェノヴェーゼは言葉を継いだ。「音楽の神と言っていただけませんか。わたしの目は、聖チェチリアの目と同じように、天使たちを見ているんです、天使たちは炎の言葉で書かれた楽譜を、音符ひとつひとつ、指で指して後について来させるんですが、それでわたしはなんとか彼らと奮闘しようと努めているんですよ。なんと《ペル・ディオ》、わたしの言うことが分かっていただけませんか？　わたしを活気づける感情が、わたしの全身に、わたしの心臓と肺に、入り込んできたのです。わたしの魂とわたしの咽喉とはただ一つの呼吸をしているにほかありません。あなた方は、名の無い作曲家たちによって考えられた崇高な音楽を夢の中で聞いたことが一度もないんですか。その作曲家たちは、自然がどんな物にも注ぎ込んでおく純粋な音、彩を持った塊を作り出す楽器によってわれわれがなんとかうまく呼び覚ますその音を用います。しかし、その音は、この奇蹟のような合奏の中では、演奏家が不出来な演奏をしてもそれから放免されて、生み出されて来るのです。演奏家は感情そのものでも、魂そのものでもありえませんのでね……ところで、そんな奇蹟をわたしがあなた方に表現して見せると、あなた方はわたしをあしざまに言うんですね！　それじゃ、あなたがたも、わたしに口笛を吹いたフェニーチェ劇場の平土間の連中と同じくらい狂っています。芸術を見晴るかす山頂へわたしといっしょに登れないというそんな俗物は軽蔑していたんですがね、そして、優れた人たちや、一人のフランス人によって……おや、フランス人は帰ってしまいましたね！」

「もう三十分にはなる」と、ヴェンドラミンは言った。

「残念だな！　彼だったら、おそらくわたしのことを理解してくれたでしょうからね、芸術を愛する立派なイタリア人たちには、わたしのことは分かりませんとも……」

「さあ、さあ、さあ！」と、カプラーヤはにっこりしながら、テノール歌手の頭をこつこつ軽く叩いて言った。「神々しいアリオストのヒッポグリフ〔イタリアルネッサンス期の詩人アリオストの『狂乱のオルランド』で、この鷲の頭と羽を持つ馬身の怪物に主人公は月に運ばれていく〕に乗って疾駆し、君の輝ける空想の後を追いかけたまえ、音楽のテリアキ君〔インドの狂信的隠者、または阿片吸引者〕」

　実際、客はジェノヴェーゼが酔っているものと思い込んで、彼に話をさせたまま、誰も聞いてはいなかった。カプラーヤだけが、フランス人のした先ほどの質問を理解していたのだった。

　キプロス島のワインが利いてみんなの口が滑らかになり、めいめいお気に入りの話題に打ち興じている間に、医者は、ヴェンドラミンの書いた短い手紙を公爵夫人に届けさせてから、ゴンドラに乗って彼女を待っていた。マッシミラは夜の衣服のままでやって来た。それほど彼女は、大公の別れの挨拶が不安になっていたし、それと同時に、この手紙が意外にも彼女に期待を抱かせたのだった。

「奥様」と言って、医者は公爵夫人を座らせ、船頭たちに船を出すように命じた。「目下、エミリオ・メンミの命を救うことが重要です、それで、あなただけがその力をお持ちなのです」

「何をしなければならないんですの？」と、彼女は訊いた。

「ああ！　イタリアで賛美できる一番高貴なお顔をしていながら、あなたは、甘んじて汚らわしい役割をお引き受けくださいますか。あなたは、あなたが今いらっしゃる青い天空から、娼婦のベッドまで降りて来てくださいますか？　つまり、崇高な天使であるあなたが、純粋で穢れない美貌の持ち主であるあなたが、ティンティ嬢のところへ行って、彼女の愛がどんなものか見当をつけ、欲望に燃え上がるエミリオを騙すようにしてみせることを承諾してくださるか、ということです。それに、酔っていて、エミリオははっきり見えないでしょうしね」

「それだけですの？」と言って彼女はにっこりし、驚いているフランス人に、それまで気づかなかった、情愛深いイタリア女の素晴らしい一面を覗かせた。「恋人の命を救うためなら、必要とあれば、ティンティ嬢の上を行ってみせますわ」

「そして、夏の太陽の光で氷河の雪が溶けるように、山なす詩情によって、彼の中で二つに分かれている愛を、一つの愛に溶け合わせてくださいますね」

「あなたには、いつまでも本当に感謝申しあげますわ」と、真面目な顔で公爵夫人は言った。

フランス人の医者が回廊に戻ったとき、そこではすでに大饗宴がヴェネチア式馬鹿騒ぎの様子を呈していて、彼の晴れ晴れした顔つきは、ティンティ嬢の虜になっている大公の目に入らなかった。大公は彼女に、すでに味わったことのあるうっとりするような快美を期待していたのだった。ティンティは、正真正銘のシチリア女らしく、もうじき満たされようとしている気まぐれの恋を思い、その感動に浸り切っていた。フランス人がヴェンドラミンの耳に二言三言囁いた。と、ティンティはそれが不安になった。

「何をこそこそ相談していらっしゃるの?」と、彼女は大公の友人に訊ねた。

「あなたは思いやりのある娘さんですか?」と、手術者の見せる非情さで、医者は彼女の耳元で言った。

この言葉は、短剣が心臓に突き刺さるように、憐れな娘の頭に突き刺さった。

「エミリオの命を救うことが肝心なんだ!」と、ヴェンドラミンがつけ加えた。

「来てください」と、医者がティンティに言った。

哀れな歌姫は立ち上がると、テーブルの端へ行き、話を聞くためにヴェンドラミンと医者の間に挟まれて立った。こうして見ると、彼女は、懺悔聴聞僧と死刑執行人の間に挟まれた罪人みたいだった。彼女は長い間抵抗したが、エミリオへの愛のためについに屈した。医者の最後の言葉は、「そうすれば、あなたはジェノヴェーゼも治すことになるのですよ!」だった。

ティンティはテーブルを廻ってテノール歌手に一言話した。彼女は大公のところに戻ると、頸を抱きしめ髪にキスをした。その絶望の表情は、理由を知っているただ二人の人間、ヴェンドラミンと医者の心を打った。それから、彼女は立って行き、自分の部屋に飛び込んだ。エミリオはジェノヴェーゼがテーブルを離れ、カターネオがカプラーヤと長い音楽論議に没頭しているのを見てとると、ティンティの部屋のドアへ忍び寄り、ドアカーテンを持ち上げると、鰻が泥の中に潜り込むように姿を消した。

「さて、カターネオ」と、カプラーヤは言った。「君はすべてを肉体的享楽に求めた。それが今や、色とりどりに傷ついたボール紙の道化役者《アルルカン》みたいに、一本の糸で人生に吊るされて、和音の一本糸を操ってくれないと踊ることもできなくなっている」

「だが君は、カプラーヤ、すべてを思想に求めた、君も同じ状態なのではないのかね、ルラドに馬乗りになって生きているんではないのか？」

「わたしはな、全世界をこの手に所有している」と、カプラーヤは片手を伸ばして、一国の王のようなジェスチャーをして見せた。

「ところがわたしは、もうその全世界とやらを食い尽くしてしまったよ」と、公爵はやり返した。

二人は、医者とヴェンドラミンがもう帰ってしまって、自分たちだけになっていることに気づいた。

翌日、幸福な夜のうちでももっとも幸福だった夜を過ごしてから、大公の眠りは一つの夢に邪魔された。彼は、天使がいくつもの真珠の粒を彼の胸の上に零すのを感じ、目を覚ました。彼の胸は、マッシミラ・ドーニの涙でしとどに濡れていた。彼は彼女の両腕に抱かれていて、彼女は彼の寝姿をじっと見ていたのだった。

ジェノヴェーゼは、その晩、フェニーチェ劇場で『セミラミーデ』中の役を完璧に歌って見せた。彼の仲間のティンティが彼を午後の二時前まで寝かせておいたのだが、そしてそれはテノールの声には良くないということだったが、彼はティンティとともに何度もカーテンコールを受け、新たな花輪が贈られ、平土間は歓喜に酔いしれ、テノール歌手はもはや、あの天使の方法の魅力でもってプリマを魅惑しようとは考えなかった。

ヴェンドラミンは、フランス人の医者が治すことのできなかったただ一人の人間だった。もはや存在しない祖国への愛は手の施しようのない情熱である。この若いヴェネチア人は、彼の十三世紀の共和国に生き、阿片がもたらした共和国というこの大きな娼婦とともに寝、そして衰弱しきってまた現実生活に戻るという、そんな生活をさんざん続けた結果、友人たちに同情され、深く愛されて、とうとう亡くなった。

この物語の結末をどう述べたらいいだろうか、というのは、それは恐ろしく平凡だからである。《理想》の賛美者たちには一言で十分だろう。

公爵夫人は妊娠したのである。

いにしえの仙女たち、水の精たち、妖精たち、空気の精たち、ギリシャの女神たち、パヴィーア修道院の大理石の聖処女たち、ミケランジェロの『昼』と『夜』、初めてベリーニが教会画の下部に飾った小天使たち、ラファエロが『寄進者と聖処女』とドレスデンで凍えている『システィーナの聖母』の下部に神々しいばかりに描いた小天使たち、フィレンツェのサン＝ミケーレ教会にあるオルカーニャの描く魅力的な娘たち、ニュルンベルグのサン＝ゼーバルト教会の墓の聖なる合唱団、ミラノのドゥオーモの幾人かの聖処女たち、数多くのゴシック様式のカテドラルの娘たち、あなた方理解のある芸術家のところへ自らの外形を打ち壊してやってくる女のあらゆる仲間たち、これら肉体のない天使のような娘たちがみんな、マッシミラのベッドの周りに駆けつけ、そこで泣いた！

パリ、一八三九年五月二十五日

# ファチーノ・カーネ

私市保彦 訳

わたしは、そのころ、レディギエール通りというみなさんがたぶん知らないような小さな通りに住んでいた。レディギエール通りは、バスティーユ広場にほど近い、サン＝タントワーヌ通りの水汲み場のまえからはじまり、スリゼ通りに抜ける路である。学問に愛情をささげていたわたしは、その通りのとある屋根裏部屋に身を落ち着け、そこで夜のあいだは勉学にはげみ、昼間は近くの王弟殿下《ムッシュー》図書館〔現在のアルスナル図書館で、当時は当館の持ち主のルイ十四世の末弟アルトワ伯がムッシューと呼ばれていたところから、この名が館名となっていた〕ですごしていた。わたしはつましく暮らし、勉学にはげむ者にとって必要とあらば、修道院生活のような暮らしぶりをすべて受けいれていた。天気がいいときにも、ブルドン大通りを散歩することはほとんどなかった。勉学に打ちこむという日常的慣習からわたしを外に引き出すものは、たったひとつの情熱だけであったが、それもまた勉強のひとつだったといえなかったろうか？　わたしは下町の風俗を、下町の住民と性格を観察しようと出かけるのだった。身なりにかまわずに、労働者と同じように粗末な服装をしていたので、彼らに警戒されるようなことはまったくなかった。労働者たちの群れにもぐりこんで、彼らが仕事の取引をしたり、仕事を終えてから口論しているさまを眺めることができた。わたしにあっては、観察がもはや直感にまで至っていた。観察は魂まで透視していたが、肉体を無視することはなかった。むしろ外に見える細部をあまりにしっかりと把握したので、たちまち肉体の奥にはいりこんでしまったのだ。観察によって、相手の人生を生きる力を手に入れて、相手と入れ替わってしまうようになったのだ。『千一夜物語』の修道僧が、相手に呪文のようなものをとなえて、その者の肉体と魂に乗り移るようなものだった。

十一時から真夜中のあいだに、アンビギュ＝コミック座から連れだって帰る労働者とその妻に出くわすようなことがあると、わたしは、ポン＝ト＝シュー大通りからボーマルシェ大通りまで、気晴らしにふたりのあとをつけたものだった。こうした律儀な夫婦は、はじめのころは観てきたばかりの芝居の話をしていたが、そのうちいつのまにか話題は自分らの経済状態にうつっていった。母親は子どもの手を引いていたが、子どもがうったえたりねだったりしても耳を貸さなかった。夫婦ふたりとも、あした支払ってもらう金を計算し、あれこれと使い道を考えていた。そこで家事のこまごましたことや、やれ馬鈴薯が法外に値上がりしたの、やれ冬が長いのに練炭が高騰したの、やれパン屋に借りがあるのと、口角泡をとばすような言い合いとなって、精彩に富んだことばでそれぞれの性格を発揮していた。ふたりの話を聞いているうちに、わたしはふたりの生活と一体となり、背中に彼らのぼろ服をまとっているのを感じ、足には穴の開いたふたりの靴をはいて歩いていた。ふたりの願い、ふたりの欲求は、すべてわ

たしの心のなかに移っていた。あるいは、わたしの心がふたりの心のなかに移っていた。それは、目覚めていながら見る夢だった。わたしはふたりといっしょに、横暴にふるまう工場長や、何回いっても支払いもせずに追い返す得意先にたいして、かんかんになって怒っていた。自分の日常の習慣からはなれて、精神的な機能の酩酊を通して自分以外の者になること、そうした気晴らしを好き勝手にやること、これがわたしの楽しみだった。わたしはこうした天性をなにからさずかったのであろうか？　これは透視力だろうか？　乱用すると狂気になってしまうような資質のひとつだろうか？　わたしはこの力の原因をけっして探し求めようとはしなかった。この力を所有し、それを使っている。それだけである。ただ、そのころから、わたしは、構成が雑多な民衆と呼ばれる集団のさまざまな要素を分解して、その性質が善良であるか性悪であるか鑑定できるように分析していたことは、ご承知いただきたい。わたしは、この下町に、この革命の養成所に、いかなる効用があるかすでに知っていた。ここには、英雄、発明家、実学者、ごろつき、悪党、有徳の士、悪徳の士の面々がみな、貧窮に押しこめられ、窮乏で息を詰まらせ、ワインにおぼれ、強いリキュールでぼろぼろになって、暮らしている。この〈悲しみの町〉〔ダンテ『神曲』の「地獄編、第三歌、第一連」にでてくる表現をとったものであろう〕で、どれほどの冒険が無に帰したことか、どれほどのドラマが忘れられたことか！　どれほどの恐ろしい、どれほどの素晴らしいことが起こったことか！　それをあなた方は想像できまい。想像力でもってしても、そこに隠されている、そしてだれも見つけることのできない真実は見抜けまい。あるときは悲劇であったりあるときは喜劇であったりするこうした驚嘆すべき場面を、偶然が生みだす傑作を見つけだすには、奈落の底まで降りなければならないのだ。わたしが、これから語ろうとしている物語をどうしてこんなにも長いことしまっておいて話さないでいたのかわからないが、この物語は、袋のなかに残されたままになっているような奇妙な話のひとつで、それを記憶が富くじの番号札のように気まぐれに引き抜いたものである。この話のように奇妙きわまる、この話と同じように埋もれたままの話を、ほかにもたくさん知っているが、いずれお話しする順番もまわってくるから、ご安心あれ。

　ある日のこと、職人の連れ合いであったわたしの家政婦が、姉妹のひとりの結婚式にぜひ出席していただきたいと懇請しにやってきた。この結婚式がどんなものであったかをお分かりいただくためには、つぎのようなことをのべておく必要がある。わたしが、毎月そのあわれな女に四十スー〔一スーは五サンチームであるから、四十スーで二フランとなる〕支払い、女のほうは、毎朝かよってきて、ベッドをととのえ、靴をみがき、服にブラシをかけ、部屋を掃除し、食事の用意をしていた。そして、のこりの時間にはなにか手回しの機械のハンドルをまわして、そのつらい仕事で十スーの日銭をかせいでいた。夫は家具職人で、一日四フランの稼ぎがあった。しかし、その所帯には三人の子どもがいたので、やっとのことで食べているというありさまだった。わたしは、この夫婦ほどに実直な人間に出会ったことはなかった。この家政婦のヴァイヤンおばさんときたら、わたしがその界隈を去ってから五年ものあいだ、花束とオレンジをかかえて、わたしの洗礼名祝日〔誕生日のほかに聖人の名で命名しているばあいその聖人の日も祝う習慣があるが、その日が誕生日と同じこともある〕を祝いにやってきたのだ。十スーのたくわえすらなかった彼女がである。貧しさがわたしたちを近づけていたのだ。わたしが彼女にあたえることができたのは、いつでもせいぜい十フランぐらいだった。それもたいていは、こうしたばあいにそなえて借りた金だった。これで、わたしが結婚式にいくと約束をしたこともおわかりいただけよう。わたしは、こうした貧しい人びとの喜びの片すみにこの身をおいてみようと考えたのだ。

祝宴や舞踏会は、シャラントン通りにある居酒屋の二階の大きな部屋でおこなわれた。部屋はブリキの反射板つきのランプで照らされ、壁にはテーブルの高さまでかなり汚れた紙が張られ、壁沿いには木のベンチがおかれていた。部屋には、晴れ着で着飾り、花束とリボンを持った八十人あまりの人びとがあつまり、だれもがラ・クルティーユ〔パリの北のベルヴィル付近の歓楽街で、カーニバルの最終日の灰の月曜日には、仮装行列やらでお祭り騒ぎとなった〕のお祭り気分で浮かれ、顔を紅潮させ、まるでこの世も終わりといった風に踊っていた。新郎新婦が接吻をかわすと、満座が喜びに浸った。そして、ほれ！　ほれ！　とか、ほう！　ほう！　とかのおどけた冷やかしの叫びがあがったが、そうはいっても育ちのよい若い娘たちの恥ずかしげな流し目ほどにみだらというわけではない。この人びとは、なんとも知れないあけっぴろげの粗野な喜びを、あからさまにしていた。

しかし、この集まりの様子も、結婚式も、ここに集まった面々も、わたしの物語にはなんら関係がない。ただ、この一風かわった雰囲気だけを記憶にとどめ、薄汚い赤いペンキで塗られた店をご想像いただきたい。ワインの香りを嗅いで、この喜びの喧噪をお聞きいただきたい。一夜の楽しみのふける、これら労働者、老人たち、貧しい女たちにまじって、この場末にとどまっていただきたい！

オーケストラは盲人施療院《カンズ＝ヴァン》の三人の盲人で構成されていた。一番手はヴァイオリン、二番手はクラリネット、三番手はフラジョレット〔縦笛の一種〕だった。三人には、まとめて一晩七フラン支払われていた。当然ながらこの金額では、ロッシーニもベートーヴェンも演奏されるはずはなかった。好きな曲を、弾ける曲を演奏していたが、だれも彼らを非難しなかった。なんとすばらしい思いやりであることか！

彼らが集まった人びとにちらりと目をやってから奏でた音楽が、不意に鼓膜におそいかかったので、わたしは集まった人びとをちらりと見てから、この盲人トリオを眺めた。そして、彼らが施療院の制服を着ているのに気づくと、すぐに寛容な気持ちにかたむいた。この芸術家たちは壁の窓辺の引っこみに位置していたから、その顔つきを見わけるには、近寄らなければならなかった。わたしは、すぐには彼らのそばに近よらなかった。しかし、彼らに近づいてみると、なぜかわからないまま、婚礼も音楽も消え去ってしまい、わたしの好奇心は最高にかきたてられた。わたしの魂がクラリネット奏者の肉体のなかにはいりこんでしまったからだ。ヴァイオリン弾きとフラジョレット吹きのほうはふたりとも月並みの顔をしていた。緊張感にあふれ、注意深く、生真面目といった、盲人にはありふれた顔だった。しかし、クラリネット吹きの顔は、芸術家と哲学者を即座に引き止めるたぐいの異常なものだった。

　ケンケ灯の赤い光りで照らされ、ゆたかな銀白色の髪の毛をいただいている、ダンテの石膏のマスクをご想像いただきたい。その崇高な顔に浮かぶきびしく苦しげな表情は、盲目ゆえにいっそう高貴に見えた。というのも、死んだ目が観念によって生き返っていたからだ。その目からは、ただひとつのたえることのない欲望から生まれる、燃えるような閃光がもれていた。その欲望は、古い壁面の石積みの層のようなしわが何本も横に刻まれているふくらんだ額に、力強く印《しる》されていた。この老人は拍子にも旋律にもまったく注意を払わずに、適当にクラリネットを吹いていた。指を下げたり上げたりして、慣れっこになった機械的な動きで古ぼけたキーを押していた。彼は、オーケストラ特有のことばで〈あひる《カナール》〔調子っぱずれの音〕〉といわれている音を遠慮会釈もなく発していたが、踊っている連中も、例のイタリア人のふたりの仲間と同様に、その音を気にしていなかった。イタリア人といったのは、そうであればいいとねがっていたからだが、じっさい彼はイタリア人だった。忘れ去られた運命のオデュッセウスのようなものを心に秘めたこの老ホメロス〔ホメロスは盲目の詩人と伝えられていた〕には、なにか偉大な、なにか抗しがたいものが見られた。それは、零落の身をものともしない本物の偉大さであった。そこには、自らの貧窮を抑えこむ抗しがたい威力があった。人を善にも悪にもみちびく、徒刑囚にも英雄にもするあの激しい情念のどれもが、この高貴な目鼻立ちの、イタリア人らしい蒼白な相貌には、欠けてはいなかった。白髪まじりのまつげがそこにかぶさり、まるで松明と剣をたずさえた盗賊のやからが洞窟の入口にあらわれるのを見て恐れるように、思念の光があらわれるのを見て人がおののくような深い眼窩に、影を投げかけていた。その肉体の檻には一頭のライオンが閉じこめられ、鉄の檻を破ろうとたけり狂って、むなしく力を使い果たしているといったさまだった。絶望の噴火は消えて灰となり、溶岩は冷えきっていた。しかし、溶岩の跡や、いたるところに見られる地形の大変動や、いまだくすぶる煙に、激しい噴火と猛威をふるった炎のあとがのこされていた。その男を眺めて呼び起こされたこうした思いは、彼の顔では冷えきっている分、わたしの心のなかでは熱く燃えていた。

コントルダンス〔数組の男女が向かい合って踊るダンス〕の合間のたびに、ヴァイオリンとフラジョレットは、赤っぽいフロックコートのボタンに楽器をつるし、真剣になってグラスとボトルにかかりっきりになり、窓辺の引っこみに置かれた彼らの食事が用意されている小テーブルに、しきりに手を出していた。そして、なみなみとつがれたグラスをたえずあのイタリア人にも差し出していた。テーブルが、イタリア人の椅子のうし

ろにあるためだった。そのたびにクラリネットは感謝のしるしに、親しげに頭でうなずいていた。彼らの動きは盲人施療院《カンズ＝ヴァン》ではいつでも驚きの的となっているように、正確になされたので、彼らは目が見えるのではないかと思わせていた。わたしは、話を聞こうと三人の盲人に近づいた。しかし、近くまでくると、彼らはわたしの正体に探りをいれ、わたしの素性がおそらく労働者ではないと見きわめたのか、口を閉ざしてしまった。

「あなたはどこのお国のお人ですか、クラリネットを吹いているお方？」

「ヴェネチアです」と盲人は、いくぶんイタリア語なまりの発音で答えた。

「生まれつき目がお見えでないのですか、それともお見えにならないのは、なにか……」

「災難がありましてな」と彼は、すばやく答えた。「いまいまし黒内障《そこひ》〔外見上異常がないのに目が見えなくなる病気〕に見舞われました」

「ヴェネチアは美しい町です。いつもいってみたいものだと思っていますが」

老人の顔はたちまち生気をおび、しわが小刻みにふるえた。激しく興奮したのだ。

「わたしがお供をしていけば、時間を無駄になさらないでしょうがね」彼はわたしにいった。

「ヴェネチアのことを話してはいけませんな」ヴァイオリン弾きがわたしにいった。「そうなると、われわれの総督《ドージェ》〔ヴェネチア共和国の総督のこと〕は調子に乗っちまいますからね。なにしろ、胃袋にもう二本分も流しこんでいるんですからね、この大公さんときたらね！」

「さあ、やろうじゃないか、あひる爺《カナール》さん」フラジョレット弾きがいった。

三人とも演奏をはじめた。しかし、彼らが四曲のコントルダンスを演奏しはじめているあいだに、ヴェネチアの男は、わたしの心中を嗅ぎつけ、わたしが彼に向けている異常な関心を見抜いていた。彼の顔つきからは寂しげな冷たい表情が消えていた。なにか知れぬ希望の光のようなものがその表情をぱっと明るくし、顔のしわに青い炎のようなものが流れた。彼は微笑しながら、不敵で怖そうに見えるその額をぬぐった。しまいに彼は、まるでこれからお得意の一席をぶつのだというように陽気になった。

「おいくつですか？」わたしは彼にたずねた。

「八十二歳ですよ！」

「いつごろから目が見えなくなったのですか？」

「まもなく五十年になりますな」と彼は答えたが、その口調には、視力ばかりかなにか大きな力も奪われたことを、無念に思っていることがありありと見えた。

「では、どうしてほかの人たちは、あなたのことを総督《ドージェ》って呼んでいるんですか？」わたしはたずねた。

「あー！　ふざけてるんですよ」彼はわたしにいった。「わたしはヴェネチアの貴族ですから、他の貴族のだれともまったく同じように、総督《ドージェ》になれたかも知れませんからな」

「ではお名前は？」

「ここでは、カーネ親爺で通っています。どんな名簿にもそれ以外の名前で載ることは、けっしてありませんよ。でも、イタリア語では、ヴァレーゼ公、マルコ・ファチーノ・カーネとなります」

「なんですって？　あなたは、ミラノ公の手に渡った領地を征服した有名なファチーノ・カーネの末裔ですか〔ピエモンテ出身の傭兵隊長ボニファチオ・ファチーノ・カーネ（一三六〇？―一四一二）は、領主のミラノ公のジャン・ガレアッツォ・ヴィスコンティに仕え、ロンバルディア地方などを制圧して、ミラノ公国の一部をあたえられていたが、やがて主君の不興を買うことになる〕？」

「ほんとうです《エ・ヴェーロ》」彼はわたしにいった。「そのころカーネの息子は、ヴィスコンティ家の一族に暗殺されないようにとヴェネチアに逃げて、ヴェネチアの金文字家名録〔ヴェネチアの貴族家名録〕に名を連ねることになったのです。しかし、いまとなっては、カーネの名もその家名録も残っていませんよ」

こういって彼は恐ろしい身ぶりをして、消えうせてしまった祖国愛と俗事への嫌悪感をあらわに見せた。

「でも、もしあなたがヴェネチアの元老院議員というのなら、さぞ金持ちだったでしょうに。どうして財産をなくされたのですか?」

この質問で、彼はわたしのほうに顔をあげて、まことに悲しげな身ぶりでわたしを見つめるようにして、「いろんな災難に遭いましてな」と答えた。

飲むことはもう彼の念頭から消えてしまい、そのとき老フラジョレットがワインのグラスを差しだしても手真似でことわってから、頭をたれた。こうした反応の一部始終を見て、わたしの好奇心は燃えあがるばかりだった。この三人が機械じかけの人形のようにコントルダンスを演奏しているあいだに、二十歳のわたしはさまざまな思いに取りつかれて、そのヴェネチアの老貴族を眺めた。わたしは、ヴェネチアを、アドリア海を見ていた。この尾羽うち枯らした貴族の顔に没落したヴェネチアを見ていた。住む人たちがあまりにも慈《いつく》しんでいるその町を散歩していた。リアルト橋から大運河《カナル・グランデ》へと、スキアヴォーニ海岸からリド島へと渡り、比類ないほど崇高なサン・マルコ大寺院にもどっていた。〈黄金の館《カ・ドーロ》〉の、それぞれがちがう装飾をほどこされた窓を眺めていた〔黄金の館は大運河に面する邸宅で、外壁に金箔と多彩色の装飾が施されている〕。さらに、大理石を豊富に生かした古い館の数々、それら驚嘆すべき眺めのすべてに見とれていたが、博識の人なら、その眺めを自分好みの色に染めてしまい、現実の光景を目にしてもその夢想の世界の詩情を捨て去ることがないだけに、いっそう酔い痴《し》れてそれに見とれることだろう。わたしは、このもっとも偉大な傭兵隊長の末裔の生涯のこれまでの歩みをさかのぼって、その不幸の痕跡と、その肉体と精神のかくも深刻な零落の原因を探し求めようとした。その零落ぶりは、一瞬よみがえった栄華と威厳のきらめきをいっそう美しく輝かせるのだった。われわれふたりは通じ合っていたにちがいない。思うに、盲目であると注意が外の事物に分散することが防がれ、通常よりずっとすばやい心の伝達がなされるからだろう。ふたりが共感し合っている証拠はすぐ示された。ファチーノ・カーネは演奏をやめ、立ち上がり、わたしのほうにやってきて、わたしにひとこと、「外に出よう」といったのだ。そのことばで、わたしはからだじゅうに電気のような衝撃が走った。わたしは彼に腕を貸し、ふたりでそこから出ていった。

町に出ると彼はわたしにいった。「わたしをヴェネチアにつれていってくださらぬか？　わたしをヴェネチアで案内してくださらぬか？　わたしを信用してくださらぬか？　あなたは、アムステルダムやロンドンのいちばんの金満家を十人あわせたよりももっと大金持ちに、ロスチャイルド一族よりももっと大富豪に、つまり『アラビアン・ナイト』に出てくるようなお大尽になれますぞ」

この男は狂っていると、わたしは思った。しかし、その声には、わたしを否応なく従わせるような力があった。彼に案内させていくと、彼はまるで目が見えるかのように、わたしをバスティーユの濠《ほり》に連れていった〔当時はバスティーユの牢獄のまわりは濠になっていた〕。彼はたいへん寂しい場所にあるひとつの石の上に座った。その後、サン・マルタン運河をセーヌ川とつなげる水路橋が建造されたところである。わたしも、老人のまえにあるもうひとつの石に腰をおろした。老人の白髪は月の光で銀の糸のように輝いていた。大通りの喧噪はわれわれの耳までとどいていたが、それにも乱されない静けさ、清浄な夜、これらすべてがこの場面をじつに幻想的にする効果をもたらしていた。

「あなたは、ひとりの若者に巨万の富の話をされましたね。そしてあなたは、その巨万の富を手に入れるためには数多くの障害に耐えねばならないので、若者は尻込みをするだろうと思っているんじゃないですか？　あなたはわたしをおからかいではないでしょうね？」

「これからわしがいうことが本当でないとしたら、告解〔死をまえにして過去の罪を神に告白すること〕をせずに死んでも結構じゃ」と彼は、力をこめていった。「ちょうど今のあなたのように、わしは二十歳だった。わしは金持ちで、二枚目で、貴族だった。そのわしがまずのめりこんだのは、恋という人生最初のあやまちだ。わしは、あれほど愛することはもうあるまいというくらいに愛にのめりこんだ。長びつの中に身をひそめ、短剣で刺される危険をおかすほどだった。そのあげく手に入れたものといえば、接吻ひとつだけだった。わしにとって、あの女のために死ぬことが人生のすべてに思われた。一七六〇年のことだったが、わしはヴェンドラミーニ家の娘で、サグレード家に嫁いだ十八歳の人妻に首ったけになってしまったんだ。三十歳の夫は町いちばんの裕福な元老院議員のひとりで、妻に夢中だった。その亭主《スポーソ》が、愛の語らいをしているわしの愛人とわしを不意打ちしたとき、わしらふたりは智天使《ケルビム》のように無垢だった。こちらには武器がなかったが、彼はわしを刺しそこねた。わしは相手にとびかかって両手で彼の首をひな鳥のようにひねってやった。わしはビアンカと駆け落ちをしようとしたが、彼女はついてくる気がなかった。女ってのはそんなもんですよ！　わしはひとりで逃げた。わしは有罪宣告を受けて、財産は接収されて、わしの相続人たちに引きわたされてしまった。しかし、わしはダイアモンド類と、丸めたチチアーノの五枚の絵と、有り金そっくりをすでに持ちだしていた。そしてミラノに逃げた。ミラノにいけば安泰だった。ミラノ公国は、わしの事件など歯牙にもかけなかったからだ」

「話を先にすすめるまえに、これだけは聞いておいていただきたい」と彼は、すこし間をおいてからいった。「女が子どもを身ごもったり、妊娠しているときに、女の気まぐれが胎児にどう影響するかどうかわからんが、わしの母親がわしを身ごもっているときに金に夢中だったことはたしかなんだ。わしは金には執念があってな、金はわしの生活にとってどうしても欠くことができないものだったので、どんな状況におかれようと、金を身につけていないことはけっしてなかった。いつでも、わしは金をいじくりまわしておった。若いうちからたいていはいくつもの宝石を身につけ、ドゥカート金貨〔十三世紀にヴェネチアで鋳造され、イタリア・オランダで通用していた金貨〕を二百枚か三百枚ぐらい始終持ち歩いていたもんだ」

そういって、彼はポケットから二枚のドゥカート金貨を取り出し、わたしに見せた。

「わしは、匂いで金貨があるのがわかる。目が見えなくとも、宝石店のまえにくると立ち止まってしまう。この執着がわしを破滅させたんじゃ。わしは金貨を賭けるために、賭博師になりさがった。いかさま師にはならなかったが、その代わり自分がいかさまに引っかかってしまい、丸裸にされてしまった。文無しになったときに、わしは無性にビアンカに会いたくなった。ひそかにヴェネチアにもどり、彼女と再会した。半年のあいだ、彼女にかくまわれ、彼女に養われ、幸せだった。こんな風に人生を終えるのだと思い、いい気分に浸っていた。彼女はヴェネチアの長官につきまとわれていた。長官は恋敵がいるにちがいないと見抜いた。イタリアでは恋敵がいると嗅ぎつかれてしまうものだからな。彼は卑怯にもわしらを偵察し、ベッドにいるわしらを不意打ちしおった！　ふたりの格闘がどんなに激しかったかご想像いただきたい。わしはそいつを殺しはしなかったが、深傷《ふかで》を負わせた。この事件でわしの幸福は打ち砕かれた。その日からというもの、わしはビアンカのような女には二度と会えなかった。わしは無上の快楽にふけり、ルイ十五世の宮廷では、世にも名高い女たちのあいだで暮らしたこともあった。だが、わが愛しいヴェネチア女のような美点や優雅さや愛情は、どこにも見つけられなかった。長官には部下がいて、そのとき長官は彼らを呼び集めていたんだ。館は取り囲まれ、彼らがなだれこんできた。ビアンカの目の前で死ぬのは望むところだと、わしは彼らと戦った。ビアンカも長官を殺すためにわしに助太刀してくれた。この女は、以前はわしとの駆け落ちを望まなかったが、幸福な半年を過ごしたあとでは、わしといっしょに死ぬつもりになって、あちこちに手傷を負ってしまった。わしは、大きなマントをかぶせられて捕らえられ、ぐるぐる巻きにされ、ゴンドラに運ばれ、ドゥカーレ宮殿〔ヴェネチア総督の宮殿〕にある井戸牢〔中庭に井戸があることから、井戸と呼ばれている運河沿いの牢獄〕の独房に入れられた。当時わしは二十二歳で、自分の折れた剣をあまりにしっかりと握りしめていたので、それを取り上げるには、こぶしを切り開かなければならなかっただろう。ふしぎな偶然からか、あるいはむしろ、まさかのときに役に立つだろうとふと思ったためか、わしは剣の切っ先を牢のすみにかくした。わしは手当を受けた。わしのどの傷も致命傷ではなかった。二十二歳では、何があっても回復するものだ。わしは斬首されることになっていたが、時をかせぐ

ために、仮病をつかった。運河沿いの牢に入れられたと思っていたから、わしは壁をくりぬいて脱走し、溺れる覚悟で運河を泳ぎわたるという計画を立てた。どんな見通しにもとづいて望みをかけていたか、これからご説明しよう。牢番がわしに食事を持ってくるたびに、〈宮殿側〉、〈運河側〉、〈地下道側〉といった表示が壁に書かれているのが、目にはいっていたのだ。そして、ついにこの建物の図面が頭に浮かんできたが、それは、わしにとって心配の種になるようなたぐいのものではなく、ドゥカーレ宮殿が建設中であるという状態を考えると説明のつくものだった。どうしても自由を取りもどしたいという願いからかインスピレーションがはたらいて、わしは、ひとつの石の表面を指先でさぐりながら、そこにアラビア文字が刻まれているのを判読できたのじゃ。それによると、その文字の刻み手が、いちばん下の段から二個の石を取りはずして、地下十一ピエ〔約三・六メートル〕まで掘ったと、自分のあとを継ぐ者に知らせていたんだ。彼の仕事をつづけるためには、穴を掘削して出てくる石と漆喰の破片をすこしずつ地面の上にまき散らさなければならなかった。建物は外側からしか監視できない構造になっているので、看守や審問官は安心できずに目を光らせてはいたが、井戸牢は数段おりた位置にあるので、看守に気づかれずに徐々に地面を高くすることができた。この途方もない工事は、すくなくともこれを企てた者にとっては無駄骨に終わったわけだ。未完成であるのは、その未知の男が死んでしまったことを語っているからだ。彼が身を粉にしてやりはじめた仕事をけっして無駄に終わらせないようにするためには、あとを継ぐ囚人がアラビア語を読めることが必要だった。ところがなんと、わしはアルメニア人の修道院で何カ国ものオリエントの言語を勉強していたんだ。石の裏に書かれていた文章が、不幸な男の運命を語っていた。ヴェネチアがこの男の莫大な富を狙って、ついに奪い取ってしまい、そのいけにえとしてここで死んだというのだ。成果をあげるために、わしは一カ月働かなければならなかった。仕事をしているあいだ、疲労困憊のときに、金貨が立てるひびきを聞こえたり、目の前に金貨が見えたり、ダイアモンドで目が眩んでいたりしていたもんだ！　さーて、いいかな！　ある夜のこと、刃が鈍っているわしの剣が木材にふれた。わしは剣の先を研いで、その木材に穴を開けた。その作業ができるように、蛇のように腹ばいになって、からだを丸めていた。もぐらのようになって作業をするために裸になり、手を前に突きだし、石をからだの支えにした。裁判官のまえに出頭する前々日の夜のうちに、わしはさいごの努力をしようとした。やっとのことで木の板に穴を通してみると、なんと剣の先にはもうなにもさえぎるものがないんだ。そこで穴に目を当てたときのわしの驚きをご想像くだされ！　穴ぐらの羽目板があって、そこに差しこむ一筋の光で金貨のかたまりが見えるじゃないか。折しも、総督と十人会のメンバーのひとりがその穴ぐらにいて、ふたりの声が聞こえた。その話から、そこは共和国の宝物庫で、歴代の総督たちへの贈与金、遠征での獲得物から取りのけたヴェネチアの献金と呼ばれる戦利品がたくわえられていることがわかった。これでわしは助かった！　看守がくると、わしの脱走に手を貸して、持てるだけのものをぜんぶさらってわしと逃げないかと、彼に話をもちかけた。尻込みするような話じゃないから、彼はすんなり受けいれた。一艘の船が地中海の東に出帆する手はずになっていて、用心に用心をかさねたうえで、ビアンカは、わしが共犯者に指図していた手順にしたがって動いてくれた。気取られないようにと、ビアンカはわしらとはスミルナ〔トルコ西部の港湾都市でイズミルの古名〕で落ち合うことにした。穴は一晩で大きく広げられ、わしらはヴェネチアの秘密の宝庫に降りていった。すごい夜になったね！　四つの大樽に金貨がいっぱいつまっているのを、目のあたりにしたんだ。手前の部屋には、同じように銀貨もふたつの山になっていて、そのあいだに道が開けられ、部屋を横切れるようになっていた。部屋の壁いっぱいに、銀貨が五ピエ〔約一メートル六〇センチ〕ほどの高さまで斜めに積みあげられていた。わしは、看守が狂ってしまうのではないかと思った。彼は歌い、跳びあがり、笑い、金貨のなかで跳びはねていた。時間をむだにしたり、物音を立てたりしたら絞め殺すぞと、わしは奴をおどしたほどだった。狂喜のあまり、はじめのうち奴は、ダイアモンドがあるテーブルを見落としていた。わしは、抜け目なくダイヤの山にとびついて、水夫服の上着とズボンのポケットにそいつをいっぱい詰めこんだ。でもなんということか！　その三分の一もかっさらえなかった。テーブルの下には、金の延べ棒もあった。わしは、持てるだけの袋に金を詰めこむようにと相棒を説得し、それが外国でばれないための唯ひとつの方法だからと注意してやった。「真珠や、宝石や、ダイアモンドを持っているとばれてしまうぞ」とわしは相棒にいった。いくらわしらが欲張っても、二千リーブル分〔ここは貨幣の単位でなく重量の単位で、一リーブルは五百グラムにあたる〕の金しか取ることができなかったが、それを運ぶのには牢獄を横切ってゴンドラまで六往復もしなければならなかった。水門の歩哨は十リーブル分の金を入れた袋を渡して買収しておいた。ふたりのゴンドラの船頭のほうは、共和国の御用の向きだと思いこんでいた。夜明けにわしらは出帆した。沖合の海に出て、前夜のことを思い返し、そのときの興奮を呼び起こし、ざっと見積もっても、銀貨で三千万リーブル、金貨で二千万リーブル、ダイアモンドと真珠とルビーで数百万ほど残してきた、あの莫大な宝の山を思い浮かべると、わしは気も狂わんばかりになったよ。わしは金の熱病に取りつかれたんじゃ。イズミルでわしらは上陸した。フランスの船に乗りこんだときに共犯者を厄介払いできたのも、神さまのおかげだった。そのときは、偶然がどれほどの累《るい》をおよぼすか考えが及ばずに、ただ偶然に恵まれたことを喜んでいたものだ。とにかくわしらはあまりに神経が高ぶっていたので、たがいにものもいわずに放心状態になっているばかりで、いずれ安全な場所で気ままに楽しく暮らせるときをただ待ち受けていた。あのおかしな牢番のほうは気が変になってしまったが、それはとくに驚くことではなかった。神さまがどのくらいわしに罰をお下しになったかは、やがてお分かりになろう。ロンドンやアムステルダムで、持っているダイヤの三分の二を売りとばし、金粉を相場の価《あたい》の現金にしてからは、これで安心だと思った。五年のあいだ、マドリッドで身をかくしていた。それから、一七七〇年にはスペイン人の名前を使ってパリに着き、世にも豪勢な暮らしをした。そのうち、ビアンカが死んでしまった。わしはといえば、六百万リーブルの財産に恵まれ、逸楽のかぎりをつくしていたが、そのさなかとつぜん目が見えなくなってしまった。わしは、うたがいもなく独房への幽閉や石を掘削するという仕事のために、失明したにちがいなかった。もっとも、金ばかり見えるというわしの生まれついての能力が視力の乱用をもたらし、そのため失明する運命になったかも知れんがね。そのとき、わしはひとりの女を愛していて、生涯を彼女とともに送ろうと思っていた。彼女にはわしの本名を明かしていた。彼女は名望家の生まれなので、ルイ十五世から特別なはからいを受けられればとひそかに願っていたということもある。わしは、デュ・バリー伯爵夫人〔一七四三―九三。私生児の生まれであったが、美貌と才知によってルイ十五世の寵愛を受けた。しかし、大革命の政変でギロチンの露と消えた〕の友人であったこの女をすっかり信頼しきっていた。彼女はロンドンの有名な眼医者に診てもらうことをすすめたのだ。しかし、ロンドンの町に数カ月滞在したあと、わしは、ハイド・パーク〔ロンドン市内の有名な公園〕でその女に棄てられてしまった。彼女は、わしから全財産をうばいとってしまい、わしには苦境を切り抜ける手だてがまったく残されていなかった。ヴェネチア共和国からの復讐にこの身がさらされるので名前をかくさなければならず、だれにも助けをもとめることができなかったからな。とにかくわしは、ヴェネチア共和国を恐れていた。わしは目が見えないのにつけこまれ、女がわしの身辺につけていたスパイの食いものになったというわけだ。まるでジル・ブラースなみのその後の数多《あまた》の冒険については、割愛させていただこう〔ジル・ブラースは、十八世紀のピカレスク小説の傑作、ル・サージュの『ジル・ブラース物語』の主人公で、この物語にはスペインの田舎の少年ジル・ブラースが大臣の秘書になるまでの波瀾万丈の冒険が描かれている〕。そのうちあなたのお国の大革命が起こった。わしは、盲人施療院《カンズ＝ヴァン》に押しこめられた。あの女は、わしを狂人に仕立て、二年間もビセートル院〔パリの南にある老人や貧窮者のための施設であるが、当時は狂人や盲人などを収容していた〕に閉じこめたあと、こんどは盲人施療院に収容させたのだ。わしは女を殺してやることもできなかった。目がまったく見えなかったし、素寒貧になったので手先を雇う金もなかった。看守のベネディット・カルピが死ぬまえに、せめて独房の位置のことを聞きだしておきでもしていたら、宝庫のありかを探っておいて、ナポレオン一世がヴェネチア共和国を占領したときにヴェネチアにもどることができたんだがね〔ヴェネチアは、ナポレオン一世によって占領されたのちに、一七九七年にオーストリアに併合された〕。でもかまわん、わしの目が見えなくとも、ヴェネチアにいこうじゃないか！　わしは牢獄の門を見つけますぞ。壁を透視して金を見つけますぞ。水中に沈んでいても、分かるんだ。とにかく強国ヴェネチアは一連の争乱で倒されてしまったんで、宝庫の秘密はビアンカの兄の総督ヴェンドラミーノとともに、闇に消えてしまったにちがいないからな。彼が生きてさえいれば、わしが望んでいた十人会との和解をはかってくれたかも知れんのだが。わしはナポレオン第一執政官〔ナポレオンは一七九九年から一八〇二年まで第一執政官の地位にあった。その後、終生執行官を経て皇帝に即位する〕に覚書を差しだした。オーストリア皇帝にも話をもちかけたが、みなわしを狂人あつかいにして、門前払いを食わされてしまった！　さあ、ヴェネチアに出かけようじゃないか。出かけるときは乞食でも、帰るときは百万長者ですぞ。わしの財産を取りもどし、あなたはわしの相続人になるんだ。そして、あなたはヴァレーゼ公を名乗ればいい」

想像の世界のなかで一篇の詩のような美しい形をとって語りかけていたこの打ち明け話に呆然とし、老人の白くなった頭を眺め、バスティーユの堀の黒い水、ヴェネチアの運河の水のようによどんだ水を目の前にして、わたしは答えることばを失った。おそらくファチーノ・カーネは、わたしも自分のことをほかの者と同じように判断していると思ったにちがいなかった。そして、軽蔑するような哀れみの情を見せて、深い絶望の思いのすべてをこめた身ぶりをした。たぶん彼は、これまでの身の上話で、幸福な日々に、ヴェネチアに、連れもどされていたのだろう。彼はクラリネットを手に取り、自分のさいしょの才能、多情多感であった貴族の才能を取りもどして、ヴェネチアの舟歌をもの悲しく演奏した。それは、〈バビロンの川の流れに《スペル・フルミナ・バビロニス》〉〔旧約聖書の詩編の第一三七編のはじめの一行のラテン語。詩編では「われらは／バビロンの川のほとりにすわり、／シオンを思い出して涙を流した」とあり、ユダヤ人がバビロニアに捕囚された気持ちを歌ったもので、故国を思う詩句として引用される〕といったようなものであった。わたしの目は涙でいっぱいになった。夜遅く散歩でもする人がブルボン大通りを通りかかりでもしたら、ビアンカの思い出がいりまじっているこの追放者のさいごの祈りに、名前を亡くした男のさいごの哀惜の調べに聴き入ろうと、おそらく立ち止まったことだろう。しかし、すぐに彼のなかでは金への思いが優勢を占め、その宿命的な執着が青春の輝きを消してしまった。

「あの宝庫は」と彼はわたしにいった。「寝ても覚めても、いつでも目に浮かんできてな。わしはその宝庫のなかを歩きまわっている。ダイアモンドが輝いていたわい。あんたが思うほどわしは盲人じゃない。わしの夜は、ファチーノ・カーネのさいごの夜は、金とダイヤで照らされているのじゃ。さいごの夜というのは、わしの称号はメンミ家〔総督も出しているヴェネチアの名家〕に引き継がれるのだからだ。あー！　人殺しの天罰はなんと早くはじまったことか！　《アヴェ・マリア……》〔アヴェ・マリアではじまる祈りのことば〕

　彼はなにかお祈りを唱えたが、わたしには聞きとれなかった。

「ヴェネチアにいきましょう」と、彼が立ちあがったとき、わたしはいった。

「では、わしはついに相棒を見つけたんだ」と彼は、顔を火照《ほて》らせていった。

　わたしは、腕をかして彼を連れていった。盲人施療院の門前で彼はわたしに握手をしたが、おりしも、結婚式に出ていた人々が大声を張りあげて帰ってきたところだった。

「あす出発しようじゃないか？」と老人はいった。

「お金ができたら、すぐにでも」

「でも歩いてだっていけますぞ。わしが物乞いをしよう……わしは丈夫そのものだし、金を目の前にすれば、だれしも若返るしな」

　その冬のうちに、ファチーノ・カーネは死んだ。二カ月間苦しんだあげくだった。このあわれな男はカタルを病んでいたのだ。

パリ、一八三六年三月

# アデュー

大下祥枝 訳

フレデリック・シュヴァルゼンベルグ王子へ

「中道派の代議士さん、さぁ、前進だ！　皆と一緒にテーブルに着きたけりゃ、急ぎ足で行かないと。足を高く上げて！　侯爵さん、跳ぶんだよ！　そこだ！　よぉーし。生きた雄鹿みたいに、畝を次々と飛び越えてくるんだ！」

この言葉を放ったのは、リラダンの森〔パリ北方のオワーズ川沿いの森〕の外れでゆったりと座り込んでいた一人の狩人である。おそらくかなり前から藪だらけの森のなかで道に迷っていた連れを待つ間に、彼はハバナ葉巻を一本吸ってしまった。そばにいる四匹の犬も、彼が声をかけていた人物を、喘ぎながら同じように眺めていた。断続的に繰り返される呼びかけがどれほどからかうような調子であったか、それが分かるには、もう一人の狩人がでっぷりした小柄な男で、彼の太鼓腹がいかにも大臣らしい肥満ぶりを際立たせていたと話さなければならない。そんなわけで、刈り入れ直後の切株に絶えず足をとられながら、狩人は広い畑の畝を跨ぐのが精一杯な様子だった。さらに辛いことに、斜めに差し込んでくる陽光のせいで、彼の顔には大粒の汗が吹き出ていた。身体の平衡を必死になって保とうとして、彼は前かがみになったり、後ろに反ったりしていたが、まるでおんぼろ馬車の激しい揺れを真似ているみたいな感じだった。赤道直下のような炎暑続きのために、九月中にブドウが熟しきってしまった夏のある一日のことである。嵐がきそうな空模様だった。大きな黒雲を地平線のかなたにまで押しやるくらいに、青空が大きく広がっていたが、灰色がかった軽やかな幕を東西に広げながら、ブロンド色の雷雲が恐ろしいスピードで近づいてくるのが見えた。風は上空でしか起こっていなかったため、地表から立ち昇る陽炎《かげろう》は、窪地の方でかたまっていた。狩人は風通しの悪い森林に囲まれた小さな谷を横切っていたが、そこは燃えさかる火のごとく暑かったのだ。焼けるように暑くて静まりかえった森は、まるで渇きを訴えているかのようだった。鳥や昆虫は鳴き声を立てず、木々の梢もほとんど風になびいていない。一八一九年夏の出来事を何がしか記憶している人なら、気の毒な与党代議士〔高等法院判事のダルボン侯爵は、中道派の代議士でもある〕が被った災難に同情するはずである。彼は冷やかし好きな相棒と合流するのにずいぶん苦労していた。連れの方は葉巻をくゆらしながら、太陽の位置からして午後五時頃かなと考えていた。

「ここは一体どこなんだ」と、畑の木にもたれて額の汗をぬぐいながら、仲間とほぼ向かい合ったところから太った狩人が尋ねた。というのも、彼は二人をへだてる幅広い堀を飛び越えるだけの体力が、もう残っていないと感じていたからだ。

「ぼくに聞いているんだね」と、土手を覆う黄変した丈の高い草むらで横になっていた狩人が、笑いながら応じた。「フベルトゥス〔狩猟の守護聖人〕に誓って言うが、君のような司法官と一緒に知らない土地へ無謀にも出かけるなんてことは、もうまっぴらだよ。ダルボン、君とは中学時代からの友人だけどね！」と声を上げるなり、彼は葉巻の吸殻を堀に投げ捨てた。

「でもフィリップ、それじゃ君はもうフランス語が分からなくなっているのかい？　多分、君の知性をシベリアへ置いてきたんだろう」と、百歩先にある柵の方にうらめしそうな眼差しを向けながら、太った男は言い返した。

「分かったよ！」フィリップはそう返事をするなり、猟銃を掴んですくっと起き上がり、ひとっ跳びで畑に入り、柵の方へ駆けていった。「ここからだ、ダルボン、ここから！　回れ左だよ」と、彼は舗装された広い道路を身振りで示しながら叫んだ。「バイエからリラダンへ通じる道だって！　だから、こちらの方向へ進めばカッサン〔リラダンの北西に位置する村で、当時は城があった〕方面の道は見つかるだろうし、それがリラダン〔パリ北方三十キロメートルにある町〕につながっているはずだ」

「その通りだ、大佐どの」とダルボン氏は、先ほどまで扇子がわりに使っていたハンチングを頭に被せながら言った。

「じゃあ、前進だ、判事どの」とフィリップ大佐は答え、飼主の司法官よりもっと自分に懐いているように思われた犬たちを、口笛で呼んだ。

「侯爵さま、まだ二里以上は歩かないといけないのをご存じでしょうか？」と、冷やかし屋の軍人が言葉をついだ。「向こうに見える村がバイエ〔リラダンから約八キロメートル離れた村で、リラダンの森の南東の外れにある〕のはずでございます」

「やれやれ！」とダルボン侯爵は声を上げた。「カッサンへ行くのがいいと思うなら行きなよ。ただし、君一人でね。嵐がきそうだが、ぼくはここで君が城から送り届けてくれる馬を待つことにするよ。シュシー、君はぼくをからかったりなんぞしてさ。ぼくたちはカッサンから遠く離れずに、手軽な楽しい狩猟ゲームをするつもりだったんだよ。ぼくが知っている土地でフェレット〔イタチ科の哺乳類〕を使ったウサギ狩をね。それなのに！　楽しむどころか、君は朝の四時からぼくをグレーハウンド犬のように走らせたんだぞ。しかも、食事としちゃ、ミルクをたったの二杯しか口にしていないさ！　あっ、そうだ！　もし君が法廷で訴訟をおこすようなことがあれば、たとえ君に百倍も道理があっても、敗訴にしてやるからな」

がっかりした狩人は、柵の支柱の付け根に置かれた境界石の一つに座り、猟銃と空っぽの獲物袋を取り外すと、大きな溜息をついた。

「フランスよ！　これがあなたの国の代議士ってものですよ」と、ド・シュシー大佐は笑って言った。「ねぇ！　かわいそうなダルボン。もし君がぼくのように六年間もシベリアの奥地にいたなら……」

彼は最後まで言わなかった。それから、自分の不幸な出来事は誰にも知られたくない秘密であるかのように、空を見上げた。

「さぁ！　歩いて！」と彼は付け加えた。「ずっと座っていると、死んじゃうぞ」

「フィリップ、どうしろって言うんだい？　司法官にとっちゃ、座っているのが昔からの習慣なんだよ！　ぼくは本当にいらいらしているんだ！　せめて野ウサギの一匹でも仕留めていればなぁ！」

二人の狩人は類いまれな対照を見せていた。与党代議士は四十二歳になっていたが、せいぜい三十歳くらいにしか見えなかった。軍人の方は三十歳だが、控え目にいっても四十歳近くに見えた〔両者の年齢は、中学時代の友人という設定と矛盾する〕。二人とも、レジオン・ドヌール勲章オフィシエ章の赤い略綬を付けている。大佐のハンチングからは、カササギの羽のような白黒まだらの髪の毛がのぞく。司法官のもみあげは、きれいな金髪だ。一方は背がすらりとして、やせぎすで、神経質のようである。白い顔にできた皺には並々ならぬ情熱か、さもなくばぞっとするような不幸がにじんでいる。もう一方は快楽主義者にぴったりの、健康的に輝く楽しげな顔つきだ。太陽の強い日差しで二人の肌は焼けており、鹿毛《かげ》色の長い皮ゲートルには、彼らが通ってきた堀や沼地の泥水の染みが付着していた。

「さぁ、前進だ！」と、ド・シュシー氏が叫んだ。「小一時間も歩けば、カッサンでおいしい食事にありつけるぞ」

「君は愛を感じたことがないんだ、きっと。だから刑法典三〇四条〔死刑宣告に関する条項〕みたいに、とても厳しいんだな！」と、判事は苦しまぎれの冗談でもって返答した。

フィリップ・ド・シュシーは激しく身を震わせた。広い額に皺を寄せて、そのときの空模様のように曇った顔つきを見せた。苦渋をなめた悲しい思い出がその表情をひきつらせたが、彼は泣いてはいなかった。強い男の例にもれず、彼は自分の感情を心の奥底で抑えておくことができたし、人間のどんな言葉でもっても自分の数々の苦しみの深さを表現できないときや、それらを理解したがらない人たちの嘲りが懸念されるときには、純粋な心の持ち主のひそみに倣って、遠慮せずにそれらを明かすようなことをおそらくやっていたのだ。ダルボン氏は、苦しみを見抜き、何らかの不手際から心にもあらず相手に与えた動揺を痛切に感じとるほどの、繊細な神経の持ち主だった。彼は口をつぐんでいた友人を邪魔せずに立ち上がると、疲れも忘れて黙って友人の後ろを歩いたが、おそらく癒されていなかった傷口に触れてしまったことをとても辛く思っていた。

「いつかね、君」と、フィリップは友人の手を握り、口には出さない相手の後悔の念に、悲しげな目で感謝しながら言った。「いつの日か、ぼくの人生を君に話すよ。今日はできそうもないけれど」

彼らは黙々と歩き続けた。大佐の苦悩が和らいだように見えると、判事は再び疲れを覚えた。そこで、本能というより疲れきった人間の願望から、彼は森の奥深いところまで目を凝らして見た。もてなしを頼めるかもしれない何らかの宿を発見したい気持ちで、彼は木々の梢を見上げたり、通りという通りを調べたりした。十字路にさしかかったところで、彼は樹木の間から立ち昇るかすかな煙が見えたように思った。立ち止まって非常に注意深く見ると、鬱蒼《うっそう》とした茂みのまんなかに、濃い緑色の枝を広げた松の木が何本かあるのが分かった。

「家だ！　家が一軒あるぞ！」と彼は声を上げた。「陸地だ！　陸地だ！」と叫んだ船乗りを彷彿《ほうふつ》させるような喜びようだった。

それから、彼はかなり密生した藪を素早く突っ切った。大佐の方は深い夢想にふけっていたが、機械的に彼の後についていった。

「長椅子や、トリュフや、ボルドーワインを求めてカッサンへ行くよりも、ここでオムレツや、自家製パンや、椅子にありつく方がいいよ」

節くれだった幹が茶色っぽく密集している森林のなかで、その白さがひと際目立つ壁を遠方から目にした判事の、歓喜の叫びがこのような言葉になったのだ。

「ははーん！　ここは何か古い修道院のようだぞ」と、古びた黒い鉄柵のところに辿り着いたダルボン侯爵が、再び声を上げた。かなり広い庭園の中央に、古い修道院様式で造られた建物が見えた。「ここの修道僧たちは、うまい具合に敷地を選んだものだなぁ！」

このさらなる感嘆の声は、詩情をそそる隠者の住まいが目に飛び込んできたときの、司法官の驚きを表していた。ネルヴィル村を頂く山の背面の中腹に、その建物はあった。大きな円周になって住居をぐるりと囲む森の樹齢何百年の樫の巨木群が、そこをまったく孤立した場所にしていた。かつて修道僧たちにあてがわれていた本館は、南向きに建っている。庭園は四十アルパン〔昔の農地面積単位で約四十二・二アール。四十アルパンは約十六・九ヘクタール〕ほどの広さがありそうだ。建物の周辺には、いくつもの清流や、これといった技法を用いずとも自然のままに点在する広々とした水面《みなも》によって、絶妙に区分けされた緑草地が広がる。色々な葉っぱのついたきれいな形の緑樹が、あちらこちらに植わっている。さらに、うまく作られた洞穴や、壊れた階段と錆びついた手摺りのついた大きなテラスが、この荒涼たる隠遁地に独特な佇まいをもたらしていた。ここでは、手業《てわざ》によって作られたものが、自然のなかの最も風情のあるものと優雅に合体していたのだ。太陽の熱を和らげると同時に、世間の雑音がこの隠れ家に届くのを遮っていた巨木群の根元では、人間の情念は消える運命にあるかのようだった。

神罰を受けたとでもいえそうな風景に、廃墟が加わることによって一層暗くなったその場所を堪能した後で、ダルボン氏は「何という荒れようだろう！」と呟いた。そこはまるで人間に見捨てられた不吉な場所のようであった。木蔦《きづた》のごつごつした幹と葉叢《はむら》が、いたるところに広がっている。茶や、緑や、黄や、赤い色の苔が、樹木とか、ベンチとか、屋根とか、石などにロマンチックな色合いを添える。虫に喰われた窓枠は雨によって磨り減り、また、ときの移ろいによる凹みもつけている。バルコニーは穴だらけで、テラスは壊れている。いくつかの鎧戸《よろいど》は、それぞれ一個の蝶《ちょうつがい》番で何とか持ち堪えている有様だ。きちんと閉まらなくなった扉は、侵入者に抵抗してはいけないみたいだ。放置された果樹たちの枝は、艶やかなヤドリギの房を一杯ぶらさげて、実をつけないまま遠くの方へ伸びている。丈の高い草が小道に繁茂する。これらの残骸は、それを描いた絵には魂を揺さぶる詩篇のような効果を、それを見るものの心のなかには夢想を、それぞれもたらしていたのだ。詩人なら調和のとれたこの乱雑さ、つまり優美さがなくはないこの荒れようを賛嘆しつつ、わびしい気分に浸って、そこにじっとしていたかもしれない。そのとき、太陽の光が雲間から現れ、半ば原始的なこの場面を無数の色の噴射によって照らしだした。茶色の屋根は輝き、苔は煌《きらめ》き、草原の上や樹木の下では幻想的な影が揺れ動いた。くすんだ色がよみがえり、対比の妙が冴《さ》え、生い茂った葉は明るみのなかで、くっきりと輪郭を描いた。突然、光が消えた。お喋りしていたかに見えたこの景色は、沈黙すると、再び陰気になったというより、むしろ秋の夕暮れのこの上なき穏やかな色合いになった。

「ここは眠れる森の美女の宮殿だな」と判事は思った。彼はもはや所有者の目でもってしか、この建物を見ていなかったのだ。「ここは誰のものなんだろう。このとてもきれいなお屋敷に住まない人がいたら、その人はおばかさんだよ」

鉄柵の右手に植わっていた胡桃の木の下から、一人の女が不意に飛びだした。彼女は音も立てず、雲影みたいに素早く判事の前を通りすぎた。この幻に驚いて、判事は押し黙った。

「ねぇ、ダルボン、どうしたんだい？」と大佐が尋ねた。

「眠っているのか、目を覚ましているのか知りたくて、目をこすっているのさ」と、幽霊を何とかもう一度見ようとして、鉄柵にへばりついていた司法官が答えた。

「彼女は多分、この無花果《いちじく》の木の下にいるぞ」と言って、彼は鉄柵の左手の壁から伸びていた木の葉っぱをフィリップに指差した。

「彼女って、誰だい？」

「さて！　それが分かるかな？」と、ダルボン氏が応じた。「ぼくの目の前のあそこで立ち上がったのさ、奇妙な女がね」と、彼は小声で言った。「彼女は生者《せいしゃ》の世界というより、異界にいるみたいだったよ。とてもスマートで、軽やかで、ふんわりしていたから、半透明人間かもしれないぞ。顔色はミルクのように白くて、服と目と髪の毛の色は黒だ。彼女は通りすがりに視線をこちらに向けたんだ。ぼくは臆病者じゃないけれど、平然とした冷ややかなその眼差しを見て、血管の血が凍りついたよ」

「美しい人かい？」とフィリップが尋ねた。

「分かんない。彼女の顔のなかで、目だけしか見なかったからね」

「カッサンの夕食なんて、もうどうでもいいさ。ここにいようよ」と、大佐は叫んだ。「この奇妙なお屋敷のなかに入ってみたい気持ちになっているんだ。まるで子供みたいにね。赤く塗った窓枠とか、扉や雨戸のモールディング〔建物や家具などにつけられる帯状の装飾〕に描かれた赤い飾り線が見えるかい？　ここは悪魔の家じゃなさそうだね？　おそらく修道僧たちから遺贈されたものだろう。さぁ、白と黒のツートンカラーの女性の後をつけてみようよ！　前進だ！」と、フィリップは無理やり陽気に叫んだ。

そのとき、二人の狩人は罠にかかったネズミの鳴き声によく似た声を聞いた。彼らは耳をすました。静けさのなかで、荒波のさざめきのように、灌木《かんぼく》の葉のこすれる音がしていた。彼らは何か新しい音を捉えようとして耳を傾けたが、大地はしぃーんとしたままだった。見知らぬ女は歩いていたのだけれど、その足音を大地がそっと消したのだ。

庭園の壁の周縁に沿っていきながら、フィリップは「こりゃ奇妙だぞ」と声を上げた。

やがて二人の友人は、ショーヴリー村に続く森の小道に行き着いた。パリ街道〔現在のD六十四号線にあたり、リラダンを出てネルヴィルとマフリエールを通る。ショーヴリー村は街道の南に位置する〕の方に向かってその小道をまた登り、大きな鉄柵の前に出たとき、彼らはこの不思議な住居の正面を目にした。こちら側は荒れ放題だった。直角に建つ三棟の母屋の壁には大きな亀裂が走っている。地面に積み上げられた屋根瓦とスレートの破片、さらには破損した屋根が、徹底した怠慢さを物語っている。木々の下に落ちた果実は、収穫されずに腐ったままだ。広い芝生で草を食んだかと思うと、次には花壇の花を踏み付けている牝牛。山羊の方は、緑色のブドウの実やブドウ棚の枝をかじっている。

「ここではすべてが調和していて、この無秩序は言わばまあ計画的なんだよ」と話しながら、大佐は釣鐘の鎖を引っ張った。だが、それは舌がついていない釣鐘だった。錆びたゼンマイの妙に甲高い音しか、二人の狩人には聞こえなかった。鉄柵の脇の壁に取り付けられた小さな門は、傷みがひどかったものの、びくともしなかった。

「ねぇ！　ねぇ！　ここにあるもの全部、すごく気になりだしたよ」と彼は連れに言った。

「ぼくが司法官じゃなければ、あの黒い姿の女性を魔法使いだと思うかもしれないなぁ」と、ダルボン氏が答えた。

彼が話し終えた途端、まるで人間たちに会いたい気持ちを表すかのように、牝牛が鉄柵のところにやってきて、温かい鼻面を彼らに向けた。滝木の茂みの下から立ち上がった異形《いぎょう》に、女という呼び方を当てはめることができるとしての話だが、そのとき、一人の女が牝牛の手綱を引っ張った。女は頭を赤いハンカチで覆っていたが、そこからは糸巻き棒に巻かれた麻屑によく似た金髪のもつれ毛がはみでていた。三角布の肩掛けは着けていない。黒と灰色の縞模様の目の粗いウールのペチコートは、丈が数プース〔一プースは約二・七センチメートル〕も短かったので、足が見え隠れする。彼女は、クーパー〔一七八九―一八五一。アメリカの作家。バルザックが愛読した『最後のモヒカン族』、『大草原』などの作品がある〕によって有名になった赤い毛皮族の仲間じゃないかと見紛われるほどだ。というのも、足や首やむきだしになった腕が、レンガ色に塗られたような状態だったからである。彼女の平板な顔は、知的な光でもって何ら照らされていない。青い目は輝きがなくてどんよりしており、まばらに垂れ下がった白髪は、まるで眉毛のように見える。最後に彼女の口元であるが、それはゆがんでいて、犬の歯のように白いけれども、いびつに並んだ歯をのぞかせている。

「おーい！　おなごさんよ！」とド・シュシー氏が叫んだ。

間の抜けた様子で二人の狩人をまじまじと眺めながら、女は鉄柵のところへゆっくりと近づいてきた。彼らの面前で、彼女は思わず作り笑いをした。

「ここはどこ？　あの家は何？　誰のもの？　お前さんは誰？　ここの人？」

これらの質問や、二人の友人が矢つぎばやに彼女にした数多の質問に対して、彼女は人間よりもむしろ動物のものと思われるような、喉からでる唸り声でしか答えなかった。

「彼女は耳が聞こえなくて、口がきけないのじゃないかしら？」と司法官は呟いた。

「ボン＝ゾム！」と、百姓娘が声を上げた。

「あぁ！　そうなんだ。ここはボン＝ゾムの古い修道院かもしれない」とダルボン氏が言った。

質問がまた始まった。しかし、気まぐれな子供のように、百姓娘は顔を紅潮させて木靴をいじくったり、草を再び食べだした牝牛の綱をひねくり回したり、二人の狩人を眺めたり、彼らの服装を端から端までじろじろと見たりしていた。金切り声を上げたり、もぐもぐ言ったり、くすくす笑ったりもしたが、喋りはしなかった。

魔法にかけようとするかのごとく、じっと相手を見つめながら「お前さんの名前は？」と、フィリップは彼女に尋ねた。

「ジュヌヴィエーヴ」と、ばかみたいに笑いながら彼女は答えた。

「これまでにぼくたちが出会った一番賢い生き物は牝牛だね。銃を一発撃って、誰かを来させよう」と司法官が声を上げた。

　ダルボンが猟銃を掴んだそのとき、大佐は身振りで彼を押し止め、すでに彼らの関心を強く引いていた正体不明の女を指差して見せた。その女性は、深い瞑想にふけっているようだった。そして、二人の友人が彼女を観察する時間を持てるくらいのゆったりした足取りで、かなり遠くの小道からやってきた。彼女は着古した黒いサテンのドレスをまとっていた。額の上や肩の周りでカールした長い髪の毛は、腰のところまで垂れ下がってショール代わりになっていた。おそらくその乱れ髪に慣れているらしく、左右のこめかみに垂れた髪を、めったに後ろへ払わなかった。彼女は頭を一度激しく揺らしたが、毛髪の厚いヴェールから自分の額か目をのぞかせるため、その動きを繰り返すということはしなかった。しかも、彼女の動作は動物のそれのように、女性にあっては奇跡と思える敏捷性を備えた身体の仕組によって、見事な落ち着きぶりを見せていた。彼女がリンゴの木の枝に飛びつき、小鳥のように軽々と登るのを見て、二人の狩人は驚いた。リンゴの実をもぎ取って食べてから、彼女はリスのたおやかな動きでもって地上に降りた。どんな小さな動きをしても、彼女の手足は才能とか努力の跡すら見られない柔軟性を持っていたのだ。彼女は芝生の上で戯れ、子供がするようにして転げまわった。それから、やおら手足を伸ばして草の上に寝そべったが、日向で眠る若い牝猫のような屈託のなさと、優雅さと、自然さが見られた。雷が遠くで鳴ったとき、彼女はすぐにうつぶせになり、よそものが近づいてくる物音を聞いた犬さながらに、驚くほど器用に四つん這いになった。奇妙な姿勢をしたために、彼女の黒髪はさっと二筋に大きく分かれて顔の両側に垂れた。そのお陰で、この不思議な光景に立ち会っていた二人は、牧草地のマーガレットのように輝く白い肌をした両肩と、全身の完璧なバランスを想像させる、非の打ちどころのない首筋に見とれることができた。

彼女は悲痛な叫び声を発したが、すうっと起き上がった。その所作がとても優美で軽やかに行われたので、彼女は生身の人間ではなくて、オシアン〔三世紀頃のアイルランドの伝説的詩人〕の詩で有名になったアリアに出てくる娘たちの一人のように思われた。彼女は広々とした水面《みなも》の方へ行き、履物を脱ごうとして片方の足を軽く振った。そして、自分が作った宝石に似た波紋におそらく見とれながら、雪花石膏〔粒子の細かな白い石膏〕のような白い足を泉に浸して喜んでいるふうだった。それから、水辺で跪《ひざまず》き、まるで子供みたいに長い三つ編みを水に浸してからぱっと引き上げ、日の光を受けた水滴が真珠のロザリオの形になって、一滴、また一滴と垂れるのを嬉しそうに眺めていた。

「この女《ひと》は気がふれているよ」と判事が言った。

ジュヌヴィエーヴのしわがれ声が響いて、正体不明の女に届いたようだ。すると、彼女は髪の毛を顔の両側に振り分けながら、さっと身を起こした。このとき、大佐とダルボンは、この女性の様子をはっきり見ることができた。二人の人物に気づくと、彼女は牝鹿のごとく軽やかに鉄柵のところへ飛んできた。

「アデュー!」と、優しくて響きのよい声音で言った。しかし、狩人たちが待ち焦がれていた歌のようなこの言葉は、彼女のどんなささいな感情も、考えも明かしていないようだった。

ダルボン氏は、彼女の長い睫《まつげ》と、黒くて濃い眉毛と、ほんのりとした赤みさえもさしていない眩《まばゆ》いば

かりの白い肌に見とれた。細くて青い血管だけが白い顔に浮き出ていた。この奇妙な女性から受けた驚きを伝えようとして振り向いたとき、判事は、友人が死んだように草むらに倒れているのを見つけた。ダルボン氏は、人を呼ぶために空砲を放つとすぐに、大佐を起こそうとしながら「誰か助けてください！」と叫んだ。じっとしていた正体不明の女は爆発音を聞くや、矢のような速さで逃げだし、傷ついた動物みたいにおびえた悲鳴を何度も上げ、そして、極度の恐怖におののきながら牧草地をぐるぐる回った。リラダンへ通じる道路で、幌付き四輪馬車の音がするのを聞きつけたダルボン氏は、散策にやってきた人にハンカチを振って助けを求めた。直ちに馬車がボン＝ゾムの方に向かってくると、ダルボン氏は隣人のド・グランヴィル夫妻の姿を認めた。彼らは司法官に自分たちの馬車を提供するつもりで、急いで降りた。ド・グランヴィル夫人が気付け薬の小瓶を持ち合わせていたので、ド・シュシー氏にそれを嗅がせた。大佐は目を開けたとき、正体不明の女が叫びながら走り続けている牧草地の方へ目をやり、はっきりと聞き取れないうめき声をもらしたが、そこには彼の恐怖心が表れていた。それから、この光景から自分を遠ざけてほしいと友人に頼むような身振りをしながら、彼は再び目を閉じたのだった。ド・グランヴィル夫妻は、親切にも徒歩で散策を続けると言って、彼らの馬車を判事に自由に使ってもらおうとした。

「あの女性は一体何者ですか？」と、司法官は正体不明の女を指差しながら尋ねた。

「彼女はムーラン〔ブールボネ地方の県庁所在地〕からやってきたらしいですよ」と、ド・グランヴィル氏は答えた。「彼女の名前はド・ヴァンディエール伯爵夫人といいますが、気がふれているようです。でも、彼女がここへ来てまだ二カ月なものですから、この噂のすべてが真実かどうか請合えませんがね」

ダルボン氏はド・グランヴィル夫妻に礼を述べてから、カッサンの方へと向かった。

「あれは彼女だ」と、回復したフィリップが言った。

「誰のことだい？　彼女って！」とダルボンは尋ねた。

「ステファニーだよ。あぁ！　死んで生きて、生きて気が狂っていたんだ。ぼくはもう死ぬかと思ったよ」

用心深い司法官は、友人が苦しんでいる発作の重さを考慮して、質問をぶつけたり、いらいらさせたりしないよう心がけた。彼は一刻も早く城に着きたいと思った。というのも、大佐の表情や全身に起きていた変化を見て、伯爵夫人が恐ろしい病気をフィリップに移したのではないかと心配したからである。大佐が横になる頃に、医者が彼の枕元に来てくれているのを望んだダルボンは、リラダン大通りに着くとすぐに、従者を町医者のもとへ遣わした。

「大佐どのが何も召し上がっていない状態でなければ、お亡くなりになっていたでしょう」と外科医は言った。「疲労が大佐どのを救ったというわけです」

差し当たり用心しなければならないことを指示してから、医者は鎮静剤を処方するために中座した。医者自ら、ド・シュシー氏を看病するつもりでいたのだが、翌朝、彼はよくなっていた。

「侯爵どの、包み隠さずに申しますが」と、医者はダルボン氏に言った。「わたしどもは脳の損傷を心配していました。ド・シュシー氏はかなり激しいショックをお受けになったために、興奮がまだ収まっていないのです。しかし彼の場合、最初に受けた衝撃がすべてを左右していますから、明日になると多分峠を越されるでしょう」

町医者の見立ては正しかった。それで翌日、医者は司法官に友人を見舞うのを許可した。

「親愛なるダルボン」と、フィリップは彼の手を握って言った。「君に手伝ってもらいたいことがあるんだ！　これからすぐにボン＝ゾムへ急いで行っておくれ！　ぼくたちがあそこで見た女性について、ありとあらゆることを調べて、直ちに戻ってくるんだよ。今か今かと待っているからね」

ダルボン氏は馬に飛び乗り、昔の修道院まで速歩《はやあし》で駆けつけた。到着すると、鉄柵の前に感じのよい顔付きをした、背の高い細身の男性がいるのに気づいた。この廃屋に住んでいるのかと司法官が尋ねると、相手はそうだときっぱり答えた。ダルボン氏は訪問の理由を語った。

「え、何ですって」と、初対面の男性は叫んだ。「あの取り返しのつかない一発を撃ったのは、あなたなのですか？　わたしのところの哀れな病人を、あなたは死なせかけたのですよ」

「ええっ！　わたしは空砲を撃ったのですが」

「たとえあなたが伯爵夫人に弾を当てたとしても、その方が彼女に与えた被害はもっと少なかったでしように」

「でも、わたしたちは自責の念にかられる必要はないと思います。と申しますのも、あなたの伯爵夫人を見たことで、友人のド・シュシー氏は危うく命を落とすところだったのですから」

「そのかたは、もしかしてフィリップ・ド・シュシー男爵さまでは？」と、医師は両手を合わせながら叫んだ。「彼はベレジナ河を渡ってロシアへ行かれたのですか?」

「そうですとも」とダルボンは答えた。「彼はコサック兵に捕まって、シベリアへ連行されたのです。十一カ月ほど前にそこから戻ってきましたが」

「お入りください」と言って、男性は住居の一階にあるサロンへと司法官を案内した。そこにあるすべてが、何とも形容しがたい惨状を呈していた。

柱時計の箱は何ともないものの、そのそばの高級な陶器の花瓶がいくつか壊されていた。窓のドレープ付きの絹のカーテンは破けていたが、モスリンの二重カーテンは無傷のままで掛かっていた。

「ご覧の通り、わたしが仕えてきた魅力的な女性から受けた被害なのです」と部屋に入りながら、男性はダルボン氏に言った。「彼女はわたしの姪です。わたしの腕では無理ですが、あいにく金持ちしか受けることのできない治療法を試しながら、いつか彼女に理性を取り戻させてやりたいと願っております」

それから、繰り返される苦悩に押し潰されたまま、孤独のなかで生きるすべての人の例にもれず、彼は次のような異常な出来事を、ながながと司法官に話して聞かせた。語り手と判事が加えた、たくさんの余談を取り除いて整理された話の内容は、以下のようになっている。


一八一二年十一月二十八日に丸一日をかけて護ったステュジアンカ高地を夜の九時頃に離れるに際し、ヴィクトール元帥は、ベレジナ河に架けられた二つの橋のうち、まだ姿をとどめていた一つを死守する任務を負った約千人の戦闘員を、その高地に残した〔ステュジアンカ村の前のベレジナ河で浅瀬が見つかったため、皇帝は架橋工事を命じた。歩兵用の第一架橋と、二百メートル下流に作られた騎兵・砲兵・車輛用の第二架橋は、一八一二年十一月二十六日の夕方に完成した。第二架橋は、二十八日の午前中に砲車の重みで壊れた〕。寒さに凍え、軍隊の装備一式から離れるのを頑に拒んでいた大勢の敗残兵を救うために、この後衛部隊は身を捧げていたのだ。しかし、献身的なこの部隊の英雄的行為は無駄であったかもしれない。集団になってベレジナ河の岸辺に殺到した敗残兵たちは、近衛軍が十一月二十七日と二十八日の両日に渡河する際に放棄せざるを得なかった、あり余るほどの馬車や、弾薬車や、あらゆる種類の備品類を、不幸にしてそこで発見したのだった。思いもよらない富を受け継いだ、この哀れな人たちは道を辿り、にわかに信じ難い悲運のために、軍隊にとって不吉なものとなっていたベレジナ河を夜間に平穏に渡るかわりに、寒さで頭がぼうっとなりながら、誰もいなくなった露営地に身を寄せ、自分たちの小屋を建てるために軍用資材をへし折り、手当たり次第に手に入れたものを全部燃やして暖をとり、栄養をつけるために馬を潰し、身体を覆うために馬車から毛織物や亜麻布を引っ張り出してから眠りに入った。雪しか他に飲み物はなく、雪以外の寝床はなく、雪の地平線しか見晴らすものはなく、雪か、いくらかの凍った赤蕪《かぶ》か、数握りの小麦粉か、馬肉の他には食べ物がない状態で、広大な雪原を横切ったことを思い出す人たちにしか、この気の毒な敗残兵たちの脱力感は分かってもらえないだろう。不運な人たちは、餓えと、渇きと、疲れと、眠気で死にそうになりながら、とある広野に辿り着いた。そこで彼らは、薪と、焚き火と、食料と、打ち捨てられた無数の装備一式と、露営地を、いわば急ごしらえの町を見つけた。ステュジアンカ村は完全に解体されてしまい、分割されて高地から平原の方に移されていたのだ。この町がどれほど哀れっぽくて危険であっても〔ダンテの『神曲』、「地獄篇」第三歌の冒頭で詩人が読む、地獄の門に掲げられた銘文の一節、「われをくぐりて、汝らは嘆きの町に入る」が暗示されている〕、前方にぞっとするようなロシアの荒地しか見ていない人たちにとっては、そ

の悲惨さや危険性すら、彼らに微笑みかけていたのである。つまり、そこは二十時間も存続しない広大な病院のようなものだった。生きることへの倦怠感、あるいは思いがけない心の安らぎに対する感覚が、この人間集団に休息以外の何の考えも受け入れ難くさせていたのだ。雪原のまっただなかに、あるときは黒く、あるときは炎を上げて燃える大きな斑点のようになって現れた集団に向けて、ロシア軍の左翼側の砲兵隊は休みなく発砲した。しかし、無感覚になった群衆には、間断なく打ち込まれる砲弾など、もう一つの厄介なものくらいにしか映らなかったのである。四方に飛んだ砲弾は、瀕死人や、病人や、多分絶命していた人にしか当たっていないはずだったので、それは前触れとなる稲妻が皆から無視された嵐のような具合だった。敗残兵たちがグループになって、ひきもきらずやってきた。幽霊のように痩せ衰えた人たちは、やがて別々になって、露営の火から火へと場所を恵んでもらいにいった。彼らは絶えず押し戻されるが、受け入れを拒まれた宿を力ずくでも提供してもらおうとして、再び集まった。次の日の死を彼らに予言する将校たちの言葉には耳をふさぎ、一夜の避難場所を確保して、たいていの場合死に際のものとなる食事をするために、彼らは渡河に要する力をすべて使い果たしてしまったのだ。彼らは自分たちを待ち受けている死を、もはや辛く感じなかった。というのも、死はひとときの休息を与えてくれたからだ。彼らは苦痛という呼び方を、飢えと渇きと寒さにしか結びつけなかった。薪も火も亜麻布も避難場所も、もはや見つからなくなったとき、すべてをなくして不意にやってきたものと、住まいを持つ富めるものとの間で恐ろしい戦いが起こり、一番弱いものが死んだ。ロシア兵に追われた何人かが、もう雪原でしか夜営できなくなったためにその場で寝て、二度と起き上がれなくなるという事態がついに生じた。消滅しかかっていたこの人間の塊は、知らず知らずのうちにとても結束が固くなり、耳が遠くなり、放心状態か、もしくは多分幸せそうになっていたので、ヴィトゲンシュタイン〔ロシア・スウェーデン連合軍を指揮したドイツ人将軍〕が率いた二万人のロシア兵と勇壮に戦った指揮官ヴィクトール元帥は、皇帝のもとへ連れて行く五千人の勇士たちにベレジナ河を渡らせるために、この人間の森のなかを強引に切り拓いて、道筋をつけなければならなかった。不幸な人たちは、動いて避けるというより、むしろ踏み潰されるままになり、フランスのことは考えずに、消えゆく自らの火に微笑みかけながら、静かに息を引き取ったのだった。

夜の十時になって、ベリュヌ公爵〔ヴィクトール元帥の貴族の称号〕は、やっと河の対岸に着いた。ザンビン〔ベレジナ河の西にある町〕に通じる橋々を渡る前に、公爵はベレジナ河の惨禍を生き延びた人びとすべての命の恩人であるエブレ〔近衛軍公兵指揮官で、架橋工事の責任者〕に、ステュジアンカの後衛部隊の運命を委ねた。一人の勇敢な将校を従えたこの偉大な将軍が、橋の近くで陣取っていた小さな仮小屋を出て、ベレジナ河の岸辺とボリソフ〔ステュジアンカの南東に位置する村〕からステュジアンカまでの道路との間に設置された野営の光景を偵察し始めたのは、真夜中頃であった。ロシア軍の大砲は鳴り止んでいた。大雪原のまんなかでは、淡くて光を発していないかに見えた無数の火が、人間らしさのかけらもない顔を、ここかしこで照らしていた。ナポレオンがロシアに送り込んだ多国籍の総勢三万余の不幸な人たちが、露骨なまでの無関心さでもって自分たちの命を危険にさらしながら、そこにいたのだ。

「このものどもを、一人残らず救ってやろう」と、将軍は将校に言った。「明朝、ロシア軍はステュジアンカを占領するだろう。彼らが姿を現したその瞬間に、橋を燃やさないといけない。さぁ、頑張るのだぞ！　高地まで道を切り拓いていくのだ。フルニエ将軍〔東岸で八百名の兵士を率いて、ロシア軍の騎兵五千名を退散させた人物〕に、戦術地点から撤退して、あのものども全員をかき分けて橋を渡るのに、時間はわずかしか残されていないと伝えてくれたまえ。フルニエ将軍が前進するのが見えると、後について行きなさい。頑健な男どもを手伝わせて、情け容赦なく露営地や、装備や、弾薬車や、馬車をすっかり焼き払うのだ！　橋の上にいるあの群衆を追い立てるのだぞ！　足が二本揃っているものは全員、強制的に対岸へ避難させなさい。今や、火事がわれわれの最後の手段なのだ。もしベルティエ〔装備類の焼却の件で、ネイ元帥と対立したベルティエ元帥のこと〕が、忌まわしい装備類を焼き払うのをわたしにまかせてくれていたなら、この河は気の毒な架橋兵たちを一人も飲み込まなかっただろうに。軍隊を救ったのだが、皆から忘れ去られるあの五十人の英雄たちを！」

　将軍は額に手をやって沈黙した。ポーランドが彼の墓場となり、橋の架台を沈めるために水中に、ベレジナ河の流れのなかに居続けた、あの崇高な男たちを称賛するいかなる声も上がらないだろうと、彼は感じていた。ところが、彼らのうちの一人だけが、まだ生存していた。もっと正確に言えば、ある村で人知れず苦しんでいたのだ！　皇帝伝令将校は出発した。この高潔な将校がステュジアンカの方へ百歩ほど進むとすぐに、エブレ将軍は体調を崩していた架橋兵たちを何人か起こした。そうして、橋の周辺に作られた露営地を燃やし、彼の周りで眠っていたものたちに、無理やりベレジナ河を渡らせる慈善事業を始めたのだった。その間に、若い皇帝伝令将校はやっとのことで、ステュジアンカに残る唯一の木造家屋に到着していた。

「この小屋には人がいっぱいいるのかい、ねぇ」と、彼は外にいた男に気づいて尋ねた。

「もしお前さんがなかへ入れれば、腕のいい兵隊さんになるだろうよ」と、士官は振り返らずに、小屋に使われた材木をサーベルで傷つけながら答えた。

「フィリップじゃないのかい？」と、皇帝伝令将校は友人の一人の声だと分かって言った。

「そうだよ。おや！　君だったのか」と、彼と同じくまだ二十三歳の皇帝伝令将校を見ながら、ド・シュシー氏は言った。「君は、あの聖なる河の向こう側にいるものとばかり思っていたよ。デザート用のお菓子とジャムをぼくたちに持ってきてくれたのかい？　それなら、君は歓待されるよ」彼は自分の馬に飼料代わりに与える木の皮を剥《は》がし終えると、こう付け加えた。

「君たちの司令官を探しているのさ。ザンビンへ急いで行かれるようにと、エブレ将軍の名代としてお伝えするためにね！　彼らを歩かせるために、ぼくがこれからすぐに火を放とうとしている、あの生ける屍の集団をかき分けて進む時間は、君たちにかろうじて残されているだけなんだよ」

「その知らせに困惑しているんだが、君はぼくを何とか奮い立たせてくれたよ！　友人を二人救わないといけないんだ！　ねぇ！　この二個のトランクがなければ、ぼくはもうとっくに死んでいたかもしれないよ！　自分の馬の世話をして、それを食べないでいるのは、ひとえに彼らのためなんだ。お願いだ。何かパン屑でも持っていないかい？　もう三十時間もの間、何も腹に入れていないんだ。しかも、ぼくに残っているわずかな熱意と勇気を持ち続けようとして、気が狂ったみたいに戦いを交えたからね」

「かわいそうなフィリップ！　何も、何も持ってないよ。でも君たちの将軍さまは、あそこにおられるんだろう？」

「入っちゃだめだ！　その小屋には負傷者たちがいるんだよ。もっと高いところへ登ったらどうだ！　そうすりゃ、右手に豚小屋のようなものに出くわすさ。将軍はそちらにいるよ！　じゃあ、君、さようなら。ひょっとすると、ぼくたちはパリの寄せ木張りの床でトレニ〔四人一組で踊るカドリーユというダンスを構成する動きの一つで、考案者の名前が付けられている〕を踊れるかもしれないぞ……」

彼は最後まで話さなかった。そのとき、恐ろしいほどの突風が吹いたため、皇帝伝令将校は凍えないように歩いたが、フィリップ連隊付副官〔ナポレオン軍の連隊では第二大佐であり、軍需品の管理責任者〕の唇は凍りついた。やがて深閑とした空気がみなぎった。小屋から聞こえてくるうめき声と、小屋に使われた材木の凍った樹皮を、ド・シュシー氏の馬が飢えと怒りでもって噛み砕く騒々しい音だけが、静寂を破っていた。連隊付副官はサーベルを鞘《さや》に収め、彼が飼い続けてきた貴重な動物の手綱を不意に取ると、その動物が好んで食べていたひどい飼料から無理やり引き離した。

「出発だ、ビシェット！　出発だ。ステファニーを救えるのはお前しかいないのだよ。さぁ、俺たちにだっていずれ休憩したり、死ぬことが許されるだろう、おそらくね」

生命と活力を維持するのに欠かせない毛裏付き軍服に身を包んだフィリップは、身体を温め続けるために、硬くなった雪を足でけりながら走りだした。連隊付副官は、五百歩〔四、五百メートル〕ほど進むやいなや、朝から老兵に馬車の見張りをさせておいた広場で、大きな火の手が上がっているのに気づいた。彼は恐ろしい不安に襲われた。この潰走の間に深い感情につき動かされた人びとのように、友人を救助するために、彼は自身が危難する折には持たなかったような力を感じたのだった。盛り土から数歩のところまで、すばやく辿り着いた。砲弾を避けるために、盛り土の底の方に一人の若い女性を避難させておいたのだ。幼馴染みを、彼の最も大事な宝物を！

馬車から数歩離れた場所で、三十人ほどの敗残兵が大きな焚き火を前にして集まっていた。彼らは板切れや、弾薬車の上にかける物や、馬車の車輪や、仕切り板などを投げ入れて、火種を絶やさなかった。ステュジアンカ高地の麓《ふもと》の大地に刻まれた広い畝から死の河〔ベレジナ河〕までのあたりに、まるで人の頭と、焚き火と、木造小屋で埋まった大海原のごとく、殆んど感じられない動きで波立ち、時折大響音が混ざりはするが、シューシューという微かな音をだす、生ける海を形作っていた人びとのなかでは、この兵士たちが多分、最後の到来者であった。この不幸な人たちは、おそらく飢えと絶望のせいで、強引に馬車を訪れたのであろう。マントと毛裏付き軍服にくるまり、襤褸《ぼろ》の上で横たわっているところを彼らに見つかってしまった老将軍と若い女性は、そのとき、焚き火の前でじっとうずくまったままでいた。馬車の片方のドアは壊されていた。火の回りにいた男たちが馬と連隊付副官の足音を聞くやいなや、飢えに駆られた荒々しい雄叫びが、彼らの間から起こった。

「馬だ！　馬がきたぞ！」

皆の声はまとまって一つの声となった。

「引き下がれ！　さもないと撃つぞ！」と、二、三人の兵士が銃で馬に狙いをつけながら叫んだ。

フィリップは自分の牝馬の前に立ちはだかって、やり返した。「悪党め！　お前たちを、残らずあの火のなかへぶっ倒してやる。向こうの高地に死んだ馬たちがいるじゃないか！　そいつらを探しに行ってみろよ」

「ふざけ屋だぞ、この士官は！　いぃーち、にぃー、動かないのかい？」と、大柄な擲弾《てきだん》兵〔ナポレオン戦列歩兵の精鋭であり、大柄な古参兵が集まったその部隊は、敵に打撃を与える任務を負った〕が言った。「いやだと！　じゃ、好きなようにするがいいさ」

女性の叫び声が銃声に勝るくらい、大きく響いた。幸いにもフィリップには当たらなかったが、倒れたビシェットは死と闘っていた。三人の男が馬に飛びかかって、銃剣で止めを刺した。

「残忍な奴らめ！　毛布と俺の拳銃を取らせてくれ」と、落胆したフィリップが言った。

「拳銃は取りに行ってもいいぞ」と擲弾兵が答えた。「毛布についちゃ、あそこに歩兵がおるだろう。彼は二日前から腹に何も入れていないし、薄っぺらのみすぼらしい服を着て、寒さに震えているのさ。あれが俺たちの将軍さまだよ……」

片方だけの履物は磨り減り、ズボンは十カ所ばかり穴があき、頭には霧氷がこびりついた粗末な略軍帽しか被っていない一人の男を見て、フィリップは押し黙った。彼は急いで自分の拳銃を取ってきた。五人の男が焚き火の前へ牝馬を引きずっていき、パリの肉屋の丁稚《でっち》がやりそうな手際のよさで、馬を解体し始めた。肉片が見事に切り取られ、炭火の上に投げられた。彼がやられそうだと分かって恐怖の叫びを発した女性の傍らへ、連隊付副官は座りにいった。彼女は馬車のクッションの上に座り、身体を温めながらじっとしていた。にこりともしないで、彼女は黙って彼を見た。フィリップはそのとき、馬車の護衛を頼んでおいた兵士が自分のそばにいるのに気づいた。気の毒なことに、その男は負傷していた。

多勢《たぜい》に圧倒されて、敗残兵たちの襲撃に屈したばかりだったが、最後の瞬間まで主人の食事を護った犬のように、ぶん捕ったもののなかから、自分用に取っておいた白い毛織物を、マントみたいにして身に着けていた。彼は牝馬の肉片をひっくり返しているところだったが、豪勢な食事を準備する喜びがその顔に浮かんでいるのを副官は見た。三日前から子供に返っていたド・ヴァンディエール伯爵は、妻の横でクッションに座ったまま炎をじっと見つめていたが、炎の熱気によって手足のしびれがおさまりかけていたのだ。彼は馬車が強奪される始末になった戦闘ほどには、危険なことやフィリップの到着に動揺していなかった。彼女に愛情の証しを伝え、最悪の状態に貶《おとし》められた彼女を目の当たりにして感じた辛い気持ちを表すために、シュシーは取りあえず若い伯爵夫人の手を握った。融けてとめどなく流れる雪の山に腰を下ろして、彼は無言のまま彼女の傍らにいた。敵の脅威を忘れ、すべてを忘れて、わが身を温める幸運に浸ったのだった。彼の顔は嬉しさのあまり、いつの間にか、しまりのない表情になっていた。そして彼は、部下の兵士に渡された馬肉の薄い切り身が焼きあがるのをじりじりして待った。炭火で焼かれた肉の匂いが彼の空きっ腹を刺激したが、空腹感が彼の本心や、勇気や、恋愛感情を抑制していたのだ。彼は自分の馬車が強奪された後の有様を、憤ることもなく見つめていた。焚き火を囲んでいた男たちは、伯爵と伯爵夫人と副官のものであった毛布、クッション、毛裏付き軍服、ドレス、男性用と女性用の衣服を、皆で分け合っていた。フィリップは、金庫がまだ使えるかどうか見ようとして振り返った。彼は炎の明かりのもとで、金やダイヤモンドや銀製品が、そのかけらすら誰にも横取りされずに散らばっているのを目にした。偶然によって火の周りに集まってきたものたちは、各自、何かしら恐ろしい沈黙を守っていたし、自分たちの安らぎに必要だと思うことしかやらなかったのである。この悲惨な場面は、グロテスクと言えるようなものだった。寒さで歪んだ顔には泥が幾層にも塗られており、そのマスクの分厚さを証明するかのように、涙が流れた跡が目から頬の下にかけて残っていた。長く伸びたかれらの不潔な髭のせいで、兵士たちは一層おぞましく見えた。婦人用ショールにくるまったものもいれば、馬の鞍敷《くらしき》や、泥だらけの毛布や、融けた霜が染みこんだ襤褸をまとったものもいた。片方の足にブーツを、もう一方に短靴を履いたのも何人かいる始末だ。つまり、笑いを誘う奇妙ないでたちをしていないものは、一人としていなかったのである。とてもばかばかしい物を前にしても、この男たちは重々しくて、沈んだ表情をしていた。静寂を破っていたのは、焚き木の弾ける音と、炎のぱちぱちはねる音と、遠くの野営地から伝わってくる鈍い音と、誰よりも餓えていたものどもが一番おいしい肉片を切ろうとして、ビシェットをサーベルで突き刺す音だけだった。他の人たちより疲れていた気の毒な何人かが眠っていたが、彼らのうちの一人がたまたま火の中へ転がっていっても、誰も彼を助けなかった。そこに集まっていた厳しい人たちは、彼が死ななかったのなら、もっと安全な場所に移るようにと、やけどが彼に知らせるにちがいないと考えていたのだ。不幸者が火のなかで目を覚まして非業の死を遂げても、誰も彼のことを悼まなかった。それぞれの無頓着さは、他の人のつれなさのせいだといわんばかりに、いく人かの兵士たちは顔を見合わせていた。若い伯爵夫人はこのような光景に二度出くわしたが、押し黙ったままでいた。炭火に置かれた肉の色々な部位が焼けたとき、動物のようにがつがつとした嫌な食べ方で、彼らはめいめい飢えを満たした。

「一頭の馬に三十人の歩兵が乗るのを見るのは、初めてだぞ」と、牝馬を倒した擲弾兵が叫んだ。

これはフランス人らしいエスプリを証拠だてる唯一の冗談であった。

やがて哀れな兵士たちは、ほとんどが衣類にすっぽりくるまり、板切れや、雪とじかに触れないようにしてくれるあらゆるものの上に身を置いて、翌日のことは気にかけずに眠った。連隊付副官が身体を温め、空腹を満たしたとき、抗いがたい眠気が彼の瞼《まぶた》を重くした。眠気と戦ったほんの短い間、彼はこの若い女性を凝視した。彼女は眠ろうとして焚き火の方へ顔を向けていたが、閉じた両眼と額の一部が見えていた。彼女は裏地に毛皮を付けた軍服と竜騎兵用の大きなマントにくるまれて、血痕が付着した枕に頭をのせていた。顎のところで結わえたハンカチで固定されたアストラカンの帽子《ボネット》が、彼女の顔をかなう限り寒さから護っていた。彼女は両足をマントのなかに隠していた。こんなふうに身体を丸めた彼女は、実際のところ何にも似通っていなかった。彼女は従軍商人の最後の一人だったのだろうか？彼女はあの魅力的な女性、愛人の誉れとなる人物、パリの舞踏会の女王だったのだろうか？　悲しいかな！　彼女に身も心も捧げた愛人の目でさえ、このリネンの下着類や襤褸の山のなかに女性的なものは、もはや何も見つけられなかった。極寒のもとで、恋愛感情は一人の女性の心のなかで押し潰されてしまっていたのだ。どうにも逆らえない睡魔が目に被せた分厚いヴェールを通して、副官は夫と妻の姿をもはや二つの点としてしか見ていなかった。焚き火の炎、横たわった姿形、束の間の暖気のすぐ近くでうなる厳しい寒気、これらすべてが夢のようであった。脳裏を離れないある思いが、フィリップを不安な気持ちにしていた。「もしぼくが眠れば、ぼくたちは全員死ぬだろう。だから、眠っちゃいけないんだ」

と、彼は考えていた。しかし、彼は眠っていたのだ。一時間のまどろみの後、恐ろしいどよめきと爆発音がド・シュシー氏の目を覚ました。自分の務めを果たそうという感情と、愛しい人にふりかかる災禍が、急に彼の胸に込み上げてきた。フィリップは、獣の咆哮《ほうこう》にも似た叫びを上げた。彼と部下の兵士だけが突っ立っていた。彼らは目の前で、露営地やあばら家を焼き尽くしながら、大勢の人間の姿を夜の暗闇のなかで浮かび上がらせる火の海を見た。絶望の叫びや怒号が聞こえてきた。数多の悲しげな顔や、怒りの表情が目に入った。この地獄図の最中に、縦列隊形部隊が死体の山をぬって橋の方へ進んでいった。

「われわれの後衛部隊の撤退だ。もう希望はないぞ」と、連隊付副官は叫んだ。

「ぼくは君の馬車に手をかけなかったよ、フィリップ」と、優しい声がした。

振り向いたとき、シュシーは炎の明かりで、若い皇帝伝令将校だと分かった。

「あぁ！　何もかも失ったよ」と副官は返答した。「奴らはぼくの馬を食らってしまったんだ。それにしても、あのばかみたいな将軍と彼の妻を、どうやって歩かせることができるだろうか？」

「フィリップ、燃えさしの薪をかざして、彼らを脅せば！」

「伯爵夫人を脅すってかい！」

「さようなら！」と皇帝伝令将校は言った。「ぼくにはこの危険な河を渡る時間しかなくて、渡らないといけないんだ！　フランスに母を残しているからね！　何という夜なんだろう！　この集団は雪原に残りたがっていて、不幸な人たちのほとんどは起き上がるというより、むしろ火に焼かれるままになっているよ。今四時だよ、フィリップ！　二時間もすればロシア軍は行動し始めるだろう。君はきっともう一度、死体で覆われたベレジナ河を見るにちがいない。フィリップ、君自身のことを考えろよ！　君には馬がいないのだから、伯爵夫人を運べないんだよ。だから、さぁ、ぼくと一緒に来るんだ」と、彼はフィリップの腕を引っ張りながら話した。

「君、ステファニーを見捨てるってことかい！」

連隊付副官は伯爵夫人を抱えて立たせ、絶望した男の荒々しい動作で彼女を揺さぶり、無理やり目を覚まさせた。彼女はとろんとした目で彼を見つめた。

「ステファニー、歩かなくっちゃ。さもないと、ぼくたちはここで死んでしまうのだよ」

返事をするかわりに、彼女は地べたにしゃがんで眠ろうとした。副官は燃えさしの薪を掴んで、それをステファニーの顔の前で動かした。

「彼女の気持ちなど構わずに、助けよう！」と、伯爵夫人を起こしながら叫ぶと、フィリップは馬車のなかへ夫人を運んだ。

戻ってくると、彼は友人に手伝いを頼んだ。二人は、彼が死んでいるか生きているか分からないままに、老将軍を担いでいって妻の傍らに置いた。連隊付副官は地面に倒れていた男たちを、一人ずつ足で転がして彼らの略奪品を取り戻すと、襤褸を全部夫妻の上に積み上げ、そして馬車の隅っこに、彼の牝馬の焼かれた肉片を数個投げ入れた。

「一体、何をするつもりなんだ？」と皇帝伝令将校は彼に尋ねた。

「こいつを引っ張って行くのさ」と副官は言った。

「気でも狂ったのかい！」

「その通りだ！」と腕組みしながら、フィリップは叫んだ。

彼は窮余の一策を急に考えついたようだった。

部下の兵士の頑丈な腕を掴んで、彼は「おい、一時間の間、馬車をお前にまかせるぞ！　誰であれ、この馬車に近寄らせると、お前の命がないものと思っておくのだぞ」と命じた。

副官は伯爵夫人からダイヤモンドをいくつか取り上げて、それらを片方の手に持ち、もう一方の手でサーベルを抜き、誰よりも勇敢な兵士に違いないと思った何人かを、腹立たしげに叩き起こし始めた。首尾よく巨漢の擲弾兵一人と、階級の分からない別の二人の目を覚まさせた。

「われわれはやられたぞ」と彼らに伝えた。

「ちゃんと知っていますとも。でも、そんなことはどうでもいいですよ」と、擲弾兵は答えた。

「ほら、死のための死より、美しい女性にわが命を賭け、フランスをもう一度見るチャンスがある方がよくはないかい？」

「わしは眠る方がいいんだ」と、一人の男が雪の上を転がりながら言った。「で、副官どの、わしをまだ悩ませるんだったら、あんたの腹を軍刀でぐさりとやりますぜ！」

「将校どの、何事ですか？」と擲弾兵が尋ねた。「そいつは酔っ払いです！　奴《やっこ》さんはパリっ子だから、快適な生活を好むんですよ」

「もしわたしについてきて、過激派のように戦いたいと望むなら、これはお前さんのものになるぞ、勇敢な擲弾兵君！」と、副官はダイヤモンドの首飾りを彼に見せて言った。「ロシア軍が十分ほど歩いた先に駐留していて、馬を連れておるのだ。奴らの第一砲列の間を進んで、馬を二頭かっさらってこよう」

「それで、副官どの、見張り番はどうされますか？」

「われわれ三人のうちの一人が」と、彼は兵士に言った。彼は話を中断して皇帝伝令将校を眺めた。「イポリット、君はついてきてくれるよなぁ？」

イポリットはうなずいて、同意した。

「われわれのうちの一人が見張り番になるのだ」と、副官は言葉をついだ。「しかも、おそらく奴らも眠っているのだ、あの忌々しいロシア兵たちも」

「あのう、副官どの、あなたは勇敢なお方だ！　わたしをあなたの小型ベルリン馬車に乗せてくれますかね？」と擲弾兵が聞いた。

「いいよ。お前さんが向こうで命を落とさなければね。もしわたしが倒れたら、イポリットと君、擲弾兵君」と、副官は二人の仲間に声をかけてこう言った。「君たちが伯爵夫人の救助に身を捧げることを、わたしに約束してくれたまえ」

「承知しました」と、擲弾兵は声を上げた。

岸辺で寝ていた哀れな集団を、残忍この上なく脅かしていたロシア戦線の砲列の方に、彼らは向かっていった。出発後しばらくして、二頭の馬のギャロップが雪の上に響いた。目を覚ました砲兵陣地は一斉射撃をしたが、砲弾は眠っている人たちの頭上をかすめただけだった。馬の足は非常に速かったので、蹄鉄工《ていてつ》が鉄具を打ちつける音のように響いた。献身的な皇帝伝令将校は、息を引き取っていたのだ。逞《たくま》しい擲弾兵は無事だった。友人を護ろうとしたフィリップは、肩に銃剣の一撃を受けていた。しかしながら、彼は馬のたてがみにしがみつき、両足で巧みに馬の胴体を挟んでいたので、馬はひどく締め付けられていると感じたのだ。

部下の兵士と馬車が元の位置にいるのを見つけると、副官は「ありがたいことだ!」と声を上げた。

「将校どの、あなたが公正な方であれば、わたしに十字勲章をくださるでしょう。わたしたちは見事に銃と軍刀を使いこなしましたよ。ね、そうでしょう?」

「われわれはまだ何もやっていないぞ! 馬たちを馬車に繋《つな》ごう。その手綱を持つんだ」

「これで充分ということはないのだなぁ」

「さぁ、君、眠っているあの男たちの身ぐるみをはいで、彼らのショールやリネンの下着を使いなさい……」

「あれ、こいつは死んでいる、このふざけた野郎は!」と、最初に声をかけた男を裸にしながら、擲弾兵は叫んだ。「おや! こりゃ何だ。奴らはお陀仏していますよ!」

「皆かい?」

「はい、皆です! 雪のところで食らう馬肉は消化が悪いみたいですね」

その言葉を聞いた途端、フィリップはぶるっと震えた。寒さが一層つのっていたが。

「何ということだ！　今までに何度も助けてあげた女《ひと》を失うとは」

連隊付副官は「ステファニー、ステファニー！」と呼びながら、伯爵夫人を揺すった。

若い女性は目を開けた。

「マダム！　わたしたちは助かったのですよ」

「助かった」と、おうむ返しに言いながら、彼女はまた倒れ込んだ。

馬たちはやっとのことで馬車に繋がれた。動かせる方の手でサーベルを、もう一方の手で手綱を持ち、拳銃で武装した副官が一頭目の馬に、擲弾兵は二頭目に跨った。足が凍傷にかかっていた老兵は、将軍と伯爵夫人の上に重なるようにして馬車のなかに放り込まれた。サーベルで突かれて興奮した馬たちは、猛り狂ったように一行を運んで雪原のなかを走ったが、そこでは幾多の苦難が副官を待っていたのだ。眠っていた男や女や子供にいたるまで、彼らを踏み潰さずに前進するのは、やがて不可能となった。彼らは擲弾兵に起こされたとき、一人残らず動くのを拒んでいたのだ。ド・シュシー氏は、後衛部隊〔フルニエ将軍に率いられた部隊〕が今しがたこの人間の塊のまんなかをかき分けて進んでいったルートを探したが無駄だった。それは海上で航跡が消えるごとく、消えていたのだ。彼は並足で進むしかなく、馬を殺すぞと脅す兵士たちに絶えず引き止められた。

「辿り着くおつもりですか？」と擲弾兵が尋ねた。

「わたしの血のすべて、いや全世界を犠牲にしてでも」と副官は答えた。

「進め！　玉子を割らずにオムレツは作れないからな」

そう言って、護衛の擲弾兵は人びとを踏みつける馬に拍車を入れ、車輪を血染めにし、露営地をひっくり返し、人の頭で埋まった雪原に死者たちの轍《わだち》を二筋残して進んでいった。「死人ども、気をつけろよ！」とよく響く声で、彼は必ず声かけをしていたことを明かして、彼の行為を正当化してあげよう。

「不幸な人たちよ！」と副官は叫んだ。

「構うものか！　進め、さもないと寒さが、進め、さもないと大砲が待っておるぞ！」と、擲弾兵は馬を元気づけたり、剣先で突いたりしながら叫んだ。

もっと早く起こっていたはずだったが、信じがたい偶然によって免れていた大惨事が、突然、彼らの進行を阻んだ。馬車が横転したのだ。

「こうなると思っていましたよ」と、擲弾兵は平然として叫んだ。「おや！　おや！　仲間が死んじまったぞ」

「かわいそうなロラン」と副官が言った。

「ロランですって！　第五猟騎兵のですか？」

「そうだ」

「そりゃ、わたしの従兄だ。しょうがないなぁ！　今の状況じゃ、嫌な一生なんぞ、そんなに残念に思うほどのものじゃないよ」

馬車を起こすことができなかった。取り返せないほどの長い時間をかけて、馬たちはやっと救出された。振動があまりにも強かったせいで目を覚まされ、衝撃によって無気力状態からわれに返った伯爵夫人は、重ね着を取り払って起き上がった。

「フィリップ、ここはどこかしら？」と周りを眺めながら、彼女は優しい声で聞いた。

「橋から五百歩ほど離れたところに来ています。これからベレジナ河を渡るのですよ。ステファニー、向こう岸へ行けば、あなたの邪魔をしないで眠らせてあげますからね。わたしたちの身は安全になり、無事にヴィルナ〔ベレジナ河の西方二百メートルに位置し、皇帝軍の主要基地があった場所〕に着けるでしょう。あなたの命のためにどんな犠牲が払われたのか、決して案ずる必要はないですからね！」

「お怪我をしてらっしゃるの？」

「たいしたことじゃありません」

　惨劇のときが訪れていたのだ。ロシア軍の大砲が夜明けを告げた。ステュジアンカの支配者たちは、平原を震撼《しんかん》させた。曙光のもとで、連隊付副官は、その縦列隊形部隊が移動して高地に整列するのを見た。群衆のなかから動揺した叫び声が上がり、彼らは一瞬のうちに立ち上がった。各自が本能的に危機を感じると、波状形になって皆で一斉に橋を目指した。ロシア兵は火事のようなスピードで降りてきた。男も女も子供も馬も、すべてが橋の方に進んだ。幸いなことに、副官と伯爵夫人は岸辺からさらに離れた場所にいた。エブレ将軍が向こう岸の橋脚に火を放ったところだった。この頼みの綱になだれ込んだ人たちに警告が発せられたが、誰も引き下がろうとはしなかった。人の重みで橋が壊れてしまった。それだけでなく、大群が猛烈な勢いで不吉な土手に向かったために、人びとは塊になったまま、雪崩のごとく河に転げ落ちてしまったのだ。叫び声は聞こえなかったが、一個の石が水中に落ちる鈍い音が聞こえた。やがてベレジナ河は、死体で埋め尽くされた。このような死を避けようとして、われ先に平原に引き返す人びとの後退する動きがあまりにも荒っぽく、しかも前を歩いていた人たちにあまりにも激しくぶつかったせいで、大勢の人が圧死した。ド・ヴァンディエール伯爵夫妻は、馬車のところにいて命拾いした。馬たちは死体の山をさんざん蹴散らし、揉みくちゃにした後で、河岸に向かう人間の竜巻に押し潰され、肢を踏みつけられて死んでしまった。副官と擲弾兵は、自らの身の安全を自らの力で守った。彼らは殺されないように、先に敵を殺していたのだ。人間らしい面が引き起こしたこの嵐のような激しさ、同じ動きでもって繰り返されたこの人波は、しばらくの間ベレジナ河の岸辺を無人にする結果を招いた。群衆は再び雪原に散らばった。何人かが土手の高みから河へ突進したが、それは彼らにとってフランスを意味する対岸へ辿り着きたい願望からというより、シベリアの荒野から逃れるためであった。大胆なものにとっては、絶望は楯となったのである。一人の将校が、流氷から流氷へと飛び移って対岸に到達した。一人の兵士の方は、奇跡的にもたくさんの死体と氷塊の上を這っていった。武器はなく、精神も麻痺して、自己防衛のできない無能な二万人の人間をロシア兵は殺さないだろうということを、この大集団はついに理解したのだった。それでも、めいめいは諦めの境地で天命を待ち受けた。そのころ、副官と擲弾兵と老将軍と彼の妻は、橋のあった場所から数歩離れたところで固まっていた。彼らは死体の山に囲まれて、四人とも乾いた目をして、黙ったまま突っ立っていたのである。頑健な兵士数名と、悲惨な状況を活力に変えていた数名の将校が、たまたま彼らと一緒にいた。かなり大人数のこのグループには、五十人ばかりの男が集まっていた。副官は、二百歩ほど先に橋の残骸があるのに気づいた。それは車輌用のもので、前々日に崩れ落ちていたのだ。

「筏を組み立てよう」と、彼は呼びかけた。

この言葉が発せられるやいなや、グループの皆は大破した橋の方に走っていった。一同は鉄の鎹《かすがい》を集め、板切れや綱など、筏の組み立てに必要な材料をくまなく探し始めた。副官が指揮する護衛団は、二十人ほどの武装した兵士と将校で編成された。彼らの計画を見抜いた集団が仕掛けてくるかもしれない、一か八かの攻撃から作業人たちを護るためだった。囚人たちを煽って奇跡を起こさせる自由への願望など、そのときの不幸なフランス人兵士たちを突き動かしていた感情と比較にならないだろう。

「ロシア兵だ！　ロシア兵がいるぞ！」と、警護するものが作業人たちに叫んでいた。

木材が軋《きし》る音を立て、床板が縦、横、奥行きという具合に組み合わされた。将軍であれ、兵卒であれ、大佐であれ、誰もが車輪や鉄具や綱や板材を相手に悪戦苦闘していた。これは、まさにノアの方舟《はこぶね》建造の再現だった。夫のそばに座る若い伯爵夫人は、作業に何も協力できずに申し訳ないと思いながら、この光景を眺めていた。とはいえ、ロープを強固にする結び目作りは手伝っていた。ついに筏が完成した。四十人の男が河の流れのなかへ筏を進水させる一方で、およそ十人の兵士は、土手の近くに筏を繋留《けいりゅう》するロープを握っていた。作主《つくりぬし》たちは、彼らの小舟がベレジナ河に浮かぶのを見た途端、恐ろしい利己心に駆られて岸辺の上から河に突進した。このような最初のすさまじい動きを怖れていた副官は、ステファニーと将軍の手を掴んでいたのだ。しかし、黒山のようになった小舟と、劇場の平土間にいる観客みたいにぎゅうぎゅう詰めになっている男たちを見たとき、彼は身を震わせた。

「野蛮な奴どもめ！」と連隊付副官は叫んだ。「筏を作ろうと提案したのは、このわたしだ。だから、お前たちの救世主なのだぞ。それなのに、お前たちはわたしが乗る場所を空けようとしないじゃないか」

戸惑ったようなざわめきが、返事がわりだった。竿を持って筏の先端にいた男たちは、氷塊や死体をかき分けて筏を対岸の方へ進ませるために、竿を土手にあてがって、筏を荒っぽく動かしていた。

「畜生！　副官どのと二人のお連れを乗せてあげなきゃ、お前たちを河のなかにぶち込むぞ」と、擲弾兵が声を荒げた。彼はサーベルを振り上げて出帆を遮ると、恐怖の叫びなど意に介さずに列を詰めさせた。

「落ちそうだ！　落ちるよ！」と、彼の仲間たちは叫んでいた。「出発しよう！　前進だ！」

連隊付副官は冷やかな目で愛人を見ていたが、彼女は崇高な諦めの境地で天を仰いでいた。

「あなたと死ぬわ！」と彼女は言った。

筏の上にいた人びとの間に、何かしら滑稽な雰囲気が漂っていた。彼らは恐ろしい喚き声を発していたが、誰一人として、あえて擲弾兵に逆らおうとしなかった。というのも、彼らは立錐の余地もない状態で立っていたので、筏を転覆させるにはたった一人を押すだけで充分だったからである。この危険な状況のなかで、一人の大尉が擲弾兵を追い払おうとした。だが、将校の敵意のある動作を見たその兵士は、大尉を掴んで「おいおい！　カモ野郎、お前さんは水を飲みたいんだろう！　それ！」と言いながら、彼を水中に突き落とした。

「二人分の場所がとれましたよ！」と擲弾兵は叫んだ。「さぁ、副官どの、可愛いご婦人をこちらによこしてからお乗りください！　その若作りの老人は残しておかれるといいですよ。明日にはお陀仏していますからね」

「急いでください！」と、たくさんの声が一斉に叫んだ。

「ほら、副官どの、皆がぶつぶつ言っとりますよ。無理もないでしょう」

ド・ヴァンディエール伯爵の方は、重ね着していたものを脱ぎ捨て、将軍の制服姿で立って見せた。

「伯爵を救おう」と、フィリップが言った。

ステファニーは愛人の手を握って彼の方に身を寄せ、強く抱きしめた。

「アデュー！」と彼女は告げた。

彼らの気持ちは通じ合っていたのだ。ド・ヴァンディエール伯爵は、体力と知力を取り戻して小舟に飛び乗った。ステファニーは、フィリップに最後の眼差しを向けてから夫の後に続いた。

「副官どのは、わたしの場所をお望みですか？　わたしは命なんぞに執着していませんよ」と擲弾兵は声を上げた。「妻も子供も母親もいないことですし」

「お前に彼らをまかせるよ」と、副官は伯爵とその妻を指差しながら答えた。

「ご安心ください。お二人に親切にしてあげますよ」

フィリップがじっと立っていた岸辺の反対側に向けて、あまりにも勢いよく漕ぎだされたので、筏は岸壁にぶつかり、その衝撃で大きく揺れた。筏の縁にいた伯爵は河に転落した。落ちざまに、氷塊が彼の首を刎《は》ねて、砲弾のように遠くへ飛ばしてしまった。

「ねぇ、言わないことでしょう！　副官どの！」と、擲弾兵が大声で言った。

「アデュー！」と一人の女性が叫んだ。

フィリップ・ド・シュシーは恐ろしさに凍りつき、寒さと悔恨と疲労に押し潰されて倒れ込んだ。

「わたしの姪は、哀れにも気が狂ってしまいました」と医師は、ひと休みしてから付け加えた。「あぁ！ムッシュー、とても若くて繊細な、あの可愛い女性にとって、どんなに恐ろしい生活だったことでしょう！」と、彼はダルボン氏の手を握りながら話を続けた。「信じ難い不運によって、フルリオという護衛の擲弾兵から引き離された後、彼女は二年間軍隊についていかされ、大勢の汚らわしい連中のなぶりものにされたのです。人に聞いたところによりますと、彼女は素足のままひどい身なりで歩き、何カ月もの間面倒をみてもらえず、ろくな食べ物もないままに過ごし、あるときは病院で保護され、また、あるときはまるで動物のように追い払われたそうです。薄幸な娘がなんとか耐えて生きおおせた不幸の数々を、神さまだけがご存じなのです。彼女の両親が娘は死んだと思って、ここで遺産を分配していた間、彼女は狂人たちと一緒にドイツのとある小さな町で閉じ込められていたのです。一八一六年にフルリオ擲弾兵が、牢獄のような場所から逃げ出してそこに着いたばかりの彼女を、ストラスブールの宿屋で見つけました。伯爵夫人は、まる一カ月の間森のなかに住んでいて、彼らが捕まえようとして追いかけたが無理だったと、数名の農民が擲弾兵に語ったそうです。わたしはその頃、ストラスブールから数里離れた場所にいました。野生児の噂を聞きつけ、奇妙な作り話のもとになっていた異様な事柄の真相を確かめてみたい気持ちになったのです。ところが、それが伯爵夫人だと分かったとき、わたしはどうなっていたでしょうか？　フルリオはこの悲惨な物語について、彼が知っていることをすべてわたしに教えてくれました。気の毒なフルリオを、姪と一緒にオーベルニュに連れていったのですが、かの地で彼を失うという不幸な目に遭いました。彼はド・ヴァンディエール夫人に対して少し影響力を持っていました。彼だけが、服を着る約束を彼女から取り付けることができたのです。『アデュー！』これは彼女にとって唯一の言葉でありまして、以前はたまにそれを口にしていました。フルリオは、わずかでも彼女の思考力を目覚めさせようと試みたのですが、だめでした。ただ、彼女にこの悲しい言葉をちょくちょく言わせることだけはうまくいきました。擲弾兵は、彼女と遊びながら楽しませたり、気を紛らせたりする術を心得えていたのです。それで彼を通してと、期待していました。が、しかし……」

ステファニーの伯父は、しばらく押し黙った。

「ここで」と、彼は言葉をついだ。「彼女はお互いに分かり合っているらしい、もう一人の人間を見つけました。白痴の百姓娘でして、醜いとか愚鈍であることなど関係なく、彼女は一人の石工に恋をしたのです。その石工は、彼女がいくばくかの農地を所有しているというので、彼女との結婚を望みました。かわいそうなジュヌヴィエーヴは、一年の間、この世で一番幸福な娘でした。彼女は着飾って、日曜日毎にダロと踊りに出かけていました。彼女は恋というものを理解していたのです。彼女の心と頭のなかに感情が入る余地があったというわけです。しかし、ダロはよく考えたのでしょう。良識があって、しかもジュヌヴィエーヴのものより広い農地を二カ所持っている若い娘を、彼は見つけたのです。そういう次第で、ダロはジュヌヴィエーヴを見捨てました。その娘はかわいそうなことに、恋愛が彼女のなかで育んだ少しばかりの知性を失い、牛を飼うか、草を摘むことぐらいしかできなくなってしまいました。姪とその気の毒な娘は、彼女たちに共通の運命という目に見えない絆と、彼女たちの狂気の原因となる感情によって、いわば結ばれているのです。ほら、ご覧ください」と、ステファニーの伯父は、ダルボン侯爵を窓の方へ案内しながら言った。

ジュヌヴィエーヴの両足にはさまれて、地べたに座っている美しい伯爵夫人を、司法官は実際に見たのだ。百姓娘は骨製の大きな櫛を持ち、全神経を集中させてステファニーの長い黒髪を梳かしていた。本能的に感じた喜びが抑揚のなかに表われている押し殺した声をだしながら、ステファニーはなされるままになっていた。伯爵夫人の魂の完全な欠落を明かしている無防備な肉体と、動物のように無頓着な様子を目の当たりにして、ダルボン氏はぶるぶると身震いした。

「フィリップ！　フィリップ！　過去の不幸なんて数のうちに入らないよ」と、彼は心のなかで叫んだ。「希望はまったくないのでしょうか？」と彼は尋ねた。

年老いた医師は天を仰いだ。

「これで失礼します」と、ダルボン氏は老人と握手をしながら言った。「友人がわたしの帰りを待っていますので。近いうちに彼とお会いになれるでしょう」

「確かに彼女だ」と、シュシーはダルボン侯爵の報告を少し聞いた後で言った。「あぁ！　ぼくはまだ疑っていたんだが！」と、普段は厳しい表情を見せていた黒い目から涙を流しながら、彼は言い添えた。

「うん、彼女はド・ヴァンディエール伯爵夫人だよ」と司法官は答えた。

大佐は不意に起き上がって、急いで着替えた。

「おや、フィリップ、気でも狂ったのかい?」とダルボンは、たまげて声をだした。

「でも、ぼくはもう病人じゃないよ」と大佐はそっけなく答えた。「このニュースは、ぼくの苦しみをすべて和らげてくれたよ。ぼくがステファニーのことを考えるとき、どんな不都合が生じるって言うんだい? 彼女に会いに、彼女に話しかけに、彼女を治しにボン=ゾムへ行くよ。彼女は自由なんだ。だから、幸運がぼくたちに微笑みかけるだろう。そうでなきゃ、神さまの救いなんてないかもしれないよ。そのかわいそうな女《ひと》は、ぼくのいうことは聞けるが、理性は取り戻せないとでも思っているのかい?」

「以前、彼女は君を見たのに、君だと分からなかったんだよ」と、司法官は穏やかな口調で言い返した。

大佐はびくっとした。しかし、こみあげてくる疑念をちらりと覗かせながらも、微笑んでみせた。誰も大佐の計画にあえて異を唱えなかった。短時間のうちに、彼は医師とド・ヴァンディエール伯爵夫人の近くにある古い小修道院にきていた。

フィリップの過剰な期待に気づいたので、彼のためを思って、危惧《きぐ》の念を抱かせようとしたのだ。

「彼女はどこにいるのでしょうか?」と、彼は到着するなり大声で尋ねた。

「お静かに! 彼女は眠っていますよ。ほら、あそこで」と、ステファニーの伯父は彼に答えた。

太陽に照らされてベンチの上でうずくまる哀れな狂女を、フィリップは見た。顔にかかった豊かな髪が彼女の頭部を熱気から護っていた。両腕はしとやかに地面まで垂れ、牝鹿のような格好をした身体は優雅に横たわっている。両足は器用に曲げられ、胸は規則正しく波打っている。皮膚や顔の色は、子供の透き通った顔を連想させるほどの抜けるような白さだ。じっとしたまま彼女の傍らにいるジュヌヴィエーヴは、おそらくステファニーがポプラの一番高い梢から取ってきたと思われる小枝を手にしていた。そして、その白痴の娘は虫を払ったり、周囲を涼しくするために、眠り込んでいる友だちの身体の上で、枝葉を静かに動かしていた。百姓娘は、ファンジャ氏と大佐を見た。それから、主人を見分けた動物のように、ゆっくりと頭を伯爵夫人の方に向け、再び夫人を見守る姿勢を取った。その間、驚いたり思案したりする様子を一切見せなかった。あたりは焼けるような暑さだった。石のベンチは光を放っているように見え、牧草地から立ちのぼるいたずらっぽい水蒸気は、まるで金粉のごとく、草の上できらきら輝いて舞っていた。ところがジュヌヴィエーヴは、このひどい暑さを感じてはいないふうだった。大佐は感極まって、医師の両手をぎゅっと握りしめた。軍人の目から出た涙は凛々《りり》しい頬をつたって流れ、ステファニーの足元の芝生の上に落ちた。

「ムッシュー、二年前からわたしは、毎日のように胸が裂かれる思いをしています。やがて、あなたもわたしのようにおなりになるでしょう。お泣きにならなくても、あなたの苦しみがやわらぐことはないでしょう」と伯父は言った。

「彼女のお世話をしてこられたのですね」と大佐は言ったが、その目は感謝と嫉妬の念を同時に表していた。

二人の男性は互いに分かり合うと、再び堅く握手をした。眠りがこの魅力的な女性の周りにもたらした見事な静けさに感じ入りながら、彼らはその場に立ち尽した。時折、ステファニーは吐息をもらした。感性があるかのように思わせるその吐息は、不幸な大佐を喜びで震わせた。

「残念ですが、思い違いをなさらないでください」と、ファンジャ氏は穏やかに彼に言った。「あなたは今、彼女を理性に包まれているような感じで見ていらっしゃる」

目覚めたときにその目で微笑みかけてくれるはずだと、愛おしい人が眠っているのを何時間もじっと見つめながら、うっとりとしたことのある人たちは、大佐を動揺させていたおだやかさと恐れが入り交じった気持ちを、おそらく理解するだろう。彼にとって、この眠りは一種の幻想であった。目覚めは死であり、どんな死よりも一番恐ろしいものに違いなかった。突然、一匹の子山羊がぴょんぴょん跳ねながらベンチのところにきて、ステファニーの匂いを嗅いだ。その音で彼女は目覚めた。気まぐれな動物を怖がらせずに、彼女は軽やかに起き上がった。ところが、フィリップに気づくと、彼女は子山羊を連れてニワトコの生垣へ逃げ込み、初めて伯爵夫人がダルボン氏の前に現れた鉄柵の近くで大佐がすでに聞いたことのある、あの怯えた小鳥の鳴き声さながらの小さな声をだした。とうとう、彼女はエニシダをよじ登って、緑色の樹冠のなかに身を隠してしまった。そして、森にいる夜鳴き鶯のなかで最も好奇心の強い一羽のように、注意深くよそものを観察し始めたのである。

「アデュー、アデュー、アデュー！」と彼女は言ったが、魂から湧き出てくる感情的抑揚などは付けられていなかった。

それは感動を込めずにさえずる小鳥と同じであった。

「彼女はぼくだと分かっていない」と、フィリップは絶望にかられて言った。「ステファニー！　フィリップだよ。君のフィリップ、フィリップなんだよ」

そう叫んで、気の毒な軍人はエニシダの方へ向かった。彼が木のすぐ近くまできたとき、恐怖の色が彼女の目に浮かびはしたものの、彼に挑むかのように、伯爵夫人は彼を見つめた。それから、エニシダからアカシアに飛び移り、そこからモミの木へ移動すると、軽やかな身のこなしで枝移りしていった。

「彼女を追いかけたりなさらぬように。でないと、どうにもならない嫌悪感を彼女に抱かせるかもしれませんよ」と、ファンジャ氏は大佐に言った。「あなたが名前を明かして、彼女を手なづけるのをお手伝いいたしましょう。このベンチのところにいらしてください。あの哀れな気狂い娘にまったく注意を払わなければ、やがてあなたを調べようとして、彼女が知らず知らずのうちに近づいてくるのをご覧になれるでしょう」

「彼女が！　ぼくだと分からず、ぼくから逃げるとは」田舎風のベンチに葉陰を落とす木に背をもたせ掛けた大佐は、繰り返しこう言ってうなだれた。医師は黙っていた。やがて、伯爵夫人は変幻自在に飛び回り、時折、風に揺れる木に身をまかせたりしながら、ゆっくりとモミの木の高みから降りてきた。彼女は枝ごとにじっとして、よそものを窺った。しかし、彼が動かないのを見ると、ついに草むらに飛び降りて立ち上がった。その後、牧草地を通ってゆっくりとした足取りで彼の方へ向かってきた。ベンチから十ピエほどのところの木に彼女が寄り掛かったとき、ファンジャ氏は小声で大佐に言った。「わたしの右ポケットから角砂糖をいくつかそっと取り出して、彼女に見せてごらんなさい。彼女は寄ってきますよ。彼女に甘い物をあげる喜びを、あなたのために進んで諦めることにします。彼女の大好きな砂糖を使って、彼女があなたに近づいてきて、あなただと分かるように手なづけてみてくださいな」

「立派な女性だったあのころ、彼女は甘い食べ物を全然好まなかったのですよ」と、フィリップは悲しそうに答えた。

右手の親指と人差し指で角砂糖を一個つまんで、大佐がステファニーに振って見せると、彼女は人間離れした叫び声を再び上げて、フィリップめがけて駆けよってきた。しかし、本能的に彼に恐怖を抱いた途端、立ち止まった。ゆっくりと唱えられるアルファベットの最後の文字が告げられるまで、餌に口をつけるのを主人から禁じられた哀れな犬のように、彼女は砂糖を見つめたり、顔をそむけたりしていた。ついに、動物的な執着心が恐怖に打ち勝ったのだ。ステファニーはフィリップに近寄り、食べ物を取ろうとして浅黒くてかわいい手をおずおずと伸ばし、愛人の指にふれた。そして砂糖を掴み取ると、木立のなかへ姿をくらましてしまった。この惨い場面に打ちのめされた大佐は涙にくれ、逃げるようにしてサロンへ戻った。

「恋愛感情というのは、友情よりも熱意が足りないのでしょうかね?」と、ファンジャ氏が彼に言った。

「わたしは希望を持っていますよ、男爵どの。かわいそうな姪は、あなたがご覧になっているよりもっと悲惨な状態にいたのですから」

「まさか、ご冗談でしょう?」とフィリップは叫んだ。

「彼女は裸でいたのですよ」と医師は告げた。

大佐は恐怖におののき、青ざめた。医師は、蒼白になった顔に不吉な徴候を見てとった。脈拍を測ろうとして彼に触れて、高熱におかされているのが分かった。何度も頼み込んで、大佐をやっとベッドに寝かしつけてから、彼を静かに眠らせるためにアヘンを少しだけ調合した。

一週間ほど経過したが、その間、ド・シュシー男爵は死ぬような苦しみに絶えず苛まれていた。やがて彼の目は涙が涸れてしまった。心はたびたび挫かれていたにしろ、伯爵夫人の狂気が彼に見せつけた光景に慣れることは、到底できなかった。しかし、彼はこの残酷な状況といわば折り合いをつけて、苦しみを軽減する方法を見出したのだった。彼のヒロイズムは限界を知らなかった。彼はステファニーのために砂糖菓子を選んで、大胆にも彼女を手なづけようとしたのである。この食べ物を彼女に持っていくのに念には念を入れた。彼は愛人の本能、つまり最後まで残っていた彼女の知能の断片に焦点を当てて、じょじょに彼女の心をひきつけるようにしていったので、これまでよりもっと彼女を打ち解けさせることができた。大佐は毎朝、庭に降りていった。伯爵夫人を探し回った揚句に、彼女がどの木の上でのんびりと身体を揺すっているのか、どこの隅っこにうずくまって小鳥と戯れているのか、どの屋根に登っているのか、まったく見当がつかなくなると、彼らが愛を語った場面の思い出と結びつく『シリアへの出発』〔帝政時代に大流行したアリアで、オルタンス王妃をテーマにしたもの〕のとても有名なアリアを、彼は口笛で吹いた。するとすぐさま、ステファニーが子鹿のように軽やかに走ってくるのだった。彼女は大佐と会うのによく慣れてきたので、もう彼を怖がったりはしなかった。やがて彼女は彼の膝の上に乗って、器用に動くかさかさした腕で彼を抱きしめるのが習慣となった。恋人たちにとって懐かしいその姿勢で、フィリップは甘党の伯爵夫人に数個の砂糖菓子を、ゆっくりしたリズムで渡した。それらを全部食べてしまうと、猿さながらの機械的なすばしこい動作でもって、ステファニーが愛人のポケットを探ることがよくあった。もう何もないと分かると、彼女は感慨も感謝の念も映していない澄んだ目で、フィリップを見つめた。そうしてから、彼女は彼と遊んだり、彼の足を見るつもりでブーツを脱がそうとしたり、彼の手袋を破いたり、彼の帽子を被ったりした。しかし、彼女も自分の髪の毛を彼が手で梳かすのを嫌がらず、彼の腕に抱かれるままになり、無感動ではあるが彼の激しい口づけに応じていた。最後に彼が涙を流すと、彼女は黙って相手を眺めるのだった。彼が口笛で吹く『シリアへの出発』を彼女はよく分かっていたのだが、「ステファ、ニー！」という彼女の名前を発音させることは、彼にできなかった。フィリップの辛い企ては、彼を決して見放さない一つの希望によって支えられていたのだ。秋の美しいある朝、黄色くなったポプラの木の下のベンチに伯爵夫人が静かに座っているのを見たとき、その気の毒な愛人は、消滅した知性の光が甦るのを期待しながら彼女の足元に横たわり、彼女が見られたいと望む間、じっと彼女を見つめていた。時折、彼は幻想を抱くことがあった。この硬直したまま動じない光が、再び感じやすくなって和らぎ、いきいきしているように見えたと思い、彼は「ステファニー！　ステファニー！　君はぼくの声を聞いているんだよ。ぼくを見ているんだよ！」と叫んだ。しかし、彼女はこの声の調子を雑音のように、風が木々を揺らす音のように、自分が跨っている牛の鳴き声のように聞いていたのだ。それで大佐は絶望に、常に新たになる絶望に、手をよじり合わせていた。時の流れと、むなしいこれらの試みは、彼の苦しみを増すだけだった。ある夜のこと、穏やかな空のもと、この田舎の隠れ家の平穏な静けさのただなかで、医師は男爵が拳銃に弾を込めているのを遠くから見かけた。老医師は、フィリップがもはや希望を持っていないのだと悟った。彼はすべての血液が心臓に逆流するように感じたが、彼が立ちくらみに耐えられたのは、死んだ姪を見るより、気が狂っていても生きている姪を見る方を望んでいたからだった。彼は走っていった。

「何をなさっているのですか！」と医師は問いただした。

「それはわたしのために用意したものです」と、大佐はベンチに置かれた実弾入りの拳銃を指差して答えた。「そして、これが彼女用です！」と言って、彼は持っていた拳銃に弾を詰め終えた。

　伯爵夫人は地べたに寝そべって、銃弾をいじっていた。

「じゃあ、あなたはご存じではないのですね。昨夜、彼女が『フィリップ！』と寝言をいったのを」と、動揺を隠して医師は冷静な口調で語った。

「彼女がぼくの名前を呼んだのですって！」と叫ぶなり、男爵は拳銃を落とした。ステファニーが拾ったが、彼は彼女の手からそれをもぎ取り、ベンチの上にあったのも素早く掴んで引き下がった。

「かわいそうな娘《こ》よ」と医師は声を上げたが、彼は自分の嘘が見破られなかったのを嬉しく思っていたのだ。気がふれた娘を胸に押し当てて、彼は話し続けた。「彼はお前を殺していたかもしれないのだよ。あのエゴイストは！　自分が苦しんでいるので、お前も死なせたがっておる。彼はお前のためを思った愛し方を知らないのだ！　彼を許してあげようよ、いいね？　彼は理性を失っているのだ。で、お前は？　お前は気が狂っているだけだよ。まったく！　神さまだけがお前をおそばに呼び戻して下さるにちがいない。お前は不幸せものだと思われている。なぜなら、われわれのような愚かものの惨めさを、もはや分かち合わないからね！」彼は彼女を膝に乗せながら、「でも、お前は幸せものだよ。何もお前の邪魔をしないもの。小鳥のように、ダマシカのように生きているからね」と言った。

彼女はちょんちょんと跳びはねていたツグミに飛びつき、嬉しそうな小さな声を上げながら、それを掴んで窒息させた。死んだのを見ると、もうツグミのことなど気にかけずに木の根っこに捨ててしまった。

翌日、夜が明けるとすぐに、大佐は庭に降りてステファニーを探した。彼は幸運を信じていたのだ。彼女が見つからないので、口笛を吹いた。愛人がやってくると、彼はその腕を取って初めて一緒に歩き、朝風のそよぎで枯れ葉を落としていた木々のトンネルの下へ行った。大佐が座ると、ステファニーは自分の方から彼の膝に身を置いた。フィリップは喜びで身を震わせた。

「ねぇ、君」と、彼は伯爵夫人の両手に激しく口づけしながら言った。「ぼくはフィリップなんだよ」

彼女は不思議そうに彼を眺めた。

「いらっしゃい」と言って、彼女を抱きしめた。「ぼくの心臓の鼓動を感じるかい？　君のためにしか動いていなかったんだ。今もずっと愛しているよ。フィリップは死んじゃいないよ。ここにいるんだ。君は彼の膝の上にいるんだよ。君はぼくのステファニーだし、ぼくは君のフィリップなんだ」

「アデュー、アデュー」と彼女は言った。

自身の興奮が愛人に伝わったように見えたので、大佐は感動で打ち震えた。希望に浮き立って、彼は思わず甲高い叫び声を上げた。永遠の愛と、並外れた情熱によるこの最後の努力が、彼の愛人の理性を目覚めさせたのだ。

「あぁ！　ステファニー、ぼくたちは幸せになるんだよ」

彼女は満足げな声を出し、しかもその目には知性のほのかな明かりが宿っていた。

「彼女はぼくが分かったのだ！　ステファニー！」

大佐は心臓が張り裂け、睫が濡れるのを感じた。ところが、伯爵夫人が話の最中に彼のポケットを探って見つけだしたわずかな砂糖を見せびらかせているのを、彼は不意に目にした。彼は猿のいたずら程度の知恵を、人間の考えと取り違えていたのだ。フィリップは気を失った。ファンジャ氏は、伯爵夫人が大佐の身体の上で馬乗りになっているのを見つけた。もし彼女が正常な判断力を持っていたときに、面白半分に真似をしたいと思ってやったのなら感心されたかもしれない、お喋り女や色っぽい女がするような作り笑いで喜びを表しながら、彼女は砂糖をかじっていた。

フィリップは意識を回復するなり、こう言った。「あぁ！　あなた。わたしは毎日のように、絶えず死と向き合ってきました！　わたしは愛しすぎているのですね！　彼女が狂気のなかにあっても、少しでも女性的な面を持ち合わせてくれていたなら、わたしはあらゆることに耐えているでしょうが。でも、乱暴で、恥じらいすらなくした彼女をいつも見るのは……」

「じゃあ、あなたにはオペラに出てくるような精神錯乱が必要だったのだ」と、医師は辛辣な口調で言った。「あなたの愛の献身的行為は、先入観に左右されているのですか？　何ですって！　わたしはあなたのために姪を育てる儚い幸せを諦め、彼女と一緒に遊ぶ喜びをあなたに譲り、自分のためには一番きつい仕事だけしか取っておかなかったのです。あなたが眠っている間、わたしは彼女のそばで不寝《ねず》の番をしているのですよ。わたしは……　さぁ、ムッシュー、彼女を諦めて、この粗末な隠れ家からお引き取りくださいまし。わたしは愛する娘と一緒に生きていけますから。彼女の狂気乱心が分かっていて、彼女の動きを探ってその秘密に通じていますのでね。いつの日か、あなたはわたしに感謝なさることがあるでしょう」

大佐はもう一度きりしかそこへ戻らないつもりで、ボン＝ゾムを後にした。客人に対する仕打ちがもたらした結果に驚いた医師は、姪と同じくらいに大佐を愛し始めていた。二人の愛人のうちで同情に値する一人がいるとすれば、それは確かにフィリップであった。胸を裂くような悲しみの重圧に、彼は一人で耐えられなかったのだろうか！　医師は大佐に関する情報を集めさせて、不幸な人はサン＝ジェルマン近郊に所有する土地に引きこもったことを知った。男爵は夢の告げを信じて、伯爵夫人を正気に戻す計画を考え出していたのだ。医師の知らぬ間に、彼はその壮大な企ての準備に、秋の残りの日々を使っていた。彼の領地を流れる小川は、冬になるとその庭園内の広い湿地を水浸しにしていたのだが、それはベレジナ河の右岸に沿って広がる湿地と大体似通っていた。ステュジアンカ高地がベレジナ河流域を囲っていたように、丘の上にあるシャトゥー村に囲まれる具合に設置された残酷な舞台が仕上がっていた。フランスの財宝とナポレオンの軍隊が飲み込まれたどん欲な河に似せた運河を掘らせるために、大佐は職人たちを集めた。フィリップは自分の記憶を頼りに、エブレ将軍が橋を架けた岸辺を庭園のな

かにうまく再現した。彼は架台をいくつか埋め込んでから、敗残兵たちにとってフランスへの道が両岸で塞がれた証拠となった、燃えさしの黒い板切れを残すためにそれらを燃やした。大佐は、不幸な仲間たちが彼らの小舟を作るのに使ったものと同じような残骸を持ってこさせた。最後の期待をかけた幻術を完璧なものにするために、彼は自分の庭園をすっかり荒らした。彼は数百人の農民に着せる制服とぼろぼろになった衣服を注文し、小屋や露営地や砲兵陣地を建てて火をつけた。つまり、彼はあらゆる場面のなかで一番恐ろしい場面を再現できるものは何も忘れずに整え、ついに目的を達成したのだ。十二月初めの頃、雪が分厚い白いマントで大地を覆ったとき、彼はベレジナ河ができているのを確認した。この偽のロシアは恐ろしいほど本物らしくできていたので、軍隊仲間のいく人かは、彼らが体験した苦難の舞台だと見分けたほどだった。ド・シュシー氏はこの悲劇の再演を内密にしていたのだが、当時、パリの社交界ではばかげたことをするものだと噂されていた。

一八二〇年一月の初め、大佐はド・ヴァンディエール夫妻をモスクワからステュジアンカまで運んだ馬車と似た馬車に乗って、リラダンの森へと向かった。彼が命懸けでロシア軍の戦列のただなかへぶん捕りに行ったのとほぼ同じような馬たちに、馬車は引かれていた。彼は一八一二年十一月二十九日に所持していた汚れた風変わりな服と、武器と、帽子を身に着けていた。髭と髪を伸び放題にしておき、また、あの恐ろしい現実に欠けるものは何もないようにと、顔の手入れもしていなかった。

「あなたのお考えが分かりましたよ」と、ファンジャ氏は大佐が馬車から降りるのを見て、声をかけた。「計画を成功させたいとお望みなら、このお伴のなかに加わらないでいただきたい。今夜、姪に少しばか

りアヘンを飲ませることにします。彼女が眠っている間に、彼女がステュジアンカで着ていたような服を着せて、この馬車に乗せましょう。わたしはベルリン馬車に乗って、あなたがたの後に続いて参ります」

午前二時頃、若い伯爵夫人は馬車のなかへ運ばれて、クッションの上に寝かされ、ごわごわした毛布を被せられた。この不思議な人攫《さら》いの現場を、何人かの農民が明かりで照らしていた。突然、突き刺すような叫び声が夜のしじまに響いた。フィリップと医師が振り向くと、ジュヌヴィエーヴが、寝ていた天井の低い部屋から半裸姿で出てくるのが見えた。

「アデュー、アデュー、もう終わりだわ。アデュー」と、さめざめと泣きながら叫んでいた。

「それで、ジュヌヴィエーヴ、どうしたんだい?」と、ファンジャ氏が彼女に尋ねた。

ジュヌヴィエーヴは打ち萎れた様子で頭を振り、腕をつき上げ、馬車を見つめ、長い唸り声を発し、極度の不安な表情を見せ、そして、黙って戻っていった。

「これは縁起がいいぞ」と大佐は叫んだ。「あの娘は、もう二度と仲間を持てないのを悲しんでいる。ステファニーが理性を取り戻すのだと、彼女は多分分かっているのですよ」

この出来事に心を動かされたかのように、ファンジャ氏は「神さまの思し召しを」と呟いた。

気がふれた娘の世話をして以来、医師は予言者的才能や透視能力の例をいくつか見てきた。それらは精神を患った人たちによって立証されたし、旅行家の話によると、未開の部族に見出されるのだそうだ。

大佐が計算していたように、ステファニーは午前九時頃に作り物のベレジナ河流域を横切り、場面が繰り広げられる場所から百歩離れたところで発射された小型の追撃砲の音で目を覚ました。それが合図であった。二万人の敗残兵が自分たちの過失で、死か、さもなくば捕虜にされると分かったときに発した、ロシア兵をもたじろがせたほどの絶望のどよめきに似せた恐ろしい喚き声を、千人の農民が一斉に上げたのだ〔十一月二十六日の夕刻から二十八日までにベレジナ河を渡って西岸へ行く機会があったにもかかわらず、敗残兵たちは露営地に留まって渡河を引き延ばしていた。二十九日にロシア軍の渡橋を阻止する目的で架橋が焼却されたため、彼らは東岸に残されてロシア軍の捕虜になった史実にもとづく〕。この絶叫や大砲の一発で、伯爵夫人は馬車から飛び出し、極度の不安にかられて雪の広場を走っていき、燃やされた露営地と、凍ったベレジナ河に投げ入れられた不吉な筏を見た。連隊付副官のフィリップがそこにいて、大勢の人に向かってサーベルを振り回していた。ド・ヴァンディエール夫人は、皆の心臓を凍りつかせるような叫び声を上げながら、大佐の前にやってきた。彼の胸は高鳴っていた。彼女は思案してから、まずこの不思議な光景をぼんやりと眺めた。知性を欠いているにしろ、小鳥のきらきらした目が映し出す驚くような明敏さが、稲妻のごとく瞬く間であったが、彼女の目に現れたのだ。それから、彼女は熟慮する人間のいきいきした表情をして額に手をやり、あの生々しい思い出、目の前に再現されたあの過去の生活の場を凝視すると、急に頭をフィリップの方に振り向け、そして彼を見た。恐ろしい沈黙が群衆の間に広まった。大佐は固唾《かたず》を呑み、口を開こうとはしなかったが、医師は泣いていた。ステファニーの美しい顔がうっすらと色づくと、じょじょにその色が変化していき、彼女はついに溌剌とした若い娘の輝きを取り戻したのだ。彼女の顔は美しい深紅色に染まった。燃えるような知性によって活気づけられた生気と幸福感は、火事のように次々と彼女のなかで広がっていった。激しい震えは両足から心臓の方にまで伝わった。一瞬のうちに起こったこれらの現象は、ステファニーの目がこの世のものならぬ光を放ったときに、互いにつながり合うようにして、一つのいきいきした輝きを得たのである。彼女は生きていたし、考えていたのだ！　おそらく恐怖のためであろう、彼女はがたがたと身を震わせた！　神は御自《おん》ら、眠っていたその舌を再度なめらかになさり、消えていたその魂のなかに、再び火をお授けになった。人間の意志が急流のようにどっと押し寄せて、長い間彼女の抜け殻でしかなかった肉体を甦らせたのだ。

「ステファニー」と大佐が叫んだ。

「まぁ！　フィリップだわ」と、気の毒な伯爵夫人は言った。

彼女は大佐が差しだした震える腕のなかに飛び込んだ。二人の愛人の抱擁は見物人たちを感動させた。ステファニーは涙にくれていた。突然、涙が乾くと、彼女は稲妻に打たれたかのように硬直し、弱々しい声で、「アデュー、フィリップ。あなたを愛しているわ、アデュー！」と言った。

「おお！　死んじまった」と、大佐は腕を広げて叫んだ。

老医師は意識を失った姪の身体を受け止め、若い男性がするように口づけをし、彼女を抱えていくと、積まれた薪の上に座った。痙攣《けいれん》を起こしたように震える細い手を彼女の心臓のところに当てながら、彼は伯爵夫人を見つめた。心臓はもう動いていなかった。

「確かに、息を引き取りました」と、医師は直立不動の大佐とステファニーの顔を交互に眺めながら言った。まばゆいばかりの美しさや、儚い栄光や、輝かしい将来をおそらく約束するものが、彼女の死に顔に浮かび上がっていた。そう、彼女は亡くなったのだ。

「あっ！　この笑顔をご覧くださいな、この笑顔を！　こんなことってあるのでしょうか？」とフィリップは思わず声を上げた。

「彼女はもう冷たくなっていますよ」と、ファンジャ氏は答えた。

ド・シュシー氏はこの場から逃れようとして数歩歩いた。ところが、彼はふと立ち止まって、狂女が聞いていたアリアを口笛で吹いた。そして、愛人が駆けよってくるのが見えなかったので、彼は酔った人のようによろめきながら遠ざかっていった。相変わらず口笛を吹いていたが、もう振り返ることはなかった。

フィリップ・ド・シュシー将軍は、社交界では非常に愛想がよくて、とりわけとても明るい人物として通っていた。何日か前に、一人の婦人が彼の陽気さとむらのない性格を当人に誉めた。

「いや！　マダム、夜一人になりますと、冗談の報いをたっぷり受けていますよ」と、彼は婦人に話した。

「それでは、あなたはずっとお一人なのですか？」

「いいえ、そうではありません」と、彼は笑いながら答えた。

人間の本性を的確に観察する人が、このときのド・シュシー伯爵の表情を見ることができたなら、その表情に多分驚いたことだろう。

「どうしてご結婚なさらないのですか？」と言って、寄宿学校に何人か娘を入れていた婦人は話を続けた。「あなたはお金持ちで、肩書きがおありで、由緒正しい貴族のご出身で、しかも才能と将来がおありですわ。すべてがあなたに微笑んでいますわよ」

「そうですね。でも、わたしを殺す微笑みだってあるのですよ」と彼は答えた。

翌日、婦人はド・シュシー氏が夜なかに拳銃で頭を撃って自殺したのを知って驚いた。上流社会は、この異常な事件について色々と噂をし、各自がその原因を探った。理屈屋それぞれの意見によれば、賭、恋愛、野心、余人の知らない放蕩が、一八一二年に始まったドラマの最後の場面となるこの惨事を説明しているとのことだった。二人の男性、つまり司法官と老医師だけが、ド・シュシー伯爵は何か未知の怪物と交える恐ろしい戦いに、連日勝利をおさめる不吉な力を、神がお授けになっている剛毅な男たちのうちの一人なのだということを知っていた。もし一瞬の間でも、神がその力強い御手《みて》を彼らからお引きになれば、彼らは最後まで戦って死ぬのだ。

パリ、一八三〇年三月

# 狂気の絶対と現実感覚とを隔てる微妙な「差」

加藤尚宏

バルザックは、連作『人間喜劇』の中で、比較的若い時代に集中して、〈絶対〉を探求するさまざまな狂気を描いている。『ガンバラ』（*Gambara*, 1837）と『マッシミラ・ドーニ』（*Massimilla Doni*, 1839）の音楽的主題を扱った一対の作品も、狂気をテーマの一つに扱っている小説である。芸術と狂気ということでは、『知られざる傑作』（本選集第一巻）のフレンホーフェルが絵画の狂気を代表していて、彼は絵画での完璧さを目指し、平板なキャンバスの上に「自然の様相と丸みを与え」て、人体の周りを空気が巡る様を実現するためにデッサンと線を否定するまでになるが、これは、言わば「生命そのもの」を描き出そうとする絵画の絶対の探求である。

このセザンヌやキュビスムの先達たるフレンホーフェルに対し、『ガンバラ』の主人公はワーグナーの先駆者とも考えられる、音楽の理想を求める探求者である。彼は『マッシミラ・ドーニ』のカターネオやカプラーヤと同じように、音楽理論を追求している言わば音楽狂であるが、カターネオとカプラーヤの二人は音楽そのものに携わっていない理論家に過ぎないのに対し、ガンバラは演奏家でもあれば、作曲家でもあり、そのための楽器も造るという紛れもない音楽家である。彼は音楽の絶対を追い求めていて、そのために既存の楽器に飽き足らず、ルイ・ランベールそっくりの哲学的、科学的、あるいは神秘的理論のもとに、「オーケストラ全体を生み出す」パンアルモニコンという全能の楽器を製作している。ところが、その楽器は、彼が弾いても、彼が酒を飲んで〈正気でないとき〉は妙なる音を出すのだが、そうでないとき、彼が正気のときに奏でると、それを聴かされる人たちには聴くに堪えない騒音となる。フレンホーフェルが追求しているのは、意識を通しての目で見る絵画であるから、見る人にとっては、それは「無数の奇妙な線が雑然と積み重なり抑えてある色彩」、「色彩と調子の混沌」であって、画家自身の幻想を〈虚無〉と見るばかりで、そこに悲劇を見るものの直接的な被害を蒙ることはない。ところが、それが耳を通して聴くガンバラの音楽となると、意識を通さずとも聞こえるから、聞いている者はそばにいたたまれず逃げ出すという、いわゆる音楽の目的とするものと逆の効果を示す。その音楽理論そのものは、フレンホーフェルの理論と同様にまっとうながら、それが演奏＝実現されると、虚無を超えて雑音となるのである。

バルザック自身は、創造原理のあまりの過剰によって作品と演奏が圧殺されるという、音楽が受ける試練の姿を描こうとしたと言っているが、これはフレンホーフェルの絵画理論にもあてはまることだが、これらの芸術家のそれぞれの芸術理論を現代的な理論から考えてみると、バルザックの立場はきわめて曖昧となる。

この芸術家たちは創造原理の過剰の犠牲者だったのか、時代をあまりに先取りしたための犠牲者だったのか。単なる妄想に憑かれていただけだったのか、芸術の未来を予測した〈見者〉だったのか。

バルザックのこの芸術小説はいろいろな点から悪評を買ったが、マルセル・シュネデールのように、例えばフレンホーフェルはジャクソン・ポロックのような画家にふさわしい画家と言い、シェーンベルクの先輩たるガンバラは時代に一歩先んじた音楽家であり、ワーグナー以後に多くの音楽家たちが実現しようとしている《全体演劇》を企てようと試みたのだと言う評家もあるのである（『空想交響曲』）。どちらでもあり、どちらでもないと言えるこの評価については、しかし読者の判断に任せることにしよう。

だが、狂気とはなんであろうか。『ガンバラ』では、二つの狂気が描かれている。いわゆる音楽家ガンバラの狂気と、レストランの料理人ジャルディーニのそれである。ジャルディーニは料理に凝っていて、気を入れてサーヴィスするとなると、だれでもが閉口するような料理を作るという男で、自分が〈観念過剰〉になると、料理を判断する現実知覚を失ってしまう。彼もそれ自体は立派な理論を持っていると言える男だが、それを越えて夢想してしまうと失敗《フィアスコ》してしまうのである。

この『ガンバラ』に対し、『マッシミラ・ドーニ』の場合は少し複雑になり、マッシミラ・ドーニは、タイトルになっているにも拘わらずまともな精神の持ち主であり、もっぱらロッシーニのオペラ『モーゼ』の解説役で、彼女自身に狂気は見られない。

音楽にまつわる狂気の人物では、自己の理念に熱中するカターネオとカプラーヤ、それに男性歌手のジェノヴェーゼである。前者二人はガンバラに代わる人物とは言え、理論に終始しており絶対の探求者とまではいかないが、男性歌手の方はプリマドンナのティンティに夢中になっていて、彼女を前にして歌を歌うと、彼女への想いが意図を上回って調子外れになり、咆哮する狂人になる。

つぎに狂気の登場人物はといえば、オーストリアに支配されている現実のヴェネチアを厭い、今は亡き往年のヴェネチアに恋焦がれて、言わば狂気の阿片の世界に幻想を見ているヴェンドラミンである。最後は、マッシミラ・ドーニに現実を逸脱してプラトニックな恋を捧げる若者エミリオ・メンミである。

ガンバラは音楽そのもののいわば絶対の探求者だが、『マッシミラ・ドーニ』では狂気が拡散していて、音楽そのものの絶対の探求者というものは実は登場しない。音楽の分野ではせいぜいジェノヴェーゼぐらいで、これは『ガンバラ』の料理人ジェノヴェーゼに比べることのできる存在と言っていいであろう。

この小説のより大きな地位を占める主人公はむしろエミリオであって、この恋愛のあり方はそのテーマから言って、『谷間の百合』の主人公たちフェリックスとアンリエットとのそれに近いが、それよりははるかに純粋で、はるかに観念的であるという意味で、狂気に接近している。つまり、エミリオはあまりに恋人を高いところにおき精神化するという〈極端な愛〉によって、この世で実現できない理想的栄華の中に恋人を所有し、その観念的夢想の中に浸り、現実の中にもはや「女を見なくなっている」。この狂気に近い恋の夢想はじつに微細に描き分けられていて、バルザックを唯物論的にのみ理解しようとする評者は、『偽りの愛人』の主人公パスに繋がっていくこの恋のあり方が、バルザックのうちに傾向として深く潜んでいることを見逃すことになろう。

ジェノヴェーゼもエミリオも、最後にはその狂気から救われる。ジェノヴェーゼはティンティと一夜をともにすることによって、エミリオは、この狂人を救おうとする友人の策略によって、エミリオがティンティと思って忍び込む床にマッシラが入れ替わり、彼女が彼にとって現実の〈女〉にまで下りてくることによってである。

ここでもまたバルザックに対する批評家の意見は微妙に分かれる。二人が〈現実的な〉愛によって現実世界へ復帰するという直接的な見方に対して、シュネデールのように「両者とも結局ノイローゼを克服することになるが、ただし、彼らの愛の対象を快楽の対象に格下げすることによってである。情熱は肉体的所有のあとに生き残らず、音楽は両者ともに犠牲にされる」と考え、俗人の狂気を音楽の絶対の中に包み込もうとする立場である。

しかしながら、芸術理論の評価はさておいて、バルザックをその描くとおりに読もうとするなら、現実と理想の境目をひたすら追いかけつつ、芸術の絶対という危うい領域に踏み込んでしまう芸術家の危機をここに如実に読み取ることができよう。バルザック自身、このディレンマに苦闘し続けたということである。このことは、リアリズムと観念の世界という風に考えることもできる。リアルとはなにか、観念とはなにか。一歩踏み入れば幻想の狂気、一歩退けば短調なありふれた唯物主義。芸術上の絶対の狂気も、恋愛の絶対も、料理のそれも、歌唱のそれも、それぞれの深みは違え、みな人間の観念がもたらす妄想であると言え、それからどのようにして現実感覚に引き戻されるか、その微妙な〈差〉が問題となるのである。

バルザックは、ルイ・ランベールのようにもう一歩で狂気に至っていたであろう。その彼を現実に引きとどめたのは、例えばガエタン・ピコンが、彼の「金の、女の、栄誉の、評判の、肩書きの、酒の、果物の欲望」と言うように、父親から受け継いだ〈現実的、物質的性格〉であるかもしれない。彼が〈神秘的、観念的傾向〉を母親から引き継いだと同じように。『人間喜劇』は、この両面の性格に支えられた一大建造物なのである。

いずれにせよ、この二作品は、シュネデールが言うように、フランスで本格的に音楽を論じた最初の小説というように、狂気の問題ばかりでなく、個別的ながらも、マイヤベーア、ロッシーニのオペラについて詳細に論じられ――賛否のほどはともかく――、そうした音楽的テーマを囲むようにして、色とりどりのエピソードが絡み合い、音楽的ハーモニーを醸し出し、『人間喜劇』の中で特殊な趣を提出している。

＊

『ファチーノ・カーネ』（*Facino Cane*, 1836）は、『マッシミラ・ドーニ』の主人公エミリオ・メンミがその末裔として家名を引き継ぐヴァレーゼ大公、マルコ・ファチーノ・カーネの物語である。この作品は、バルザックが青年時代に勉学に疲れると、気晴らしに街中を散歩してその透視的観察力を陶冶したという、数少ない伝記的粗描が描かれていることでも有名な作品である。

ファチーノ・カーネは、今はフランスの場末に住んでいるしがないクラリネット吹きだが、もとの生まれは、イタリアはヴェネチアの名門貴族である。「この男は狂っている」と「私」は思いながらも、身の上話を聞く。この老残の男は、ちょうど『マッシミラ・ドーニ』のヴェンドラミンのように、遥かなヴェネチアを懐かしみながら、昔の、真実とは思い難い波瀾に満ちた奇譚を「一編の詩」のように語って聞かせる。

＊

『アデュー』(*Adieu*, 1830) は、狂気といっても芸術とか絶対の探求の狂気、すなわち観念過剰と現実知覚との絡み合いから生ずる狂気ではなく、むしろ精神障害に属する近代的な〈狂気〉と言っていい物語である。

バルザックによれば、ステファニーの狂気からの蘇生は、それまで身体に欠けていたものが〈電気的〉に蘇生するということで、バルザックのいわゆる哲学、つまりはルイ・ランベールの〈意思論〉に一致すると見られるが、彼女の状態をありのままに見れば、そういう〈哲学的〉説明では、まだるっこい。ロシアとの戦いで、ベレジナ河で遭遇した悲惨な事故を目の当たりにして、ステファニーが記憶を失うのは当然である。そして、その治療に、ベレジナ河の事故を再現してみせる恋人フィリップの目論みは正鵠を射ている。このときのステファニーの衝撃は、まさに〈電気的〉なものがあったろうから。

この狂気がいかにリアリスティックな重みを持つか。ステファニーがショックから現実知覚を取りもどした途端に息を引き取るのに対し、かの豪胆なフィリップも、彼女の死後、間もなくして、拳銃で頭を撃ち抜くのである。



＊

本書の『人間喜劇』作品は、『ファチーノ・カーネ』（「風俗研究」中「私生活情景」）以外は、どれも「哲学的研究」から取ったものである。

翻訳にあたっては、プレイアード版を定本とし、それ以外の版も使用した。なお、『ガンバラ』や『マッシミラ・ドーニ』のイタリア語の歌詞はすべて日本語訳にした。挿絵は主としてウシオ版及びコナール版から取った。

これまでに既訳を出されている方々には、名前を省かせていただいたが、深く感謝申しあげたい。

さいごに翻訳に際し、なにかとご尽力くださった水声社社主鈴木宏氏、並びに神社美江氏に厚くお礼を申しあげる。

二〇一〇年七月

訳者について——

**私市保彦**（きさいちやすひこ）　一九三三年、東京に生まれる。東京大学卒業、同大学大学院修士課程修了。武蔵大学名誉教授。専攻、フランス文学。主な著書に、『ネモ船長と青ひげ』（晶文社、一九七六年）、『幻想物語の文法』（ちくま学芸文庫、一九九七年）、『名編集者エッツェルと巨匠たち』（新曜社、二〇〇七年）などがある。

**加藤尚宏**（かとうなおひろ）　一九三五年、東京に生まれる。早稲田大学卒業、同大学大学院博士課程修了。早稲田大学名誉教授。専攻、フランス文学。主な著書に、『バルザック　生命と愛の葛藤』（せりか書房、二〇〇五年）、訳書に、バルザック『村の司祭』（一九七五年）、オーウェン『黒い玉』（一九九三年、ともに東京創元社）などがある。

**博多かおる**（はかたかおる）　一九七〇年、東京に生まれる。東京大学卒業、同大学大学院およびパリ第七大学博士課程修了。現在、東京外国語大学准教授。専攻、フランス文学。主な著書に、『バルザック生誕二百年記念論文集』（駿河台出版社、一九九九年、共著）、『テクストの生理学』（朝日出版社、二〇〇八年、共著）などがある。

**大下祥枝**（おおしたよしえ）　大阪に生まれる。関西学院大学卒業、同大学大学院博士課程中退、パリ第十二大学大学院博士課程修了。現在、沖縄国際大学教授。専攻、フランス文学。主な著書に、『バルザック生誕二百年記念論文集』（駿河台出版社、一九九九年、共著）、『バルザックとこだわりフランス』（恒星出版、二〇〇三年、共著）などがある。

バルザック芸術／狂気小説選集② 音楽と狂気篇

# ガンバラ 他

二〇一〇年八月二〇日第一版第一刷印刷 二〇一〇年八月三〇日第一版第一刷発行

訳者——私市保彦・加藤尚宏・博多かおる・大下祥枝

発行者——鈴木宏

発行所——株式会社水声社
東京都文京区小石川二—一〇—一 いろは館内 郵便番号一一二—〇〇〇二
電話〇三—三八一八—六〇四〇 FAX〇三—三八一八—二四三七
郵便振替〇〇一八〇—四—六五四一〇〇
URL：http://www.suiseisha.net

印刷・製本——ディグ

ISBN978-4-89176-792-1

## バルザック芸術／狂気小説選集

1知られざる傑作他【絵画と狂気】篇　私市保彦・芳川泰久・澤田肇・片桐祐・奥田恭士・佐野栄一訳　三〇〇〇円

2ガンバラ他【音楽と狂気】篇　私市保彦・加藤尚宏・博多かおる・大下祥枝訳　三〇〇〇円

3田舎のミューズ他【文学と狂気】篇　加藤尚宏・芳川泰久訳

4絶対の探求他【科学と狂気】篇　私市保彦訳

## バルザック幻想・怪奇小説選集

1百歳の人—魔術師　私市保彦訳　三〇〇〇円

2アネットと罪人　私市保彦監訳　澤田肇・片桐祐訳　三五〇〇円

3呪われた子他　私市保彦・加藤尚宏・芳川泰久・澤田肇・片桐祐・奥田恭士訳　三五〇〇円

4ユルシュール・ミルエ　加藤尚宏訳　三〇〇〇円

5動物寓話集他　私市保彦・大下祥枝訳　三〇〇〇円